All My Puny Sorrows

尤兰蒂的小忧愁

[加]米莉安 · 泰维兹 /著
刘昭远 /译

四川人民出版社

图书在版编目（CIP）数据

尤兰蒂的小忧愁/（加）米莉安·泰维兹著；刘昭远译.
—成都：四川人民出版社，2016.8
ISBN 978-7-220-09849-9

Ⅰ.①尤… Ⅱ.①米… ②刘… Ⅲ.①长篇小说—加拿大—现代 Ⅳ.①I711.45

中国版本图书馆 CIP 数据核字（2016）第 148315 号

四川省版权局著作权合同登记号：图［进］21-2015-214

YOULANDI DE XIAOYOUCHOU
尤兰蒂的小忧愁
（加）米莉安·泰维兹 著

责任编辑	刘姣娇
封面设计	张　妮
版式设计	戴雨虹
责任印制	祝　健
出版发行	四川人民出版社（成都市槐树街 2 号）
网　　址	http://www.scpph.com
E-mail	scrmcbs@sina.com
新浪微博	@四川人民出版社
微信公众号	四川人民出版社
发行部业务电话	（028）86259624　86259453
防盗版举报电话	（028）86259624
照　　排	四川胜翔数码印务设计有限公司
印　　刷	自贡市华华广告印务有限公司
成品尺寸	146mm×208mm
印　　张	9.75
字　　数	215 千
版　　次	2016 年 8 月第 1 版
印　　次	2016 年 8 月第 1 次印刷
书　　号	ISBN 978-7-220-09849-9
定　　价	36.00 元

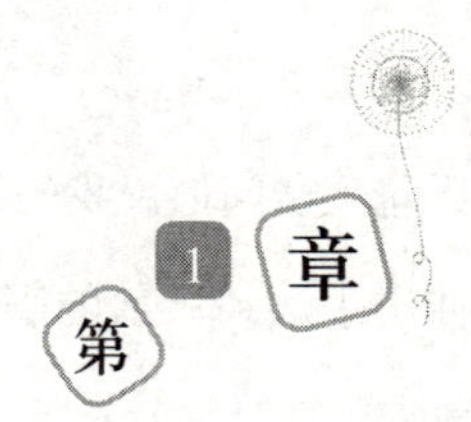

第1章

1979年夏末的一个午后，我们的屋子被装上卡车运走。爸妈、姐姐和我站在马路中央目送它远去。卡车沿着一排由木头、砖块与灰泥堆砌成的低矮平房行驶，驶过A&W餐厅和豪华保龄路，转向十二号高速路，最终消失于我们的视线。“我还能瞧见它。”姐姐埃弗瑞达重复着，“我还能瞧见它。我还能瞧见它。我还能瞧见它。我还能……好吧，没了，它已经走了。”姐姐说。

这房子是我父亲亲手搭建的，那时的他刚得了位新娘，心中也怀揣着一个梦想。他与我母亲彼时都不过二十岁出头。母亲曾对我和埃弗瑞达说，她与父亲当时那么年轻，在那些炎热的夏夜里，他们有着用不完的精力。当父亲从学校授课归来，母亲完成烹饪，搞定一切琐事后，他们会绕着新院子的洒水器追逐、呼喊、跳跃，全然不理会年长的邻居们的侧目与大惊小怪。一对新婚的门诺教徒在全镇人眼皮底下嬉戏欢腾、衣冠不整，这在邻居们眼中可不成体统。多年后，埃弗瑞达将此情景描绘成爸妈的《甜蜜时光》[1]，将那洒水器看作他们的特洛维喷泉[2]。

“它这是要去哪儿?”我向父亲问道。我们站在马路中央。曾经的屋子已经不复存在。父亲伸出手遮挡眼前的阳光。“我不知道。”他回答。他并不想知道。埃弗瑞达、妈妈和我钻进车内等爸爸。他站在车外，盯着那片在我看来如同永恒的空地。炎热的塑料座椅烫着了埃弗瑞达的脚，让她忍不住诉苦。母亲终于按了下喇叭。只是轻轻地一按，不至于吓到父亲，只是让他转身望向我们。

那是个酷热的夏天，搬入新居前，我们还有几天时间需要打发。新房子和我们的旧宅很相似，然而从前的屋子是父亲亲自搭建，且在每个细节上都倾注了心血的。他在长廊上搭建顶棚，我们能坐在长廊里，可以在内观看暴风雪而不被打湿。为了打发时间，我的父母决定到南达科他州的荒地露营。

看来，我们全部的露营时间都花在搭建野营用具，又将它们拆毁上了。姐姐埃弗瑞达说那根本不是真实的生活——这种感觉就像是被困在一座精神病院内，人们只有“活下去和保存体力”这仅存的信念。它像是一座战俘营，像一座为出院的精神病人们提供的临时落脚点，是诸如此类的种种。埃弗瑞达不喜欢野营，而母亲说：“亲爱的，这样做是为了改变我们对于世界的认知。”“去巴黎旅游也能改变我们的认

---

① 《甜蜜时光》，意大利喜剧，于 1960 年上映。影片讲述一位八卦专栏作家在罗马城内一周的甜蜜生活与追爱之旅。该影片获得 1960 年戛纳电影节金棕榈奖。

② 特洛维喷泉，是一座位于意大利罗马的喷泉，是城内最大的巴洛克式喷泉。该喷泉多次出现在电影作品中，其中包括 1960 年的《甜蜜时光》。

知，迷幻药也可以。”埃弗瑞达抱怨道。“拜托，”母亲劝道，“重点是我们一家人在一块儿。一起来烤香肠吧。”

我们的烤箱出现了漏油的情况，爆炸产生的火焰足有四英尺高，将野餐桌烧得焦黑。爆炸发生时，埃弗瑞达正在火焰旁起舞，边舞边哼唱着特里·杰克斯的《阳光季节》。这首歌讲述的是一个将死的不孝子向众人道别的故事。我第一次听见父亲的咒骂（这究竟是什么鬼!），他当时站在火焰旁摩拳擦掌正准备干些什么，母亲则在一旁笑得前仰后合。我高喊着，想让我的家人离那火焰远一些，他们却一动也不动，好像被某个电影导演定住了，好像那火焰只是虚假的布景，而他们的移动将会毁掉整幅画面。我抄起野餐桌上的半桶彩虹冰激凌，穿过草场跑到一处公共水龙头下。我在桶内接满水，将桶扔到火焰上。我扔得高了一些，混着香草、巧克力和草莓味道的冰激凌桶飞向了着火点之上的一棵杨树。一枝树枝落进了火中，可那火焰只持续了短暂的一瞬间。天空变得昏暗，突然下起雨来，猛烈的冰雹呼啸而下。我们终于安全了，至少逃离了火灾。

风雨过后的那个晚上，我们将出问题的烤炉扔进一只似被美洲豹劫掠过的大垃圾箱。父亲和姐姐决定去听一堂关于一度被认为已灭绝的黑脚雪貂的讲座。讲座在露营地的圆形剧场内举行，演讲人是一位研究宇宙暗物质的天体物理学家。“什么是暗物质?”我向姐姐问道。姐姐说她也不了解，可她认为那是构成宇宙大框架的某种物质。“你看不见它，”姐姐说，“但你能感受到它带来的影响，诸如此类。”“那是什么邪恶的东西吗?”我问。姐姐听了哈哈大笑。我清楚地记得她当时的样子，她穿着热裤和露背装，身后是野营地渐渐暗下去的天空。她扭过头，迈开步子。我记得她细长的脖子，脖子上的白色皮革项链以及项链中段镶嵌着的蓝色珠饰。她的大笑声像是一串警告的枪声，是对胆敢冒犯她的世界发出的挑战。姐姐和父亲向剧场走去，母亲冲他们喊道："记得发出些声响来吓退响尾蛇！"当他们走远，前去学习无形之力和灭绝之物时，倚着最后的日光，我和母亲在帐篷内玩起了"老狼老狼几点钟"。

从营地回家的那天，我们都很安静。我们沿着一个奇怪的方向行驶了两天半，离我们的故乡东村越来越远，最后父亲终于说："好吧，我想我们是时候回家了……"他像是想要弄明白些什么，最终却又放弃了。我们坐在车内，透过车窗严肃地望着夜空下嶙峋的谢尔丹山。"不可原谅。"父亲的声音轻到让人几乎察觉不到。母亲问他在说什么，可他只是指了指窗外的岩石。"啊哈。"母亲点了点头，她的话中不带一丝情感，像是希望父亲所指的是其他东西，一些他们二人都能奋力反抗的东西。"你在想什么呢?"我悄声问埃弗。狂风将我们的头发——埃弗的黑发和我的金发吹得一团糟。我们躺在后座，尽力伸展身体，我们的腿缠在一块儿，后背则靠着车门。埃弗正在读卡尔维诺的《艰难的爱情》。"如果你这会儿不在读书，你会想些什么?"我又问了一遍。"一场革命。"她回答。我又问她这是什么意思，埃弗说我总有一天会明白，而她现在还不能告诉我。"一场秘密的革命?"我又问道，而她抬高音量，用所有人都能听到的声音说，"我们别再回去了。"没人回答。窗外是呼啸而过的风，一切都没有改变。

父亲想要停车观看原始原住民在苏比略湖边的峭壁上留下的赭石画。在烈日、暴雨和时间的侵蚀下，这些画居然还能保持完整，真叫人难以置信。父亲把车停下，我们顺着一条崎岖而狭窄的小路走向湖边。这儿立着一块写有“危险！”的牌子，牌子下方还有一排小字，大意是有人曾在岩石上被巨浪卷走，我们必须为自己的安全负责。走向水边的路上，我们经过了几个类似的警示牌，这些可怕的警示让父亲的眉头越皱越深，最后母亲不得不说：“杰克，放松，你这样会中风的。”

来到遍布岩石的岸边，望着延伸至泛着白浪的水中的花岗岩，我们才意识到，若想看清那些“象形文字”，我们必须沿着潮湿的花岗岩一点点挪动，牢牢抓住钉在岩石里的一根粗绳子，前进之时，我们的后背几乎与湖面平行，头发也会从水面掠过。“好吧，”父亲说，“我们不会这样做的，不是吗？”他阅读了小路边的匾额，指望匾额上的文字让他一饱眼福。“啊哈，”父亲说，“发现这些绘画的研究者们将它们称作‘遗忘的梦’。”他看了母亲一眼，又问道：“洛蒂，你听见了吗？‘遗忘的梦’。”他掏出笔记本记录下这些细节。然而埃弗完全被“用绳子绑住身体，将自己悬在随时可能掉下去的水面上”这个想法迷住，以迅雷不及掩耳之势飞奔了出去。爸爸妈妈高喊着让她回来，叫她小心一些，多用用脑子，守点规矩，现在就回来，而我睁大眼睛，一言不发地望着我那无畏的姐姐，深信她一定会落进水里。她紧握着绳索，看见了那些壁画。我们所在的位置什么都看不见，埃弗向我们形容了她所看见的，说那岩石上画的是一些奇怪的多刺生物，还有一些来自某个富饶之地的神秘的符号。

当我们四人终于活着回到谢尔德山西侧，坐落在一片蓝色和黄色田野间的小镇东村时，我们丝毫不觉得放松。我们住进了新房子。父亲常常坐在前院的草坪椅中，透过密布的树枝，望向高速公路对面的第一街，望着曾经是我们的屋子的那块空地。父亲不愿见到自己的屋子被拖走，这不是他的主意。然而隔壁家的汽车经销商想要用这块地扩充他的停车位。此人善于诡辩，做出了各种威胁，不断向我父亲施加压力，直到他最终难以忍受。他在我们的屋子上扣上搭扣，以十分低廉的价格将屋子卖给了那个汽车经销商。“杰克，这不过是一门生意。”第二个礼拜日，那人在教堂对我父亲说，“这绝对和个人恩怨无关。”东村一直以来备受上帝庇佑，未沾染上什么坏东西，然而宗教和商业之间存在着无可避免的联系。东村内稍富裕一些的居民一日比一日虔诚，似乎认定是上帝使得他们的生意蒸蒸日上、财源广进。当我的父亲拒绝将房子卖给汽车经销商时，空气中好像多了一丝指责的味道，这似乎意味着父亲不是个好的基督徒。人们时刻不忘暗示这一点。然而父亲想要做一名优秀的基督徒。母亲鼓励父亲斗争，让那个汽车经销商早些滚开。埃弗瑞达比我年长几岁，已明白事情的始末，她想要向村民们请愿：人们怎么能把自己的生意扩张进别人的家里呢？然而在父亲的负罪感面前，这一切都是徒劳，哪怕是为原本就属于自己的东西而斗争，在父亲眼中都是一种罪恶。除此之外，我父亲曾被看作东村的异端，他是个行为古怪、寡言少语、郁郁寡欢、专心学业的怪人，他会在乡间走上十英里，还相信读书、写作和推理是通往天堂的门票。我的母亲愿意为父亲斗争（不过从某种程度而言，她毕竟是个体面的门诺派式的妻子，也不愿意破坏当地的等级制度），可她毕竟只是个妇人，很容易被人忽略。

而现在，在我们的新家里，母亲坐立不安，精神恍惚，父亲时不时便会在车库内砸些东西泄愤。我每日不是在后院搭火山就是在镇子的郊外漫步，像一只被关在笼子里的猩猩一样用脚步丈量东村的周长。埃弗则忙着“找存在感”——她受到了岩石上图案的启发，爱上了其中的玄妙感以及其中混杂的希望、崇敬、挑衅和永恒的孤独。她决定要创造属于自己的符号。埃弗最初设计的符号中包含了她的姓名首字母缩写 E. V. R（埃弗瑞达·冯·里森），这几个字母下是 A. M. P，再下面则是一个像盘蛇一样的字母 S，这个 S 被标注了下划线，刻意与其他字母分开。埃弗将她的黄色笔记本递给我，让我看这个图标。“嗯，我看不明白。”我说。埃弗向我解释：“E. V. R 显然是我的姓名缩写，而 A. M. P 这三个字母代表的是‘我所有的小’……此后的 S 是‘忧愁’的缩写，这个 S 将所有字母囊括其中。”埃弗用右拳锤她的左掌。这是埃弗的习惯，她会把自己的好主意“捶”进体内。

“嗯，这可真是……你是怎样想到这些的？”我问道。埃弗说她是从柯勒律治的一首诗中得到的灵感，还说自己如果生对了时代，一定会让柯勒律治当她的男友。“也许是他没生对年代呢？”我说。

埃弗说她要将她的标志画在东村的一些自然标志上。

“什么样的自然标志？”

“比如说水塔，还有篱笆。”

“我能提个建议吗？”

埃弗疑惑地看了我一眼。我们都知道我在这件事上给不了她建议。她想在这世上留下自己的标记——这就像耶稣的某个随从说：“嘿，你打算用一块肉和两条面包喂饱五千人？好嘛，来试试这个！”然而埃弗此时正为自己的新点子雀跃不已，也就宽容了许多，热情地点了点头。

“别用你自己的姓名缩写，”我说，“那样的话镇上的每个人都会知

道这是谁画的，地狱之火，或者其他可怕的东西就会降临到我们身上。”

这个门诺教小镇反对代表希望的公开标志，抵制个人标志和作品。我们的牧师指责埃弗，说她弯腰时不该那样用力地挥舞胳膊，仿佛在说：“上帝啊，这是我的过错。”埃弗那时候总会发起一些活动。她挨家挨户地拜访村民，想看看有多少人愿意将镇子的名字从“东村”改为“香格里拉”，为了得到一百个签名，埃弗声称这个名字来自圣经，指的是“无骄傲可言的地方”。

“也许吧。”她说，“写上 AMPS 就好。我要把 S 写得大大地，真是太棒了。”

“嗯……这样刚刚好。”

“你难道不喜欢吗？”

“我喜欢。”我回答，“你的男朋友柯勒律治也会高兴的。”

她突然做了个空手道中的劈掌，举目望向远方，像是听见了远方敌人的炮火声。

“是啊，”埃弗说，“这是一种客观的忧伤，这可不同于其他。”

“不同于什么？”我问。

“显然是主观的悲伤啊。”

“噢，没错。”我附和道，“当然了。”

时至今日，人们在东村随处能见喷漆的 AMPS 标记，不过这些标志大多已经褪色了。与原始原住民用赭石画下的象形文字相比，喷漆的褪色速度显然更快。

埃弗瑞达的左眉下方多了一块伤口，加上额头的伤，她一共缝了七针。缝针留下的伤口又黑又硬，一直延伸到她的头上，像一小对天线。我问她究竟是怎么受伤的，她说自己在浴室跌倒了。谁知道这话是真是假呢？我们如今都已是四十来岁的女人。许多事发生了，也有许多事没能发生。埃弗说她需要一把剪刀来打开护士给她的药瓶。真是天大的谎言。“我知道你根本不肯服药。”我对埃弗说，“除非这药的剂量大到能引发心脏病。既然如此，你又何必要用剪刀打开药瓶呢？再说你完全可以徒手拧开瓶盖。”埃弗辩解称她之所以不用手拧开瓶盖，是因为她害怕伤到自己的手。

埃弗瑞达如今成了一名钢琴演奏家。小时候，面对一些难记的曲子，她偶尔会让我帮她翻琴谱。翻琴谱是一门特别的艺术。我的节奏需要比她稍快，翻页时要像蛇一样移动，不能发出声响或黏住琴谱。这是她的原话。她让我一遍又一遍地练习。她故意把耳朵贴到琴谱两英寸的地方，就为了听我发出的声响。“你听听！”她抱怨道。我必须再试一遍，直到一点声音都没有，让埃弗满意为止。我喜欢比她超前一点的感觉，也能够在每一页之间实现无缝衔接，那时的我真心为此感到骄傲。翻页的时机一刻也不能错，我要是太快或太慢，埃弗瑞达便会停止弹奏，开始咆哮。“最后一个小节！这是最后一个小节！”她会用胳膊和脑袋猛撞琴键，用力踩在悬音踏板上，让她的痛苦蔓延在整个屋子里。

那次露营事故后不久，埃弗便弄来了红色油漆，在镇上到处画她的标记。教皇（即首席门诺教长老）找上门来（他更愿意称之为拜访）。教皇有时候会将自己形容成牛仔，把他的拜访形容成“修理篱笆”。可他更像是在突袭。他会在周六带着一堆人突然现身，每个人都乘坐一辆黑色硬壳汽车。他们从不会共乘一辆车，否则的话，当十三四个打扮相似的男人从一辆车里跌跌撞撞地爬出来时，也就再无威慑感可言了。我和父亲望向窗外，看着他们把车停在我家门前，排成一队缓步向我们走来。母亲正在厨房内洗盘子。她知道这些人要登门，却故意不理他们，将他们的“拜访”当作一场不会给自己带来太多困扰的小麻烦（正是这个教皇当年指责母亲行事奢靡，认为她的婚纱太过宽大，裙摆过于奢华。“我要怎样叫停这种浪费行为呢？”他曾如是说）。我的姐姐待在房间某个地方，可能正忙着试她的黑豹装，可能在用两片土豆夹着耳垂给耳朵打洞，用酒精擦耳朵，或是盯着柠檬树看呢。

父亲把这些人请进了屋。他们都坐在客厅里，要么盯着地板，要么偶尔看看对方。父亲孤零零地站在房子中央，被一群人围在中间，眼神中满是慌张，像是一场躲避球游戏里最后的幸存者。母亲本应该立即从厨房内赶出来，热情而慌乱地为男人们准备茶、咖啡、精选的门诺派糕点。可母亲仍然待在厨房里，将碗碟弄得叮当作响，带着强烈的漠不关心吹着口哨，迫使父亲不得不独自战斗。他们曾经对这个问题有过争执。“杰克，”母亲说，“那些人再来的时候你就推说自己不方便。他们没资格不由分说地闯进我们家。”父亲说他做不到，无论如何也做不到。当母亲提出替父亲出马时，父亲恳求她不要这样做，最后她只得答应自己不会出现在那些人附近，就算那帮人挖空心思想要将我们家钉上十字架。教皇和他的随从们此次突然造访是因为埃弗，他们得知埃弗打算上大学修习音乐。埃弗只有十五岁，可这帮权威人士听了别人的告密，认为埃弗“轻率地透露出想要离开集体的渴望感”。这些权威人士同样对高等教育抱有愤怒的怀疑——尤其是女孩接受高等教育这件事。对于这些男人而言，一个接受了教育的女孩就是头号公敌。

“她会接触到不同的思想。”客厅内的一个男人对父亲说。父亲只是点点头，什么也没说，用无限向往的眼神望着厨房的方向。厨房内，母亲愤怒地用洗碗巾驱赶苍蝇，将嫩牛肉捣成肉酱。我坐在让人浑身发痒的沙发上，安静地待在父亲身旁，努力吸收母亲口中的“蔑视的香水”。我听见母亲唤我的名字，于是来到厨房。母亲坐在餐台边，她摇晃着双腿，直接饮用塑料水壶中的苹果汁。“埃弗在哪里?”母亲问。我耸了耸肩，“我怎么知道?”我蹦到母亲身边，她把那壶苹果汁递给我。我们听见客厅内传来的低语，夹杂着英语和低地德语。低地德语是东村的所有老人都会说的一种中世纪的语言（我的名字在低地德语中念作“雅各布·梵·瑞森的尤兰蒂”，母亲用门诺低地德语做自我介绍时，她会说“我是雅各布·梵·瑞森”）。一两分钟后，我们的耳边传来拉赫玛尼诺夫的《序曲 G 小调 23 协奏曲》。前门一旁的客房内摆放着一架钢琴，埃弗当时正在客房内——她那时候几乎成天待在那里。男人们停止了交谈。音乐声越来越响。这是埃弗最爱的选段，这也许就是她的秘密革命。她学习钢琴已有两年，来自温尼伯市的音乐学校老师每隔一周都会开车到我家授课。我和爸妈能听出每一首曲子里的细微差别，体会其中蕴含的痛苦与欢喜，听到埃弗狂乱的内心独白。埃弗曾对我们形容过这些。从严格意义上说，我们的镇里其实不允许钢琴的出现，它会让人回忆起沙龙、非法经营的酒吧和放肆的欢乐。尽管如此，爸爸妈妈仍偷偷摸摸地将一架钢琴运进屋。城里的医生认为，为了抑制埃弗的“野性”，我们应该为她过于充沛的精力提供一个有创造性的宣泄口。“野性”这个词预示着不详。在这个严肃恭顺的群体中，变得“野性”真可以算得上是最糟糕的事了。这钢琴在我们家藏了几年，每逢有长者来访，我们总要用床单或麻布袋匆匆地把它罩住。我的爸爸妈妈逐渐爱上了听埃弗弹钢琴的感觉，甚至偶尔会提出自己想听的曲子，比如《月亮河》《爱尔兰之眼在微笑》。长者们最终发现我们在屋子里藏了一架钢琴，当然了，他们还对此进行了长时间的讨论。部分讨论持续了三到六个月。父亲决定像个男人一样承担起责任，自愿被放逐出教会。然而听到这个决定后，长者们决定就此作罢（当受害者自找惩罚时，惩罚也就没了乐趣），只要求我的父母监管好埃弗，确保她只把钢琴看作为服务于上帝的乐器就好。

母亲开始边哼歌边摇晃身体。客厅内的男人们一言不发，仿佛受到了责难。埃弗的音乐声更急更响，越来越响。鸟儿们停止了歌唱，纷纷飞向厨房，撞在玻璃窗上。那一刻的空气都静止了。在这高速旋转的世界里，埃弗便是这世界的中心，那一刻，她掌控了自己的人生。这是她首次以“成年女人”的身份登场，不过那时的我们尚不知道，未来的埃弗还将成为世界知名的音乐家。我总认为在那一刻，客厅内的男人们已看清楚埃弗不可能留下，埃弗展现出那么强烈的激情和骚动，把她强留在东村无异于将她系在柱子上烧死或是将她活埋。埃弗正是在那一刻离开了我们。我的父亲也在那一刻失去了一切：长者们的认可，他在家庭中的权威，还有他的女儿。他的女儿成了自由人，从此变得危险。

一曲终了，我们听见客房内传来钢琴盖合上的声音和钢琴凳在油毡毯上挪动的声音。埃弗走进厨房，将我递去的一罐苹果汁一饮而尽，把罐子扔进垃圾桶。她用拳头捶了捶自己的手掌，感叹自己终于搞定了一切。我们母女三人站在厨房内，西装革履的男人们井然有序地陆续离开我们的屋子。我们听见前门被轻轻合上，那帮人发动引擎，从这条街消失。我们本以为父亲会来厨房，可他转身进了书房。我至今仍不确定埃弗当时是否知道客厅里有人，知道教皇和长者们来了我们家。她选在那特定的时候弹奏拉赫玛尼诺夫充满激情的选段是否只是纯属巧合？

不过教皇和他的随从们来访后没几天，埃弗画了一幅画，将它放进从地下室找到的一个旧画框内。埃弗把那幅画挂在客厅的正中央，悬在扎人的沙发上方。那是一句引言，上面写的是：

> 我可以十分肯定地说，那些骄傲自满、傲慢自大、贪得无厌、自私自利、淫荡不洁、好口舌之争、盲目崇拜、虚伪、不忠、满口谎言、鸡鸣狗盗、好诽谤中伤、暗箭伤人、嗜血成性、无怜悯心、心怀恨意的人，无论这个人是谁，都不是基督徒，即便他受过一百次洗礼，每天会与上帝共进晚餐。
>
> ——门诺·西蒙斯[①]

① 荷兰再洗礼派的宗教领袖。 他的追随者被称为门诺派教徒。

“好吧，一定得这样吗，埃弗？”母亲说。

“是的，我绝不会将它挪走。这可是门诺·西蒙斯的话！我们难道不应该遵从吗？”

埃弗的作品在我们的客厅挂了一个星期，最后父亲忍不住说：“好了，孩子，你还没闹够吗？我真的很想将我母亲绣的蒸汽船挂回原处。”而那时候，埃弗的一腔愤怒已经和其他的狂野风暴一同归于平静。

第2章

“埃弗瑞达从不接受访问。”我曾经代表我的班级报纸采访过她一回，但仅此一回。我那年十一岁，那年的她再次离开了家乡，这次便永远地告别了东村。埃弗瑞达前往挪威参加钢琴独奏会，在那里跟随一位长者学习，即她口中的“奥斯陆巫师”。就在圣诞节前，埃弗提前完成了高中学业。她揽获了学校的各种荣誉，得到六项奖学金，并因为最优异的成绩获得加拿大总督亲自颁发的奖项。这让村里的长者们因此深感恐惧与愤怒。埃弗瑞达出发前几周的一顿晚饭上，无意间提到等她到了欧洲，她有可能回俄罗斯寻根。这话让父亲差点上不来气。“绝不要去那个地方!”

“我可能会去的。”埃弗说，“为什么不呢?”

1917 年，我的祖父母从西伯利亚的一个信奉门诺教的小村搬来，那正是十月革命发生的那年。在那片浴血的土地上，祖父母的身上发生了一些可怕的事。后来只要有人提到那个地方，或者提及任何与俄

国有关的话都会让我的父母浑身难受。

门诺低地语是一种耻辱的语言。门诺教徒们早已学会如何保持沉默，承担痛苦。祖父的双亲在自家谷仓旁的田地里被杀害，可他们的儿子把自己埋在一堆肥料里，由此幸免于难。数年后，祖父搭上一辆家畜车，带着上千名门诺教徒前往莫斯科，最终辗转到加拿大。埃弗出生时，祖父对我父母说："要想让你的孩子活下来，千万别教他们门诺低地语。"为了成为一名理疗师，母亲念了大学。在那里，她了解到了那一场劫难，虽说这是许多年前发生的事，但某些东西从一代人身上传到另一代人身上，由此代代相传，比如适应力、优雅和阅读障碍症。祖父有一对巨大的绿色眼眸，即便微笑的时候，人们仍能看到深藏在他眼眸背后的杀戮场景和洒满鲜血的雪地。

"那里尽是荒谬和谎言。"母亲说，"人这一辈子能做的最可怕的坏事就是当一个恶霸。"

我们驱车前往温尼伯机场，而我的采访正是在那一段路上进行的。与平日里一样，爸爸负责开车，妈妈陪他坐在前排，我和埃弗则坐在后座。"你永远也不会回来了，对吗？"我悄声问道。埃弗说这是她听过的最蠢的话。我们望着窗外的田野和雪地。埃弗穿着镶有蓝色珍珠的白色宽领皮衣，套了一件军装夹克。我们的汽车行驶在一层薄冰上。

"这就是你采访要问的问题？"

"是的。"

"你应该多准备些问题。"

"好吧，"我说，"弹钢琴究竟有什么吸引你的地方？"

"最重要的一点在于向听众传达你内心的柔情，就算不能当即做到这一点，你至少能传达出一丝暗示。这就像一句私语，却又不只是一句简单的私语。它能给人们增压，让人们激动，产生戏剧感。”埃弗说。我尽快记下这些话，她又继续道：“听众们也许会想起往日的温情时刻，而这份回忆将会把他们带回婴儿时代，给他们安全感和纯粹的爱。此后你可以从这份温情中走出来，在音乐中加入暴力、对生活的愤怒，不断营造气氛，直到你做出一个勇敢的决定：回到黑暗中——即便这黑暗是短暂、转瞬即逝的。你同样可以拥抱事实，暴力、痛苦、悲剧，直到曲子完结。”

“好吧。”我说，“这些应该足够了，感谢你回答我的问题，怪人。”

“这两种选择都是正确的。”她说，“这取决于你想要对听众传达什么，是如同婴儿般的欢乐、满足和纯真，还是人们自己都未意识到的狂野、躁动与渴望。两者都很不错。”

“明白了，谢谢。你走之后，谁来替你翻琴谱？某个挪威人？”

埃弗从她军用背包里掏出一本书扔到我腿上。她那时候迷恋一切与军队相关的事物，比如帕蒂·赫斯特和切·格瓦拉。“等你读完了那一套与马相关的丛书，”她说，“看看这个。你的新生命将由此开始。”埃弗用手指敲打那本书。此时我最爱的读物是《黑神驹》。我近期和我的朋友朱莉一同上了马术课，就要成为十三岁以下组别中的绕桶骑马比赛季军，虽说那场比赛实际上一共只有三人参加。

“你要去奥斯陆，我不知何故感觉松了口气。”我说。

“要是去不了奥斯陆，我就要光着脚搭便车前往西海岸。”她说。

“路上结了冰。”父亲说，“看见沟里那辆大卡车了吗？”他想要换个话题，以尽快扼杀那个搭便车的疯狂计划。母亲哈哈大笑，“光着脚搭便车去往西海岸也许是个不错的主意，不过可不能选在一月份。”母亲根本无意扼杀我们的任何计划。

“这是什么？”我望着埃弗给我的书。

“噢，我的上帝。尤兰蒂，当你在一本书的封面上看到‘诗集’这两个字，你觉得这书能是什么？”

“能把车开快一些吗？”我对父亲说，“可别错过航班。”我努力想要表现得坚强，但事实上，我真心觉得姐姐离开时，我一定会死于心碎。我甚至写下了一份秘密遗嘱，要把我的滑板留给朱莉，尸体留给埃弗。之所以这样做，就是为了让她内疚，她离开了我，让我孤零零地死去。除了滑板和我的尸体，我已没什么能留给他人，可我为父母写下了一封感谢信，还留了一幅摩托车的画，车身上写着新罕布什尔州的一句格言：“不自由，毋宁死”。

“顺便提一句，”我说，“我没再读那些和马相关的书了。”

“那你现在读的是什么？”姐姐问。

“阿多诺的书。”

姐姐大笑着：“噢，因为你看到我在读他？”

“别用‘读他’这个词。”我说，“你把自己想得太伟大了。”

“尤兰，”埃弗说，“别说‘你把自己想得太伟大了’这种话。在这个镇上，每逢有人意图学习新知识，所有人都会这样指责他们。哪怕我说‘明天是星期三’你都可能说‘哦，别把自己想得太伟大了’。以后别再说这种话了。这太低端。”

母亲说：“拜托，埃弗，别再教你妹妹如何做一个业余艺术爱好者了。你很快就要离开。我们应该好好利用这宝贵的时间！”埃弗陷进坐垫里，称她只是想教我如何在东村外的世界生存。“还有，”她补充道，“‘业余艺术爱好者’这个词在此情景下完全说不通。”“好吧，埃弗。”母亲说，“可我们这时候最好说说英文，唱唱歌吧。”母亲有十四个兄弟姐妹，深知该如何维持秩序。父亲建议我们玩“我是间谍”的游戏。

“哦，我的天。”埃弗在我耳边轻声说，“我们难道是六岁的孩子吗？千万别告诉他们我已经尝试过三种不同类型的性爱了，好吗？”

“什么意思？三种？”

埃弗告诉我，当诗人雪莱溺水身亡时，人们在沙滩上将他火化。可人们没有烧掉他的心脏，雪莱的妻子玛丽把那颗心脏装进一个丝绸小袋中，放在桌子里。我问埃弗它为什么没有腐烂，散发臭气，而埃弗说：“不，那颗心已经钙化了，像一块颅骨，而且那只是他心脏的一小部分。”我表示我也愿意为埃弗做同样的事，把她的心脏放在我的桌子抽屉、运动包、铅笔盒里，将它放在任何安全的地方。埃弗给了我一个拥抱，大笑着称赞我的贴心，又告诉我这实际上是恋人们才会做的浪漫的事。

在埃弗消失在起雾的机场安检门之前，我们玩了最后一次“集中精力”游戏。游戏过程中，我们的手脚都拍打在一起。埃弗说：“‘旋转脑袋’（那是她给我取的外号，因为我总爱四下环顾，想搞明白究竟发生了什么，却永远弄不明白），你最好记得给我写信。”“我会的。”我说，“但我的信会很无聊。我从未遇见过任何特别的事。”“没必要发生什么特别事儿。”埃弗说，“这就是人生啊。”“好吧，”我说，“我会尽力的。”“你最好说话算话。”她扯了一下我的胳膊，“我可等着你呢。”我们的耳边响起了登机提示。埃弗从我手中脱身。我们的父母因女儿的离开饱受折磨，却表现得异常勇敢，绽放出大大的微笑，却又时不时用纸巾擦拭眼角。我允诺道：“我会的，好吗？吃一片放心药吧。”“好吧。”埃弗说，“我要离开了。还有，别再用‘吃一片放心药’这种措辞了。别了，再见了！”我知道埃弗在流泪，可她等到转身的最后一刻才哭出来，生怕被我发现。我想我应该在给她的信里提到这一点，顺便给她寄一本《隐藏的事注定要被发现》。从机场回家的路上，母亲负责开车，父亲闭着眼睛躺在后座。我跟随母亲坐在前排。窗外正下着雪。除了车灯前飘落的雪花，和模糊不清的一小段道路，我们什么也看不见。这雪花就像音符和书页一样旋转着飘落在路上，我们眼前的这一小段路成了一段音乐。母亲说她要踩一点刹车，看看路面是否还在结冰。我还来不及制止，整辆车就失去了控制，翻倒在路边的沟渠里。

贾尼斯前往医院病房看望我们。我们很早便相互认识。贾尼斯是一名精神科护士，下班后，她喜欢跳探戈。她说探戈的精髓在于拥抱。贾尼斯穿着一件淡粉色夹克衫，她的腰带上拴着一只毛茸茸的动物饰品。这东西大概能让病人放松。贾尼斯进门给了埃弗一个拥抱，说她很开心见到埃弗，却不愿见她再次出现在医院里。

“我明白，我明白。”埃弗说，“很抱歉。”她叹了口气，用手指理了理头发。

我将手伸进包里，关掉嗡嗡作响的手机。

“嘿，”贾尼斯说，“你千万别感到内疚，好吗？我们可不要因这种事而内疚。你没做坏事，也没做错任何事。你所关注的只是自己的感情，对吗？你想要结束这一切。这可以理解，我们也想要通过不同的方式助你结束痛苦。用健康的方式，好吗？用有效的方法。再给我们一次机会吧。”她坐在了一张橘色的椅子上。

“好吧。”埃弗说，“好吧。”

此时的埃弗局促不安，贾尼斯的这番话和她的语调让埃弗感觉自己像个白痴。然而与其他精神科护士相比，贾尼斯简直算得上特蕾莎修女了。没有被赤身裸体地扔进地板中央就是排水沟的混凝土小屋，埃弗已经算得上幸运了。

“你近来如何，尤兰蒂？”贾尼斯同样给了我一个拥抱。

“还不错。只是有些担心。”

“当然了。”贾尼斯严肃地看着故意把脸撇开的埃弗。

“埃弗瑞达？”贾尼斯想要埃弗看着她。我清了清嗓子。埃弗叹了口气，缓缓地扭过头，强迫自己与贾尼斯进行眼神接触。

埃弗气坏了，主要是因为自己将事情弄得一团糟。她一直想要表现得有礼貌，“好的礼貌”像是她的一道咒语。这道咒语曾经是“爱”，但是她说得越多，这一切越像是命中注定的，这让她恐慌、哭泣。“那就别再不停地提到它了！”我对她说。“我知道，尤兰，我知道。”埃弗说，“可我还是……”“还是什么？”我问。埃弗说她很像报纸上提到的一个男人。那个人生来就是盲人，四十来岁某一天接受了眼角膜手术，突然间重见光明。人们总说他的生活将会变得不可思议，可手术之后一切却变得一发不可收拾。这个世界让那个男人闷闷不乐，它的缺陷、表里不一、腐朽、肮脏、忧伤，从前隐藏的一切一时间暴露无遗。世界是那么单调乏味，黯然无光。他陷入了无尽悲伤，很快便去世了。

“那就是我!”埃弗说。我提醒埃弗，她的眼睛没问题，本来就能看见。埃弗一直都能看见，可她告诉我她从来不能适应光线，从不曾对这世界生出一丝容忍。现实就是一个生了锈的陷阱。“听着，”我说，“那就别把‘爱’挂在嘴边了行吗？别这样做就好了。”“可是尤兰，你不明白。”埃弗说，“你不明白。”“才不是呢。我知道你若是一遍又一遍地重复某个特定的词，并且因为这个词感到糟糕时，你就不该再重复那个该死的词。请问我们为什么要不断继续这样让人生气的谈话呢?”“这不是简单的谈话，我们正尝试着将一切梳理清楚。”

“埃弗瑞达，”贾尼斯说，“我哥哥在洛杉矶听了你的演奏，他说他事后为你的音乐哭了两个小时。”埃弗没有说话。贾尼斯本指望她流露出感激或其他类似的情感，可她没有让步。我们三人安静地坐在房间内。埃弗摆弄着毯子边，拂去上面的褶皱。我想象着那人哭泣两小时的场景。贾尼斯终于用力清了清嗓子，把我和埃弗吓了一跳。

“你接下来还有演奏会吗?”贾尼斯问。

“是的，当然了……”埃弗轻声回答。我真怕她就此说个没完。

“她事实上要在五座城市巡演，”我补充道，“从……从什么时候开始，埃弗?”埃弗只是耸耸肩。“几周之内，”我继续道，“弹奏莫扎特的曲子。埃弗，是莫扎特吗?”

曾经有一段时间，我的姐姐不再和大家说话。父亲也有过这样一段时间，整整一年不曾开口。然而某一天，在萨斯喀彻温省的穆斯乔市看过一场歌舞杂耍表演后，他又开始说话，好像之前的那些根本不曾发生。刚见到埃弗这样做时，我吓了一跳，可我发现她的心情其实并没有多大的改变，不过是变安静了而已。她会给我们写便条。

然而一场演奏会结束后，埃弗会说许多世俗、琐碎的小事。她会喋喋不休地说上几个小时，像是为了让自己落地，留在这尘世间，不让音乐把她带走。

钢琴的音阶便是代表我青春的音乐。当埃弗练习钢琴时，我可以对她做任何事，而她根本发现不了。我把葡萄干放在钢琴上，埃弗淡定地将它们弹开，她的手指像是能自由放大缩小，延伸至整个钢琴。就算我躺在钢琴顶上，像雪儿一样唱着诱惑的曲子，埃弗仍然不会弹错一个音符。她的眼神永远落在琴键上，她也会狂喜地将眼睛闭上一两秒钟，随后曲风一转，再睁大双眼，像只捕猎的豹子，将自己的整个身体扔在钢琴上。她野蛮地敲击琴键，好像把这钢琴当成了她的爱人和她最大的敌人。

埃弗终于自挪威搬回了家，在此之前她还去过其他几个地方。她搬回家和爸妈住在一起，有时躺在床上哭上几个小时，有时又望着墙发呆。她的眼部生出了黑眼圈，她有时忧郁而萎靡，突然间又变得朝气十足，很快再度陷入沮丧之中。那时候我已经从东村搬到了温尼伯市，还和两个不同的男人有了两个孩子……这就是一场社会试验——开玩笑的，这哪里是什么社会试验？分明就是社交失败。那时的我为了赚钱终日忙碌，还要学着掌握（最终其实也没能掌握）作为一名成年人的艺术。

我回东村看望了爸妈和埃弗，还带去了我的孩子。威尔那年不过四岁，诺拉还是个小婴儿。我躺在埃弗身边，我们牵着手，微笑着望着对方，孩子们在我们身上爬来爬去。埃弗那段时间给我写了几封信。那是几封洋洋洒洒的有趣信件，内容涉及死亡、勇气、弗吉尼亚·伍尔芙、西尔维娅·普拉斯[①]，埃弗还用粉色标记笔标记出自己内心错综复杂的绝望。几个月之后，埃弗的身体渐渐康复。她又开始弹钢琴，开了几场演奏会，之后认识了一个男人，尼克。尼克深深仰慕着埃弗，他们如今一同住在温尼伯的泥水河边，这地方是“最有异域风情的城市”排行榜上的第一名。这是世界上最寒冷的城市，却也是最火热的；是世界上距离太阳最远的城市，却也是最明亮的。两条湍急、狂野的河流在此交汇，形成了强大的、足以征服人类的力量。尼克在埃弗那里上了几个月的钢琴课，他们正是在那里相遇的。不过后来，尼克承认他之所以要参加埃弗的钢琴课，其实就是为了与她同坐在一张小钢琴凳上，看着她温柔地将自己的手指放在琴键上。

尼克爱极了埃弗的古怪要求，对他而言，埃弗的每个要求都那么妙不可言。尼克热爱精确。他相信教科书、手册、食谱、帽子和衣领的尺码数。他受不了不靠谱的“小号”、“中号”、“大号”之说。当埃弗要求尼克合上音符时，他简直欣喜若狂。尼克并非门诺派教徒，这一点对埃弗来说很重要。门诺派的男人们已经浪费了埃弗太多时间，他们总想着收获她的灵魂，用羞耻束缚她的手脚。尼克是个医学家，研究领域大概是如何杀灭寄生虫，我也不太确定。母亲对她的朋友说尼克是治疗痢疾的。母亲对治疗持怀疑态度。至于尼克，母亲会说：“我亲眼见到过死人。我与这些死人进行过对话。在我看来，这些人和他们活着的时候一模一样。你的‘科学’要怎么解释这一点?”尼克与埃弗总说他们想要搬去巴黎，那儿有一些适合尼克的实验室，而他们二

---

① 二人分别为知名的英国女作家和美国女诗人，均死于自杀。——译者注

人都喜欢讲法语，谈论政治，一年四季戴着围巾，热爱旧世界的美。不过他们迄今为止还住在泥水河——西北水道（位于北美大陆和北极群岛之间）的巴黎。

埃弗有一对纤纤玉手，这双手从未被岁月或阳光伤害，因为她几乎不怎么出门。然而医院取走了埃弗的戒指。我不知道这是为什么。大概是因为你若想把戒指吞进肚里，它会卡住你的喉咙。你还可以不停地用脑袋撞击这戒指，连续几周不停地撞击多多少少会带来一些伤害。你还可以把戒指丢进湍急的河水，再跳下水试图将它捞上岸。

“你现在觉得怎么样?”贾尼斯问道。

若是从侧边斜视埃弗，我便能将她的眼睛变成一片葱郁的森林，把她的长睫毛变成交错的树枝。她那双碧绿的眼睛是我父亲的翻版，美丽而让人生畏，不受这真实而残酷的世界的保护。

“还不错。”埃弗露出一个苍白的微笑，“真他妈可笑。”

“抱歉，你说什么?”贾尼斯惊讶地问道。

“她是在引用我母亲的话，”我帮忙解释道，“我母亲常常这样，说些无伤大雅的下流话。埃弗这是觉得自己可笑。”

“埃弗瑞达，你一点也不可笑，明白吗?”贾尼斯说。“对吗？尤兰，你在嘲笑埃弗吗?”

“没有，绝对没有。”

“我也没有。”贾尼斯继续道，“明白吗?”

“我也没有。”帘子后头突然传来一句话。这是埃弗的室友。

贾尼斯露出一个耐心的微笑，喊道：“谢谢你，梅兰妮。”

“乐意效劳。”梅兰妮回答。

“埃弗瑞达，你可以放心地说自己并不可笑。”

“好吧，这其实是自嘲。”埃弗轻声反驳，无奈声音太小，贾尼斯没能听见。

“见到尼克和你妈妈感觉好吗?”贾尼斯问。埃弗恭顺地点了点头。“见到尤兰蒂是不是也很棒？她现在没住在温尼伯，你一定想她了。”

贾尼斯扭头望向我，她的眼神中藏着某种我读不懂的信息，让我觉得自己有必要道歉。没有人会从温尼伯搬走，尤其是搬去多伦多。我想是在逃避谴责吗，像是被人驱逐。这感觉就像是从龙潭跳入虎穴。埃弗翻了个白眼，用手指抚摸脑袋上的针脚。走廊上传来一阵“哐当”声和一个男人的哀号声。“埃弗瑞达，我想让你知道，你在这里很安全。”贾尼斯说。埃弗点点头，向往地望着床边的玻璃窗。

“我还是给你们俩一点单独相处的时间吧。”贾尼斯说。

贾尼斯离开后，我对埃弗微笑。“来这儿，亲爱的。”埃弗说。我起身，上前两步，坐在埃弗床边，扑到她身上。埃弗抚摸着我的头发，在我的脑袋底下叹了口气。我抽身坐在橘色塑料访客椅上，擤了下鼻涕，呆呆地盯着她。

“尤兰，”埃弗说，“我做不到的。”

“我知道。你已经说得很清楚了。”

“我经受不住长途旅行，根本去不了那么远的地方。”

“我知道，”我说，“没关系的。别担心。这些都没什么大不了。”

“我真的经受不住长途旅行。”

“你什么都不用做。”我继续宽慰道，“克罗蒂奥会理解的。”

“不，”埃弗反驳道，“他会失望的。”

"可那只是因为你……因为你又进了医院……他也希望你感觉好一些。克劳蒂奥明白这一切，他总说自己是'朋友第一，经纪人第二'，不是吗？他从前帮你渡过了难关，这次一样可以。"

"但是莫里斯一定会生气的，会气得发疯。他为这场巡演准备了几年时间。"

"莫里斯是谁？"

"记得安德拉斯吗？在斯德哥尔摩的演奏会上，你曾经见过他。"

"我记得。怎么了？"

"总之我没办法出远门，尤兰。"埃弗说，"他会从耶路撒冷大老远赶来。"

"谁？"

"伊萨克。还有一堆人。"

"那又怎么样？"我说，"这些人都能理解的，就算他们不能理解也没关系。这不是你的错。记得妈妈从前常说的吗？'撕碎你的内疚'。你还记得吗？"

埃弗问我刚才那可怕的声响是什么，我告诉她那大概是餐盘落在了走廊的水泥地上。她又问是不是有人被铁链锁上了，我说没有，当然没有。埃弗说这种事的确发生过，那是她亲眼见到的，而她此时感觉害怕，问我有没有听见骚乱声，她不愿意让任何人失望。埃弗不停地诉说自己有多么遗憾，而我告诉她没人会因此而生气，我们都希望她好好地，健康地活着。之后她又问候了我的孩子威尔和诺拉。我告诉她孩子一切都好，而她用双手掩住自己的脸。我对埃弗说我们俩可以一同嘲讽生活，生活反正就是个笑话。可我们没必要去死！我们将成为一对战士。我们就像一对连体婴，任何时候都是如此，即便我们身在不同的城市，我仍无时无刻不想着她。

一位牧师走进病房，问埃弗是不是那个传说中的“埃弗瑞达·冯·瑞森”。埃弗表示了否认。牧师惊讶地盯着她看了好一会儿，又对我说，他发誓埃弗就是埃弗瑞达·冯·瑞森，那个钢琴家。

“不，”我否认道，“你认错人了。”牧师这才道歉，悻悻离开。

“谁会做出这种事呢?”我问。

“做什么事?”

“在病房内直接问某人是不是他们想象的那个人。牧师们难道不应该更谨慎一些吗?”

“我不知道。”埃弗回答，“这挺正常的。”

“我可不这么想。”我说，“这在我看来简直太不专业了。”

“这些人若是不专业的话，你就会觉得一切都是糟糕的。你总会说‘噢，这可真不专业’！好像认定‘专业’一词有着具体的定义，它就是人们用来律己的道德律令。我现在根本不知道真正的‘专业’究竟是什么了。”

“你明白我在说什么。”

“那就别对我撒谎，别对我隐瞒生活的本质了。”埃弗说。

“好吧，埃弗。如果你可以不再自杀，那我就不再对你撒谎。”

埃弗说她的体内藏着一架玻璃钢琴。她生怕这钢琴会破碎，也不能让它破碎。埃弗说那架钢琴就挤在她腹部的右下方，她有时能感觉到钢琴的硬边戳着自己的皮肤，害怕它会冲破皮肤，让她流血致死。然而埃弗更怕这钢琴碎在她体内。我问埃弗这是哪种钢琴，她告诉我这是一架立式的海兹曼钢琴，它曾是一架自动钢琴，但钢琴的弹奏装置被人拆掉，整架钢琴都变成玻璃的，连琴键也不例外。每当她听见水瓶扔进垃圾车的声音、风铃声甚至某些特定的鸟鸣声，埃弗总会立马认为钢琴要破碎了。

“我今天早晨听见了一个孩子的笑声。”埃弗说，“一个小女孩来医院探望她的父亲。可我不知道那是笑声，还以为那是玻璃震动的声音。我捂着肚子，心想‘噢，不，是时候了’。”

我点头微笑，对埃弗说我的体内如果也有一架玻璃钢琴，一定也会害怕它破碎。

“你能明白我的意思?”埃弗问。

“我明白。说实话，我真的明白。如果它真的破了会怎么样。”

“谢谢你，尤兰。”

“嘿，你饿不饿?”我问，“我能不能为你做些什么?”

埃弗微笑着说：“不，什么都不用。”

埃弗瑞达太瘦了。她的脸色那么苍白，每当她睁大眼睛，总像是受到了惊吓，好像遭遇了一场能将黑夜照亮为白昼的大空袭。我问埃弗是否记得我们给门诺派养老院的一群老人唱歌的情景。母亲让我们参加镇上一对老夫妇的七十五周年结婚纪念日仪式，他们是镇上结婚时间最长的一对夫妇。我们唱的是一首让人极不舒服的《野马》。我们一度认为这首歌是一首很酷的曲子，还以为这曲子与当时的气氛完全吻合。埃弗负责弹钢琴，我坐在她身边，两个孩子对着一群吓坏了的老人家唱出我们的心声。这些老人有的坐在轮椅中，有的必须依靠拐杖或助步器行走，着实被我们的歌吓了一跳。

我以为这段回忆能让埃弗笑出来，可她非但没笑，反而要求我离开。她比我更早意识到，我之所以翻出这段逸事，是因为这件事远没有那么简单，它还代表着其他的一些东西。“尤兰，”她说，“我知道你这是在干什么。”

我保证自己不会再谈及往事，不让它们引起埃弗的痛苦。我再三保证自己不会再说任何埃弗不愿意听的话，只要能留下就好。

“请你走吧。”埃弗坚持道。

我说我可以读书给她听，就像她当年为生病的我读书那样。她会念雪莱和布莱克的诗篇。他们也是埃弗口中的诗人情人。她会模仿他们的声音，清清喉咙，用英式的男性语调念出《无题》中的诗句：“日光和煦，碧空如洗，水流清澈湍急。”“我唱歌给你听怎么样？我也能跳舞，像流水一样舞动。我能吹口哨、能模仿。我可以给你表演倒立，还能为你朗读海德格尔的《时间与存在》，用德文念！我可以做任何事。怎么开头来着？那个词是什么？”

“存在。”埃弗小声提醒。她的脸上已有了笑意。

“没错，就是那个词！拜托了！”我顺势坐下，又很快起身。“你喜欢标题里带有‘存在’的书，对吗？拜托了。”我再次坐在埃弗身边，脑袋靠在她肚子上。“你墙上的那句引言说的是什么？”我问。

“什么引言？”

“小时候挂在你卧室墙上的那句。”

“‘让和平主义者握紧拳头？’”

“不，不……是另一句，关于时间的。说的是存在的地平线。”

“小心点。”埃弗说。

“钢琴？”

“是的。”埃弗把她的手温柔地放在我头上。她没有挪开我的脑袋，我像是歇在一位孕妇的肚子上。我能感觉到她身体的热量，听见她肚子发出的隆隆声。埃弗将她的 T 恤翻过一面穿在身上，T 恤上的洗涤剂香味飘进我的鼻子。她帮我按摩太阳穴，又把我推开。埃弗说自己不记得那句引言，她对我说时间是一股力量，而我们必须对此给予尊重，让时间发挥它的力量。我本想说埃弗自己也没有尊重时间的力量，只不过是刻意回避。可我很快意识到刚才那句话可能是埃弗许久之前就记下的，这话也许不仅是对我说的，她大概也对自己说了很多次。埃弗没有补充。我听见她小声说了句抱歉。我开始哼甲壳虫乐队的一首歌，这首歌讲的是爱与需要。

“还记得凯特琳·托马斯吗?”我问。

埃弗没有回答。

“还记得她醉态百出、步履蹒跚地踏进纽约圣文森特医院，走进因为酒精中毒而垂危的迪兰的病房吗？凯特琳趴在饱受折磨的迪兰身上，求他挺住，呜咽着求他与病痛战斗，求他做个男人，爱她，开口说话，站起来，看在上帝的分上千万不要死掉。”姐姐感谢我将她和迪兰·托马斯作比较，可她说了句抱歉，再次请我离开。姐姐说她需要思考。

“好吧，我可以离开，可我明天还会回来。”我说。

埃弗说她不理解人们为何要计算出每一秒、每一分钟、每天、每月、每年，不理解人们为何要给时间命名，提醒世人时间与生命是多么不可控，多么难以触碰，转瞬即逝。埃弗对发明“报时”这一概念的人表示同情。“时间让人们充满希望，”她说，“多么美丽的渺茫。多么完美的人类。”

“但是埃弗，”我说，“你也许用不上那些帮人类衡量生命的体系，可这并不意味着其他的人不需要衡量他们的生命。”

“也许吧，”她说，“不过我们还有‘时间间隔’[①] 这一说法。这是对时间的完美分类和叙述。”

“好吧，我现在可以离开。”我说，“傻瓜教授，很抱歉我得提前离开了。我就要没时间了，我为这次拜访预留了两个小时，而这两小时已所剩无多。”

“我就知道我能把你支走。”埃弗说。我们拥抱了彼此。我对埃弗说我爱她，再不赶紧的话，我恐怕说不出这些话了。我们拥抱着彼此，呼吸落在对方胳膊上，整整抱了一分钟。我很快就要离开医院，去往其他地方。

我顺着医院的楼梯三步并作两步往下走，边走边查看我的短信。一条短信来自我十四岁的女儿诺拉：埃弗怎么样了？威尔弄坏了前门。另一条短信来自我十八岁的儿子威尔。今年是他进入纽约大学的第一年，可我命令他在我回泥水河期间留在多伦多陪着诺拉。他的短信是：诺拉说她的宵禁时间是凌晨四点，真的假的？替我给埃弗一个大大的拥抱！诺拉的头发把浴室的排水沟堵住了！还有一条短信来自我最亲爱的老朋友朱莉，她约我今天晚上见面：红葡萄酒还是白葡萄酒？替我向埃弗转达爱意。抱抱亲亲。

姐姐上次企图自杀采用的是一种缓慢的方式。她想要通过绝食的方法悄悄离世。妈妈给身在多伦多的我打电话，说埃弗不肯吃东西，还恳求她和尼克别去请医生。妈妈说她和尼克已经绝望，问我要不要

---

① 时间间隔是时长的计算方法， 即两个时间点之间的部分， 可用的描述方法有：第几秒内， 前几秒， 后几秒， 几秒到几秒等。

回去看看。我径直去了机场，赶到埃弗的卧室，跪在她的床边。埃弗问我怎么来了。我对她说我来是为了给她请医生。妈妈也许答应了不请医生，但我没有答应。母亲背对着我们待在餐厅内。与所有的好母亲一样，她无法在两个女儿意见不统一的情况下偏袒任何一方，只好选择回避。“我要打电话了，”我说，“抱歉。”埃弗求我别这样做。她言辞恳切，双手合十苦苦哀求，保证会重新进食。在此过程中，母亲一直坐在餐桌旁。我对埃弗说救护车已经在路上了。有人打开了纱门，丁香花的香味飘进卧室。“求你了，”埃弗说，“求你了！”当医护人员把埃弗抬进救护车后厢时，她使出最后一点力气向我伸出手指。

那是我第一次见到贾尼斯。我在急症室内守候在埃弗的担架旁。她的破双肩包挂在一旁的静脉注射室里。我的手摩挲着病床的钢制栏杆，忍不住哭泣。埃弗像个垂死的老人虚弱地握起我的手，凝视我的眼睛。

“尤兰，”她说，“我恨你。”

我俯身给她一个吻，对她说我都知道。“我也恨你。”我说。

这是我和埃弗第一次亲口说出我们最大的问题：她渴望死亡，我却要她活着，我们是一对深爱着彼此的敌人。因为埃弗躺在病床上，身上还连接着各种管线，我们的拥抱温暖而笨拙。

贾尼斯腰带上那个毛茸茸的小饰物彼时已经存在了。她拍了拍我的肩膀，问我能否与她聊一分钟。我对埃弗说我很快就会回来。我和贾尼斯走进一间米黄色的房间，她将一盒纸巾递给我，对我说我做得对，埃弗也并没有真正恨我。“这种感觉真让人崩溃，不是吗？仔细想想吧，她恨你救了她。”

“我知道，谢谢你。”

贾尼斯给了我一个拥抱。来自陌生人的亲密拥抱是一种强大的力量。她将我一人留在房内。我不停地抠着指甲，直到指甲流血。

回到急诊病房后，埃弗说她无意间听见一句了不起的话。“什么话？”我问。埃弗引述道：“梵·R·太太真是蠢得让人难以置信。”“这话是谁说的？”我问。埃弗指向一位医生。他正在一张圆桌上涂写，被一群垂死的病人围在中间。他打扮得像个十岁男孩，穿着短裤和过大的T恤，像是刚从“狄格拉斯中学”的试镜片场赶来。“他和谁说的？”我问。“一位护士。他认为我一定是个傻子，我没有因自己从死神手中脱身而感激。”“混蛋。”我骂道，“他有没有和你说话？”“也许有吧。”埃弗说，“不过更像是在质问。好了，尤兰，你知道这是一帮怎样的人。”

“把对生命的渴望与智慧等化的人？”

“是啊。”埃弗说，“也许是将庄重与智慧等化吧。”

埃弗这次采取的方法不是绝食，而是药物。她留下了一张纸条。她从多年前设计AMPS所用的黄色拍纸簿上撕下一张纸，说她希望上帝愿意接纳她，能原谅她没时间再在这世上留下自己的印记。埃弗还列出了一排她所爱之人的名字。妈妈在电话那头为我念出那串名字。她说埃弗特意用绿色马克笔写下这些名字。我们都在名单上。她还写了“请你们理解我。请让我走。我爱你们”。母亲说埃弗还引用了几句话，可她看不明白。“是不是有个叫大卫·休姆的人？”母亲问，可她又说自己也许认错了，大概没看懂埃弗的字迹。“等等，”我疑惑地想到，“这么说，埃弗的确相信上帝？”

“她从哪儿搞来这么多药的?”我问。

“没人知道。”母亲回答。

埃弗出院后的一天，母亲发现她不省人事地晕倒在床上。我那时已回到多伦多，可是当埃弗睁开眼，我又站在了她身边。埃弗缓缓地露出一个大大的微笑，像是个头一次听懂某个笑话的孩子。“你来了。”埃弗说我们不该再这样见面了。当着病房内的护士，以及我们雇来监视她一举一动的女人的面，埃弗正式地介绍了我，仿佛大家此时正在领事馆共进午餐一样。

“这一位，”她用下巴指向我，之所以用的是下巴，是因为她的双手已被棉布绑住，“是我的妹妹，尤兰。”

“是尤兰蒂。”我说，“你好。”我握住那女人的手。

那个女人说我看起来更像是姐姐。这种事常会发生。不知为何，埃弗似乎并未受到时间和生活的侵蚀。埃弗说她和那个被雇来看顾她的女人一同讨论了托马斯·阿奎那①。“是不是呀?”姐姐微笑着问那女人，而那个女人对我冷冷一笑，耸了耸肩。和一个企图自杀的病人谈论圣人不是她的工作。“为什么要讨论托马斯·阿奎那?”我坐在那女人身旁的椅子上问。埃弗努力想要和椅子上的那位守护者进行眼神接触。“她的体内还残存着许多药物。”那女人说。

“可是还不够。”埃弗说。听到我的抗议，她又说，“我是开玩笑的，亲爱的。天哪!”

---

① 中世纪经院哲学的哲学家和神学家，自然神学最早的提倡者之一。他所建立的系统的、完整的神学体系对基督教神学的发展具有重要的影响，他本人被基督教会奉为圣人，有“神学界之王”之称。

待埃弗睡着后，我前往等候室寻找母亲。她坐在一位黑眼睛的男士身边读侦探小说。我对母亲说埃弗一直在说托马斯·阿奎那。

“是呀，”母亲说，“她和我也提到了阿奎那。在她说胡话时，埃弗问我是否愿意‘托马斯·阿奎那’她，我后来想了想，觉得她这是在问我肯不肯原谅她。”

“你会原谅她吗?”

“这话没有意义。”母亲说，“她不需要被原谅。这算不上罪孽。”

“可是这世上的五十亿人都会反对你。”我说。

“那就让他们反对好了。”

这件事发生在三天前。母亲这会儿乘船去了加勒比海，我和尼克强迫她外出散散心。她只带了一口极小的行李箱，里面装的是心脏病药丸和侦探小说。在船上，母亲不停地给我打电话，问我埃弗情况如何。昨天，母亲告诉我船上的酒保用西班牙语为我们家祈福。她让我告诉埃弗，她在一个街头小贩那里给埃弗买了张CD，一位哥伦比亚钢琴家的CD。“那可能是假的。”我说。母亲说她和船长讨论了海葬，还说自己实在太疲倦，一天晚上从床上摔下来都没醒。第二天早晨，人们发现她从自己的小船舱里滚到了阳台上。我问她有没有可能从阳台上滚落到海里，她一口否定，说船上的栏杆会拦住她。就算栏杆没能将她拦住，她也只会落进轮船边的救生艇里。母亲总认为自己是安全的，总以为自己能通过这样或那样的方式获救。

离开医院前，我在前台稍作停留。我问贾尼斯，埃弗那天是不是真的在浴室跌倒了。贾尼斯肯定了我的问题，“她那会儿刚从危重病房转移到精神科。”人们发现埃弗躺在地板上，她的脑袋流着血，手里紧紧地攥着一只牙刷，像是握着一把曾插入他人咽喉的匕首。贾尼斯那时正忙着处理一位用台球杆敲击活动室电视的病人，另一位护士则忙着处理埃弗的档案，她们都没能留意到埃弗的状况。护士说埃弗瑞达需要进食，这样她才有力气不让自己跌倒，她还需要更留意自己周边的事物。

我想要回病房把护士的最后一句嘱托告诉埃弗。她会向我翻个白眼，可这至少能让她生出些不屑的情绪。我还想对她说病房里有和她一样讨厌电视机的人，他们也许能成为朋友。但埃弗已经请我离开。我想让埃弗知道她的部分请求其实是合理，且应该被允许的。我还想让她知道我尊重她的愿望（从某种意义而言）。虽说她是个精神病人，她的名字还被拼错，潦草地写在护士桌后面的白板上，可她仍然是我那聪慧却让人操心的大姐姐，我愿意听她倾诉。我走到一边，撞到一个盛满塑料餐盒的不锈钢托盘，朝两位穿着居家服，迟疑地从我身边走过的人道歉。

“这玩意儿反正也吃不得。”其中一人说，“我的躯体要是更协调一些，也会将那托盘踢翻。”

“没错！”另一人附和道，“太棒了！”

“我说了它不能吃。”第一个人说。

“我知道，伙计。你说第一遍的时候我就听见了。”

“还听见了其他声音？”

“哈，没错。真有意思。”

“你是因此而被关进精神病院的吗？”

“不，其实是因为我捅了那个闯进我小屋的人。”

“你其实没想过捅他，是那个声音让你这样做的，是吗?”

“没错，你听懂了。不过那把刀确实是真的。”

“是啊，这可太糟糕了。这是整个故事中不幸的部分。”

我喜欢这些拖曳着脚步的病人。我真心喜欢“故事中不幸的部分”，也想把这些人介绍给埃弗。我想要将托盘捡起来，但护士表示我可以不用这样做，她会找个护理员来干这活儿。我开玩笑地对护士说我或许有着和姐姐类似的基因，对周边事物毫无敏感度。我本以为这话能惹这护士一笑，可她没有笑，连一丝微笑都没有。我想起自己曾经读过这样一段描述：女人愤怒时的嘴巴像一支两头都被削尖的铅笔。我见状赶紧离开。我顺着台阶走下楼，不停地念着给自己打气的话。我在心里默默地向埃弗道歉，抱歉要将她独自留在这地方，我还在心中默默列举明天要带来的东西：黑巧克力、鸡蛋沙拉三明治、海德格尔的《论时间与存在》(我们不会说时间是什么或存在是什么，会用我们“有时间与存在”替代)、指甲钳、干净内裤，不要带剪刀或刀子，要带些趣闻轶事。

我驾驶着母亲的雪弗兰汽车，沿着鹏比安高速公路俯冲而下，眼前只有暗淡的柏油马路和破败的废弃商场。除了我的人生，这里什么也没有。埃弗总爱用听起来很高雅的法语词汇形容碎石路。这也许是一种寻求平衡的方式——不停地摩擦愤怒，直到它像北极星一样闪亮。这是埃弗的指路灯，也许也是她真正的家。

我见到一家寝具店，透过窗户可以看见店内写着“出售”的灯牌。我把车停在店外。我花了十分钟盯着店里的枕头看，合成纤维、羽绒和其他各种枕头。我从架子上取下几个枕头，用力按压它们，把它们抵到墙上，把脑袋靠在上面想要好好感受。售货员说我可以在测试床上检测这些枕头。她在枕头上放了一层保护巾，而我平躺下把脑袋放在上面。售货员告诉我她过一会儿才会回来，在此之前我可以将这些枕头逐一测试一遍。我对她表示感谢，很快闭上了眼。我打了个盹儿，醒来后发现售货员就站在我身边微笑，那个瞬间我想起了自己的童年以及伴随着童年的某种安宁感。

我为埃弗买了一个漂亮的紫色枕头，枕头的大小与卷起的睡袋差不多，枕头的缎面上还用银线绣着蜻蜓。我钻回母亲的车，在格兰特公园旅馆的小酒馆买了几盎司酒，又在便利店买了几包烟和一包加大装的巧克力。采购完毕后，我驱车前往母亲所住的高层公寓。我捧着一大堆快要掉出来的物品，在窗口俯瞰阿西尼波河。此时正值春季破冰的时节，河上的冰开始溶解破裂，厚厚的冰面已裂成碎片，顺流而下，相互撞击摩擦，发出可怕的声响。对于这座城市而言，春季可不是什么好时候。

我站在母亲家的阳台上，紧握着绣有银色蜻蜓的枕头，一边发抖一边抽烟喝啤酒，思索我要如何破解埃弗的秘密代码：生命的意义，埃弗的人生，宇宙，时间，存在。我在房间内漫步，观察属于我母亲的物件。我看到父亲去世前两个月拍的一张照片。他当时正在公园内远望参加少年棒球联赛的威尔。父亲的鼻子上架着一副大眼镜，看上去颇为放松。相片中的他正架着胳膊微笑。房间内还有一张妈妈和诺拉的合照，诺拉当时还是个刚出生的小宝宝。她们凝望着彼此的眼睛，像是要通过某种心灵感应传递一些重要的秘密。我望着粘在冰箱上的一张相片，这是埃弗在米兰表演时拍摄的。她穿着一件黑色镶边长裙，肩胛骨在裙子下显得异常突兀。她的头发光泽闪亮，低头弹琴时便会落在她的脸上。当埃弗弹钢琴时，她的臀部偶尔会从椅子上抬高一两英寸。那场演出之后，埃弗在宾馆内给我打电话，向我哭诉她的寒冷和孤独。"你可是在意大利啊，"我说，"那是你在这个世界上最爱的地方。"埃弗对我说她的孤独感深入骨髓，那是一袋沉重的石头，而她不得不背着这袋石头从一个房间到另一个房间，一座城市到另一座城市。

我拨通了母亲的手机，想知道她在船上能否收到手机信号。无法拨通。

餐桌上留有一张便条。妈妈让我方便的时候帮她归还 DVD 碟片。为了让埃弗好好活着，妈妈已经心力交瘁。在她飞去劳德代尔堡的前一天，一个疯邻居家的罗德韦尔特犬咬伤了我妈妈，可是直到血流浸透了她的冬装外套，妈妈才发现自己被咬了。她不得不接受缝针，注射狂犬病疫苗。每天夜里，妈妈能做的唯一一件事就是瘫倒在电视机前，观看《火线重案组》的每一集剧集。不紧不慢，像一只僵尸，一集接一集地看下去，伴着电视机内传出的声音睡去。剧集中那个来自巴尔的摩的孩子用他独特的方式为我母亲带去安慰，对她说着那些她早已知道的事：一个男孩要在这个混账的世界闯出自己的天地。

前往机场那天，母亲意外扯下了沐浴竿、浴帘和一整套沐浴装置。她仍然继续洗澡，走出浴室时脸上还挂着微笑。她已准备好迎接一场闪耀刺激的大冒险。我问母亲坏掉的浴室怎么还能继续用，而她说："不，不。浴室好着呢，一点问题也没有。"然而当我走进浴室时，却发现地板上的积水已有一英寸深，所有的一切，厕纸、柜台上的洗漱用品和化妆品、所有的干净毛巾、孩子们的艺术创作全都浸泡在水中。我意识到“好着呢”这个词对我们而言只是个相对概念。从我们当前的处境来看，母亲是对的，一切都好着呢，什么问题也没有。从某种意义而言，埃弗现在也安全了。尼克白天都要上班，无人看顾埃弗，因此待在医院总比待在家里更让人放心。母亲趁这段时间休息几个礼拜简直再好不过了。

我站在母亲的阳台上，听着冰面破碎的声音。这听起来像是枪炮声，像一群咆哮的动物与一群暴徒合力发出的声响。一轮满月低垂在天际，像一只怀孕的母猫。我能看见河对岸的屋子里的灯光。我看见一对跳舞的男女。闭上一只眼，再加上指尖的遮掩，我就能把他们变成隐形的。我给医院打去电话，想要和埃弗说话。我一边在阳台上踱步，一边等待医院的主接线台为我转接精神病病房。我让那对舞蹈的情侣出现，消失，出现。

“你好?”

“你好。”

“我能和埃弗瑞达通话吗?”

“你是她妹妹吗?”

“是的。”

“她对你的来电表示感谢。”

“噢，很好。可我能和她通话吗?”

“埃弗瑞达希望你最好不要。”

“她希望我最好不要和她通话?”

“是的。”

“你能帮我把电话递给她吗?”

“我们通常不会这样做。”

“好吧，可是……”

“你何不晚一些再打来?”

“能帮我转接贾尼斯吗?”

“贾尼斯目前不在。”

“噢。那你知道她什么时候能回医院吗?”

“我们查不到此类信息。”

“什么意思?”

“意思是我们无权查询此类信息。”

“我只是想问你什么时候打电话给贾尼斯比较好。”

“而我只想告诉你，我不知道这些信息。”

“我不需要什么信息，只要一个答案。”

“很抱歉，可我无权回答这个问题。”

“你无权告诉我贾尼斯什么时候有空？什么叫‘无权’?”

“你还是晚一些再打来吧，抱歉。”

“可你们难道没有一套系统或其他方法，能帮我找到贾尼斯吗?”

“我恐怕帮不上你。”

“能帮我呼叫她吗?”

“祝你今日愉快。”

“等等，等等。”

“抱歉，我帮不了你。”

“你可以破一次例。”

“抱歉？”（冰层运动的声音盖住了我的声音。）

“我只想听一听我姐姐的声音。”

“我以为你想要和贾尼斯通话。”

“我知道，可你说……”

“我真心建议你晚一些再打过来。”

“我姐姐为什么不想和我说话？”

“我从没说过她不想和你说话。我是说她不愿意来普通病房接电话。如果说每次都要将电话送到各个病人的病房中，那我恐怕再也不会有时间做其他事了。况且我们更希望由病人主动联系他们的家人，而不是反过来。”

“哦。”

“我真心推荐你晚一些再打来。”

“我同意。当然了，为什么不呢？”

我挂断了电话，把手机扔进河里。好吧，我其实没这样做。我在最后一秒钟改变了主意，只是低吼了几句。我宁愿放火把那座医院烧了。我才不愿碾碎自己的灵魂。《誊写员巴特比》中的巴特比不吃不喝，什么也不做，最后死在一棵树下。瑞士作家罗伯特·瓦尔泽同样死在一棵树下。作家詹姆斯·乔伊斯和心理学家卡尔·荣格逝世于苏黎世。我们的父亲死在铁轨旁的树下。警察事后将父亲的一包遗物交给母亲，那些东西是他去世时随身携带的物品。不知为何，他的眼镜竟没有破碎，有可能是因为这眼镜从父亲的脸上滑下，落到柔软的草地里，还有可能是父亲小心地将它摘下并放在地上。当母亲把它从塑料袋里拿出来时，它碎在了母亲手里。同样碎掉的还有父亲的手表。时间。摔碎它。父亲的婚戒被压扁，他身上的两百六十多块骨头几乎全碎了。

父亲身上当时还有七十七元钱，我们用那笔钱点了泰餐外卖。正如我的朋友朱莉说的：人们总还得吃饭。

第4章

尼克打算今夜下班后来医院探望埃弗，探视过后我和他将一起喝啤酒。我们将会呆呆地望着对方，严阵以待、不知所措，共同讨论下一步计划。我们想要组建一支看护队伍，在埃弗出院后照顾她。

尼克小心地对埃弗建议，“合作”是她重获健康的关键要素。埃弗显然不喜欢这个建议。她表示“团队”这个词唯一能让她想起的就是四匹失控的马。“‘团队’里从来没有‘我’这个概念，对吗尤兰?”埃弗这是在引用我们高中棒球教练的话，她说这句话从前总会让她害怕。“团队和我有什么关系?”埃弗问，“我能为团队做些什么？列清单？设定目标？拥抱生活？开始一场旅行？把皱眉转换为微笑?”她不停地挖掘整个想法中的漏洞。“噢，我的上帝，尼古拉斯，”埃弗说，“旅途？健康？听听你在说什么吧。”我听了尼克的建议，认为他说得挺不错。然而埃弗极力反对，对虚情假意的“自助说”咬牙切齿。那些东西的存在只是为了卖书，为了麻醉脆弱者，让那所谓的“励志专家”因做了自己该做的事而沾沾自喜。“这些人会列出清单！他们会设定目标！他们还会鼓励自己的病人每天做一件‘有趣’的事！”（噢，你真该听一听埃弗说到“有趣”这个词时嘲讽的语气，像是把这个词当成了“屠夫希尔曼”、“刽子手门格列”）

专家们花了许多工夫才弄明白我们家对于整个医疗体系怀有的敌意。我们自己同样花了很长时间才弄明白这一点。割草机事件发生时，母亲躺在草地上，脚上的指头被削掉两只。母亲望着医护人员从救护车上跳下来冲到自己身边，却问：“这帮家伙来这儿干吗？”医生告诉妈妈，说我需要做扁桃体切除手术时，妈妈对她说：“我们可以自己在家完成这个手术，不过还是要谢谢你。”

我们不愿意将埃弗单独留下。不过尼克总得回去工作，我最终也会回到多伦多，把威尔从照顾妹妹的重任中解救出来，让他回去念书。在莫霍克语中，多伦多的意思是“水中之树”（我喜欢加拿大城市的命名方式，我们总爱用泥土、树、水等词汇为城市命名。这些城市如今还被某些自以为是的人冠上了不少绰号，如“经济中心”、“科技中心”、“出版之都”或“世界上最都市化的城市”）。而今晚，我打算和朱莉共饮一瓶酒。她的屋子坐落于沃尔斯利社区，这个社区内种有大量榆树，枝叶交织成一道教堂顶似的绿色华盖。我和朱莉坐在她家的门廊上，孩子们在屋内看视频。

朱莉是和我一同在东村长大的伙伴，我们是远房表亲，我们的母亲也是彼此最好的朋友（说到这一点，我和埃弗是亲姐妹，同时又是表亲。不过要想了解这一点，你必须知道当年为了逃避无政府军而从俄罗斯远渡到加拿大的门诺教徒总共只有十八人，因此……你大概能明白了）。孩童时期，我和朱莉会一同洗澡，我们发明了一个叫作“藏肥皂”的游戏，我们还尝试了舌吻，直到我们可怕地意识到，如果我们以后能有正常的人生，与男孩和男人们亲密接触将成为我们的日常。

朱莉是一位邮递员，每天都得背着四十磅的邮包走十五英里，两只肩膀各负重二十磅。每逢下雨，朱莉就会掏出一只大铁环，用铁环上的钥匙打开人们常在街角见到的绿色邮箱。她会坐进邮箱里，一边抽烟，一边听着耳机内传来BBC新闻。因为此事，以及无数次叛逆的举动，朱莉受到了主管不少训斥。例如为了更性感，朱莉会将她那印有“加拿大邮政”的“裙裤”故意向上卷。基于其罪行的严重性，朱莉有时会被停职一天、两天或三天。朱莉对此完全没有意见，她可以在上学时间之前和孩子们一同玩耍，而不用在黑暗中叫醒还穿着睡衣的孩子，匆忙地将他们塞进邻居的屋子。朱莉最近刚离婚，她的丈夫是一位身材十分高大的雕塑家和画家。加拿大邮政健康计划帮助朱莉支付了心理医生的治疗费。朱莉的生活中没有太糟糕的部分，她很快乐，她只是很享受尽情谈论自己，讲述她的感受、目标、希望和失望。这种事谁不喜欢？她的医生是一位荣格学派心理医生，他说朱莉是他多年临床工作中见到的最乐观的人，而朱莉从不做梦的睡眠对他而言也是一项持续的挑战。

我们坐在门廊上，喝着便宜的红酒，吃着奶酪和咸饼干，聊着一切与埃弗无关的话题。这个话题就像时间，我抓不住它，它却能凭着一股强大的力量将我牢牢把控住。朱莉有一儿一女，分别为八岁和九岁，这个年纪的孩子还喜欢拥抱他人并坐在别人腿上。孩子们在屋内看《怪物史莱克》，每隔五到十分钟就会来到门廊上（每当这时，朱莉都会将手上的香烟弹进草地里，不让孩子们看见。孩子们走后，她又会把香烟找回来）。那两个孩子会说："噢，我的上帝，你们还好吗？你一定得看看这个。它就像，就像……"之后他们会就那东西究竟像什么争论一两分钟。我和朱莉对孩子们的话赞许地点头，而朱莉偶尔会瞥一眼草地上越来越短的香烟。他们会像小鸟一样，在毫无预警的情况下消失，重回房间占据各自在沙发上的位置。

"他们以为吸烟会引发艾滋病。"朱莉在取回香烟时说。说不论这些孩子有多大，我们总是一心在乎他们的幸福，孩子们哪怕经历了十亿分之一秒的不快时光，我们都会备受折磨，不断自责。看到孩子们眼中一点点溢出的泪花，我们简直恨不得豁出自己的性命。我们谈论了各自的前夫和前男友们，说到了自己的恐惧。我们害怕自己再也无法勾起他人的性欲，怕自己孤独终老，无人爱怜，最后生出深可见骨的褥疮，凄凉地死去。我们的生命中究竟有没有做出过正确的选择？

"也许吧。"这是我们的结论。我们维系了这段友谊，永远地守护着彼此。也许有一天，我们的孩子会长大离家，留我们在遗憾、伤感和衰老中沉沦；我们的父母会因为不断累积的忧愁和生活的疲惫辞世；我们的丈夫和爱人会突然离开，永远地消失。那时我们会在某个漂亮的乡村买一座房子，我们伐木、汲水、钓鱼、弹钢琴，合唱《耶稣基督万世巨星》和《悲惨世界》的电影插曲，一同回顾过去，等待时间的尽头。

"说定了？"

“说定了。”

我们来了个击掌。门廊上的气温越来越低。我们听着一个街区外的冰面开裂的声音，我突然想知道这些冰块能不能飞，是否能永远地解脱，不受洪流左右。我想象一块巨大的冰块沿着运输大道呼啸而过，回到它北方的家。我们抬头仰望夜空。四月的夜空干净而清澈，一颗星星也没有。我们望着街上一点点熄灭的灯光，透过窗户偷看朱莉的孩子们。两个穿着法兰绒睡衣的孩子已在沙发上睡着了，手上还紧紧地握着遥控器。

“丹为什么不肯照顾诺拉？”朱莉问（丹是诺拉的父亲，他是个狂躁又多愁善感的男人。我们的离婚过程苦不堪言）。

“这又不是什么紧急事件。”

“他不是说你永远都能指望他的吗？你有没有把埃弗的事告诉他？”

“他最近在婆罗洲岛。”我说，“和一位高空杂技师一起去的。”

“一定很不错。可我以为他住在多伦多呢。”

“没错，他的确住在多伦多，说是为了离诺拉近一点。不过他这些天去了婆罗洲岛。”

“去那儿定居了？”

“不，不是定居。我也不知道。诺拉对他说了埃弗的事。”

“巴里已经接受了威尔到纽约读大学的事实吗？”朱莉又问（巴里是威尔的父亲。他每天忙着为银行建立随机波动模型，总是神神秘秘的。我们几乎不怎么交谈）。

“是啊……到目前为止。”

“诺拉喜欢跳舞吗？”（舞蹈是我们搬去多伦多的主要原因。诺拉能

进入多伦多的芭蕾舞学校学习。幸亏她得了笔奖学金，否则我根本不可能付得起这费用）

“诺拉很爱舞蹈，可她觉得自己太胖了。”

“上帝啊，”朱莉感叹道，“这种鬼事什么时候才是个头啊。”

“我发现她在偷偷地抽烟。”

“抽烟是为了减肥吗？”

“也许吧，”我说，“所有的舞者都会这样做。我和她谈过一次，可是……”

“威尔喜欢纽约吗？”

“他很喜欢。”我说，“我想他现在大概是个马克思主义者，总把《资本论》挂在嘴边。”

“酷。”

“是啊。”

我帮着朱莉把她的孩子们半拖半抬地送上床，与她互道了晚安。不幸的是，朱莉近来没有因为任何叛逆行为而遭遇停职，她第二天早上必须早起工作。朱莉找出她那双印有“加拿大邮政”的钉鞋，为孩子们备好午餐。穿上这种钉鞋，冰上行走也变得容易。某年冬季的一个暴雪天里，我被困在了阿西尼波河湿滑的碗形河岸边。我沿着冻结的河面行走，想要爬上奥斯本街大桥旁的河岸。这样做原是为了找到通往市区的捷径，可我却因为脚下平滑的鞋子而被卡住。这陡坡上没有任何可供我攀附的借力点。我想要抓住垂落在河岸旁的细枝，可它们毫无意外地被折断，又让我滑回起点。我平躺在冰面上思索对策，一边思考一边津津有味地大嚼一根早餐谷物棒。我突然想到了朱莉的特制钉鞋。我给朱莉打电话，她正巧在附近送信，可以立刻赶来救我。几分钟后朱莉便赶来了。她脱掉钉鞋，把它扔到我身边。我穿上朱莉的鞋，终于爬上了河岸。为了不把脚弄湿，朱莉站在邮包上，一边抽烟一边望着我。我穿着朱莉的鞋，像埃德蒙·希拉里[①]一样一步一个脚印地行走在河岸边。成功获救后，我们一同去喝咖啡，还吃了波士顿奶油甜甜圈。拯救任务偶尔也是非常简单直接的。

我和朱莉道别，驱车在这城市里。我想要，又不想经过华沙大道的老房子，愿意，又不愿记起那些年的快乐婚姻。

丹是我的第二任前夫，他是诺拉的生父，也将威尔当作自己的亲生儿子看待。而威尔的生父，即我的第一任前夫巴里当时已经去了美国。经过了第一段可怕的婚姻，我和丹都认为自己这次做出了正确的选择，我们终于满足了各自对于爱情的渴望。尽管如此，我们最后还是做出了糟糕的决定。我们如今陷入了一场相互损耗的战争，可是像大多数当代的恋人一样，这战争是通过短信和电子邮件进行的。我和丹之间曾有过一段短暂的休战时间，有时因为厌倦了斗争，有时因为我们会突然念起旧情，顿生善意。丹有时会将他以为我会喜欢的某些歌曲链接或文章发给我，有时会因为一百万件小事向我道歉，有时他又会喝得烂醉，写下冗长的谩骂之言，细数我的过错——我的过错可不少。

“目前还没有什么不好的事发生。”这个句子来自罗登·维尔特的

① 新西兰登山家，登上珠峰的第一人。——译者注

一句歌词。驶过华沙大道的旧宅时，我的脑子里不断回荡着这句话。我正是在这所房子里开始创作我的青年竞技者小说。我的小说获得过一时的成功，成功到足以帮我支付房屋贷款，购买日常杂货。到目前为止我已完成九部作品——我的竞技者朗达系列读物。但是根据出版商的建议，朗达的世界是时候改变了。如今的青少年多住在城市里，对绕桶骑马比赛和驯马牛仔无法产生共鸣。我近期开始了“文学创作”，而我的编辑对我非常有耐心。她说她很愿意等待“竞技者朗达”的第十部作品，也乐意看到我在此期间“扩展自己的作品”。房屋的新主人将我和丹多年前给屋子刷的红、黄色改成了白色。那是我们犯傻的举动，我们当时正值破产，却感到无比快乐、无所畏惧，对我们的爱情和未来充满了信心。当时的我们为自己刚刚成立的小家庭欢乐不已，深信这是我们在这世上不可动摇的立足点。新主人的油漆工作尚未完成，他们还没来得及为栅栏重新上色，这栅栏在昏暗的灯光下闪耀着欢快的黄色光芒，我还能看见诺拉贴在上面的贴纸：青蛙、汽车、月牙儿，带着大大笑脸的太阳。一次家庭旅行中，我们买了一块写着“小心恶犬”的金属制的警示牌，这块警示牌仍挂在大门上。人们常常会这样说：我不知道究竟发生了什么。我不知道我们究竟是哪儿做错了。

我把车开到了尼克和埃弗的家，把车停在他们的车道上。好不容易到了晚上。我透过窗户望着尼克，他坐在黑暗中，正盯着自己几乎没什么亮光的电脑屏幕。我们是时候该好好聊一聊埃弗瑞达的问题了，我们的深夜会议也许无法得出一个确切的解决方案，但它至少能让我们团结地守护着埃弗，让她继续活下去。我们同坐在客厅内，四周是成堆的音乐类书籍和中文小说，这是尼克新发展出的兴趣。我们用他们家剩下的最后几个干净杯子倒茶水，我与尼克的对话如下：

“她今天似乎乐观了一些，好像更愿意交流了，你怎么看?”

“是呀，也许吧……你怎么看她身上的新伤口？那次摔跤造成的?她有没有服药?”

“埃弗说她吃了药，可是……护士今天告诉我，说我们最好不要从医院外为埃弗带食物，如果她饿了，她应该下床，在用餐时间走到公共用餐区用餐。”

“话虽如此，可她不会这样做的，她宁愿饿着。”

“但护士们不会让这种事发生的。”

“你确定吗?”

“嗯……”

我们仍然没有得到精神护理之家“团队”的反馈，甚至开始怀疑这个团队是否真正存在。我们想知道将这个护理团队请到家里需要花多长时间，又要花费多少。我和尼克一致认为费用不是问题，尼克说他明天早上会再次联系那个团队的联系人，我则提出我会再见一次埃弗的精神治疗医师，这种感觉就像是要和甘比诺家族[①]的头目见面一样。我根本不知道这个医生是否真正存在。“至少，”我说，“我会找到一位熟悉埃弗病史的高级护士，和她聊一聊。我会恳求所有愿意听我讲话

---

① 美国五大黑手党中的一个家族，在甘比诺的领导下，甘比诺家族一跃成为美国最大的黑手党家族。——译者注

的人，求他们别让埃弗回家，直到我们想出新计划，或是像那帮人说的，等埃弗‘真正转过这个弯’。”

“巡演的事怎么办?”我问。

“去他妈的巡演。”

“是啊。”我说，“我同意。可我们必须解决这个问题。埃弗担心自己会让所有人失望。”

“我知道。”尼克起身从钢琴上拿起一张纸。“这都是传给埃弗瑞达的短信。”他说，“吉恩·路易斯、菲利克斯、西奥多、汉斯、安德里亚。我认识的人不到其中的一半。”

“你有没有将这事告诉克罗蒂奥?”

“没有。没有……不过他也传来了几条短信。自由传媒想要为一部音乐选集做一份档案，BBC 音乐杂志也想要做一些活动。哈!”

尼克用手撑住下巴，转身面向桌子。他的眼睛里布满了血丝，整张脸似乎都在充血。尼克在微笑，因为他很勇敢。

“你累了吗?”我问。

“筋疲力尽。”

尼克放了张唱片，他近来爱上了黑胶唱片。尼克喜欢唱片的规律旋转，喜欢整个过程。尼克拿唱片的方式和其他人一样，不用手指，用的是他的手掌。尼克朝唱片吹了口气。这音乐舒缓轻柔，只有一把木吉他，没有人演唱。当他再度回到桌边时，尼克要求我看着他的眼睛。

“它们正在蔓延，”尼克说，“我像是得了什么传染病。”

“你指的是你的红眼睛?”

“我不知道。”他说，“我的眼睛里总会有东西流出，流出的是清澈的液体，不是脓液。我躺在床上，这液体却不停地滴落。我也许应该去看看医生或验光师什么的。”

“你在哭，尼克。”

“不……”

“是的。这就是人们所说的流泪。”

“我一直在流泪吗？”尼克问，“我甚至没有意识到。”

“这是哭泣的另一种形式。”我说，“一种新的形式。”我俯身搭住尼克的肩膀，随后又将手放在他脸的一侧，动作与他握唱片时一样。

我们安静地坐了一会儿，尼克说埃弗这会儿本该在排练，尤其是演奏会前两天。我说埃弗现在不可能做到这些。尼克对我的话表示了赞同，因为埃弗一直以来都表示她不愿意参加巡演，并表示相关责任方越早知道这一点越好。我让尼克给克劳蒂奥打电话，同往常一样，他能搞定这一切。

“如果你愿意的话，我也可以给克罗蒂奥打电话。”我说。

“也许我们应该拖延一段时间。”

“我觉得他现在就得知道。”

“听着，我知道克罗蒂奥会说什么。”尼克说，“我们等着瞧吧。他一定认为埃弗能像上次一样再度振作起来。他会说表演拯救了埃弗的生命，而它还能再救她一回。”

“也许吧。”

“他或许是对的。埃弗需要被人推一把，她会好起来的。”

“是啊。”我说。

“但是……如果埃弗不愿意参加巡演的话，她显然用不着参加。”尼克说，“这不是重点。我只想说，她若是突然决定参加巡演，那时候……”

“没错，所以我们不该擅自取消演出。”我说。

尼克的脑袋落在桌子上，像一片雪花。他把手臂伸在桌子下，一只手空举着，像是握着一只杯子。

“尼克，”我说，“嘿，尼克，你应该好好睡一觉了。”

我们又重复了我们通常的一套寒暄。我们叹气，揉自己的脸颊，作苦相，微笑，耸肩，又聊了些琐事，比如尼克在他的小基地内组装的爱斯基摩皮艇。尼克打算尽快将皮艇组装好，春季时带着皮艇到一个街区外的河边，沿河而上。逆水行舟是最难的部分，一番历险后，尼克最终会漂流回家。

我离开屋子，留尼克独坐在电脑旁。显示屏上的灯光呈 V 字形投射在尼克脸上，他的样子简直就像波利斯·卡罗夫[①]。我想知道他究竟在看什么。当你最爱的人决定离开这个世界，你会在搜索引擎中输入什么呢？我钻进母亲的车，看见诺拉从多伦多发来的一条短信：埃弗怎么样？我想要穿脐环，在此之前要得到你的允许。可以吗？求你了！我爱你！另一条短信来自拉狄克，他邀请我去他家。拉狄克是一位有

① 英国演员，因参演恐怖片成名，代表作有《科学怪人》《弗兰肯斯坦的新娘》等。——译者注

着忧郁眼神的捷克小提琴家。上次回温尼伯时，我陪朱莉派送信件，也第一次遇见了拉狄克（他其实正是我陪朱莉一同派送信件的原因。朱莉说她曾经给一位非常英俊的欧洲人送过信，而他看起来也是那么孤独而绝望。“就像你一样，尤兰。”朱莉说）。拉狄克之所以来温尼伯市其实是为了撰写剧本。可其他人不也是这样？温尼伯是这世界上黑暗但丰饶的角落，是泥水河的交汇处，在此地，人们最能体会生活的悲剧。我和狄拉克说的并不是同一种语言，但他十分有耐心地听我说话，努力理解我的意思。他可以听我用某种他不能完全理解的语言诉说自己的失败之处，整整听上一到两个小时。这是为了什么？仅仅是为了上垒？

我有些担心“上垒”这个词已经过时，可我羞于向诺拉询问现在的流行词汇。如今的我处在一个尴尬的年纪，正好卡在两代人之间，一代人用的词是“上垒”，另一代人用的则是“勾搭”，我该选择哪个词才好？我来到拉狄克在学院路租住的顶层公寓，坐在他的厨房内，与他聊着埃弗。我对他诉说着埃弗的绝望与麻木，她怎样追随艾米丽·狄金森口中的“引领时刻”，以及我想要让埃弗活下去的天真愿望。我聊到了徒劳、愤怒以及名为“宁静”和“机智”的月亮上的海。我问拉狄克更喜欢住在哪片海周边，问他是否知道加拿大曾有一座名为“失望”的冰川。这冰川融入失望之河，河水注入失望之池，而池里没有任何可以阻挡失望的东西。拉狄克点点头，为我倒了一杯酒，替我准备食物。进入厨房搅拌面糊或稻米前，他俯身在我的后颈留下一个吻。拉狄克全身覆盖着又黑又硬的毛发，这让他的肤色显得更加苍白。他用蹩脚的英文笑称自己还未进化完全。我很欣赏他的做法。北美人惧怕毛发，总是慌忙地将自己身上的毛发激光烧除或用蜡拔除。狄拉克和他们不一样。“体毛是女性自由之战需要攻破的最后一道展现，狄拉克。我实在太累了。”我说。狄拉克大概没听懂，他点点头道：“啊哈，是吗？”

狄拉克将意大利面温柔地放在桌上，他说：“我曾经见过你的姐姐。”

“什么？”我说，“你见过她？可你从来没对我说过。”

“在布拉格。”狄拉克继续道，“我一点也不惊讶。”

“不惊讶什么？”我问。

“她的痛苦。”他回答，“听她弹奏时，我感觉自己不该和她待在同一间屋子里。演奏厅里坐着几百号人，却没有一个人离开。这是一种私密的痛苦。我指的私密是‘不可知的’。只有音乐懂得她的痛苦，只有音乐能守住她的秘密，她的演奏因此像一道谜语，一句悄悄话。演奏会后，聚在酒吧内饮酒的人们全都一言不发。人们都怀着同样的感受，一句话也说不出来。”

狄拉克的话，他身上的旧式欧洲人的魅力及其说话的方式让我思考了好一阵子。我们也许能够爱上彼此，能带上威尔和诺拉一同搬去布拉格。我的人生也许会变得不那么像我，而更像卡夫卡的人生。威尔和诺拉可以学习网球和体操，我和狄拉克将会日夜观看歌剧、芭蕾舞剧，变得热情、诗意且富有革命气息。

“我把她和伊沃·波格莱里奇归为同一类人。不，她也许更像叶甫根尼·基辛。”狄拉克说，“她明白钢琴声是人类能发出的最完美的声音。”

“埃弗体内有一架玻璃钢琴，她总害怕这钢琴会破碎。”我说。

“是的，”狄拉克说，“它也许已经碎了。而她只能小心翼翼地捧着玻璃块，不让它摔得粉碎。那天夜里，我感觉自己突然间爱上了她。我想要保护她。”

“噢，好极了，你喜欢我姐姐？”

狄拉克大笑着否认：“不，当然不是。”

我认为他这是在撒谎。我的布拉格美梦是时候到头了。“好吧，”我对自己说，“对于卡夫卡而言，布拉格显然不是个有趣的地方。所以没关系，别想了！”

“你要再来些酒吗？”狄拉克问，“她小时候是什么样的？”

“她每天只顾着弹钢琴，”我回答，“还有发动请愿。”

“啊哈，你的人生如果只能做一件事，这件事一定得是弹钢琴。”狄拉克说，“可你一定还有些其他的记忆，不是吗？”

“她非常年轻时就学会了法语，”我说，“她有时候只肯用法语说话，很长一段时间内又像我们的父亲一样什么也不肯说。她为我取了许多昵称：旋转脑袋、大灾难。她把我们的门诺派小镇想象成意大利托斯卡纳的小镇，暗地里给镇上所有的人和事物重新命名。所有的街道，一切。埃弗对意大利有一股狂热之情。当我们那些古板的门诺派亲戚登门拜访时，埃弗会用意大利语称他们‘先生’、‘太太’，为他们奉上意式咖啡和格拉巴酒。人们总会取笑她。这也让我有些尴尬。”

“啊哈，但她只是想要为生活创造一点激情，不是吗？她只想让自己变得聪慧而有趣。”

“是呀。我如今能看出这些。”我说，“可是那时候……你明白的。我们生长的小镇不可能欣赏这种有趣的行为。我们家曾遭遇过枪击。”

“什么？”狄拉克惊呼道，“就因为埃弗瑞达？”

“我不知道。”我说，“我们一直没能查明真相。我父亲也被许多人嘲笑过，因为他总爱骑自行车，每天都西装革履，还喜欢读书。埃弗总会为此流泪。她常常因为此事而愤怒。埃弗会挺身与这些人斗争，大多数时候都是用言语争辩。当她前往奥斯陆学习音乐时，埃弗给我寄了几盒自录的录音带，向我讲述她在那座城市的生活。埃弗拜了某个来自阿姆斯特丹的家伙为师，再后来又师从一位来自赫尔辛基的女士。我在夜里一遍又一遍地播放这些录音带，假装埃弗与我同在。我要把它记在脑子里，记住埃弗每一次的音调起伏和呼吸。我一遍又一遍地学她说话，甚至会模仿她的笑声。这一切都清晰地存留在我的记忆里。”

狄拉克又为我们倒了一杯酒，他说自己一直在思考诺思洛普·弗莱[①]所说的关于能量的一段话：能量必然会从某个地方转移，人们必须趁着能量转移的势头继续前进，以此达到对能量的重塑。他问我是否同意这段话。

“是的，我同意。”我说。“这世上怎么会有人反对诺思洛普的话？这种事真的‘合法’吗？”

“当然了。”狄拉克说，“你也许……”

---

① 加拿大多伦多大学的神学家和文学批评家，以《批评的解剖》一书而闻名。——译者注

“我知道，我知道。我在开玩笑，可我的确同意这段话。”

“你很想念你的姐姐。”狄拉克的话直击要害。

“是的。但又不只是想念。我不想让她回来。我不知道自己那时候是否意识到了这一点，可是隐约之中，我知道她必须离开。与此同时，我又觉得为了在那个地方生活下去，我又需要埃弗。我那时候总是忙碌而焦躁，想弄明白我要怎样在埃弗离开的这段日子让自己勇敢起来。每当埃弗回家时，她总爱和我一起打网球。我们在夜间打球，盲眼网球。虽说我们未能接住大部分球，但这游戏实在有趣极了。埃弗说打盲眼网球时，我们必须仔细聆听，聆听是游戏的关键。我们在夜色中笑到断肠，每接到一个球就放声尖叫。我可以从埃弗的钢琴声中辨别她的心情。埃弗得到了校内全部的最高奖学金，她的名字甚至出现在一些智力竞赛节目中，不过仍有许多事能惹得她生气。人们的懒惰和散漫让埃弗难耐愤怒。牧师和他忠实的追随者们来到我家，让我的父母别放埃弗去留学，因为她也许会学到一些不切实际的空洞思想。这件事把埃弗气坏了。那天晚上，她点着了牧师的帐篷，警察来到我们家……”

狄拉克惊叹了一声。

“在此之前还有一次，当教堂那帮人来我家时，埃弗在一间房间内弹奏拉赫玛尼诺夫的曲子，我和妈妈则躲在厨房里。如今看来，人们给我父亲施加的压力越大，埃弗的呐喊也就愈加响亮。她用钢琴来呐喊。埃弗用她的智慧和愤怒赶跑了那帮人，就像基督把放贷者赶出神庙，像《稻草狗》中的达斯汀·霍夫曼……”

“像是步入阳光中的吸血鬼。”狄拉克说。

“那是一群无比简单、粗野至极的男人，这简直是在对牛弹琴。她没有……”

“她弹的是哪一段?”狄拉克问。

“G小调，乐曲23。”

“警察到你家之后发生了什么?”

“我的父母不肯把埃弗送去少管所，也不愿将她送去森林里的基督徒重塑训练营。我认为那些警察只是吓唬人的，可我们还是长途跋涉，到美国加利福尼亚州的富勒斯诺市避风头。待我们回家时，人们已经早忘记了这件事。埃弗在富勒斯诺市爱上了一个男孩，两人成了男女朋友。我们离开的那一天，那个男孩躲在我们的后备厢内。父亲察觉到了这额外的重量，停车将那个男孩赶了出去。那个男孩被父亲拉出后备厢后，埃弗和他像疯了一样亲吻。我父亲受不了这种事，不得不由我母亲出马，告诉埃弗我们必须离开了。我记得母亲拉着埃弗的胳膊，而她仍在不停地亲吻那个男孩。当她终于回到车内时，埃弗几乎要把眼睛给哭出来。那个男孩像东村的小狗一样跟在我们车后奔跑，直到用尽最后一丝力气。”

狄拉克大笑着问:“你有没有她的相片?”我从钱包中掏出一张相片给他看。埃弗生着一双巨大的碧色双眸和一头闪亮的乌发。“她看上去像个外星人，是不是?”

“她美极了。”狄拉克说。

第一次在狄拉克家吃饭时，我告诉他一直以来我对自己的丈夫都非常忠诚，而且我已经有了孩子。狄拉克对我点点头，露出一个甜蜜的微笑，好像在说他对这个女人已经有了好感，甚至有点喜欢上她了。而现在，我们最终走到了这一步。这些天来我实在疲惫难当，总会把脑袋歇在他的桌上，在他收拾碗碟时昏昏沉沉地睡去。狄拉克会将我抱起，抱到他的床上，小心地帮我褪去衣衫，将我的牛仔裤搭在椅子上，不让我的润唇膏从口袋里滚落到床底的灰尘中。他把我的衬衫放在台灯灯罩上，让它形成一道奇特的光圈。与我做爱时，他的动作十分温柔，像个十足的绅士。当我问祖母，我的祖父是个怎样的丈夫时，她用到的就是这个形容词。“温柔”，这也是我唯一能想到的，用来形容狄拉克的词。当他到达高潮时，会轻声用捷克语说些什么，只有一个词。我喜欢把玩狄拉克的指尖，感受他的指骨和指槽。每天五到六个小时里，他的手指都按着小提琴弦。

狄拉克说一天夜里我曾经学狗叫。关于这件事，我仅有一些模糊的印象。我梦见自己感受到了自己想要感受的一切，我想要说的话都凝聚在我的嘴边，终于幻化成一句讨厌的犬吠声。有时候，至少在梦中，我觉得自己就快要理解埃弗的沉默。当我独自住在蒙特利尔，因为一段逝去的爱情心碎神伤时，埃弗给我发来一段话。这是一段来自法国诗人保罗·瓦莱里的引言，不过她每次只发一个词，我花了几个月才弄明白——呼吸、梦想、沉默、不可摧毁的宁静……你将战胜一切。

第5章

此时已是清晨，我却宿醉未消。我的眼睛底下是深深的黑眼圈和污损了的黑色眼影，我的唇上还有一道硬壳似的红酒印。我的双手在颤抖。我从蒂姆·霍顿斯咖啡店买了外带咖啡，妄想着里面的咖啡因能加倍，加倍，加倍再加倍。我的母亲此时在一艘船上，尼克则回到了实验室，正沉浸在对付绦虫的实验中。我为埃弗买了她要我购买的东西：黑巧克力、鸡蛋沙拉三明治、干净内裤、指甲钳。我到达病房时埃弗还在睡觉。我知道她还活着，因为她的眼镜像一叶搁浅的救生艇，正随着她胸口的起伏一上一下。我把紫色蜻蜓枕头放在她脑袋旁，坐在窗边的黄色塑料椅上等她醒来。母亲的雪弗兰停在楼下的车位中，我按下绿色的自动发动钮，想看看我能从多远的位置让某样东西复活。什么都没有发生，车灯并没有亮起。

我查看了自己的黑莓手机，收到了两条来自丹的信息。第一条信息细数出我作为母亲和妻子的一系列缺点，第二条信息则是为第一条道歉。“酒精”、“悲伤”、“冲动的情感”、“让人追悔不迭的行为习惯”，以上便是他的借口，也是我和他之所以产生不和的主要原因。我都能理解。他有时候会给我发送过于正式，像是由律师团队起草的邮件。另一些邮件则像是在继续我们多年来的对话，开私密的玩笑，好像把我们的离婚当作了一场游戏。这一切隔段时间就会重演：道歉，尝试理解，言语攻击……这些东西也让我内疚。丹想让我留下。我想让埃弗留下。世界上的每个人都努力想让另一个人留下。当理查德·巴赫写下“若深爱，请放其自由”时，他所建议的对象一定不是人类。

我走进埃弗和她室友公用的洗手间（埃弗暂时没了室友，梅兰妮这会儿正回家探亲），查看是否有可能被用来自残的物件。什么都没有。很好。连牙膏帽都被替换了，这世上没人愿意花心思做这种小事，更别提一个一心求死的人了。我擦去唇上的红酒印，用手指刷牙。我想要洗掉污损的眼线印，却让它变得更糟，活像一个食人恶鬼。

我用意志控制住了颤抖的双手，将我的头发理顺了一些，同时向我并未虔诚信仰的上帝祈祷。如果我们笃信上帝，他又为何要回应我们的祈祷？他为什么不能先走出第一步？我为智慧祈祷。“上帝，请赐予我智慧。”我学着父亲当年的样子说。他总会用“赐予”而不是“给予”，因为这个词更显谦卑恭顺。不知我的父亲是否还在这世界里，因为根据《圣经》所言，父亲正在天堂望着底下的一幕幕。

埃弗张开眼，露出一个疲倦的微笑。她想要重新醒来一次，却显然失望了。我能听见她的心声：这是什么鬼地方？这句话来自我们最爱的多萝西·帕克[1]，这话每次都能让我们开怀大笑，除了这一次。好吧，说实话，它只让我们笑过一回，即我们第一次听见它的时候。

埃弗再次闭上眼。我说："不！不，不，不，请睁眼。"我问她是否记得斯德哥尔摩的大使馆。埃弗曾邀请我陪她在瑞士游玩一周。那时的我还怀着威尔，我们在当地的加拿大使馆遭遇了一场悲喜交加的小事件。埃弗那天受邀前往斯德哥尔摩音乐厅参加午宴。我陪着埃弗同去。我穿着一件闪耀的孕妇裙，整个午宴期间都小心翼翼，生怕给瑞森家丢脸。我们在一间刷着白墙的屋子里，坐在一张白色的桌子旁，身边就是大使和贵宾们（他们也都是白人），贵宾们的名字均是诸如达尔贝里、于伦伯格拉各斯维之类的。埃弗穿着一件简单的黑色欧式服装，光彩照人，她的演出又一次大获赞誉。埃弗的一切都那么简单、干脆、清晰。坐在她身边，我就像是一只刚刚失婚的巨型鱿鱼，动作缓慢笨拙，把食物落在自己身上。埃弗用德语与一对样貌俊俏、穿着得体的夫妇交谈，所谈论的也许是钢琴。这时一旁的大使问我在加拿大做的是什么工作。"我正在写竞技小说，"我回答，"而且你看（我指了指自己的肚子），我正怀着孩子呢。"我大多数时候都太情绪化，我把鲱鱼吐在斯德哥尔摩干净的街道上，在聚酯纤维的裙子里止不住地流汗。我太紧张，做出了不少蠢事。起身拿纸筒时，我的大肚子撞翻了大使的红酒。我用马尼托巴省旗裹住自己，让埃弗为我拍照。我不知道怎样回答人们问我的问题，如：你是否也继承了音乐基因？做一个天才的妹妹是怎样的感觉？

---

① 美国作家，代表作有《足够长的绳索》等。——译者注

“还记得那些蛋吗？”我对埃弗说。她没有睁眼。宴会上提供了一种蛋，不是鸡蛋，而是其他动物的蛋。这是一种黏稠的像眼球一样的蛋，像是浸泡在绿色盐水中的胚胎。我一见到那东西就冲进了卫生间。当我回到餐桌后，埃弗一眼就能看出我又哭了，赶紧上前安慰。与从前一样，她又引用了她诗人情人的诗句，把这当作了一段自白。她把我变成一位英雄。她开始讲述我孩童时候的故事，夸赞我的勇敢和冒险精神，说大伙儿应该看看我骑马时的样子——他们有没有听过绕桶骑马比赛？埃弗说我是镇上最坚强的姑娘，是她最大的开心果，而她所有的演奏均受到了我的启发。我的狂野、自由自在、对生活的反抗均是她灵感的来源（我知道她想说我搞砸了，却不愿意亲口承认）。埃弗说她正是按照我的生活弹奏钢琴：自由、快乐、诚实（换言之：像个没有任何社会技能的快乐的傻瓜）。埃弗对所有人说，我肚子里的这个孩子将会是这世界上最幸福的孩子，因为他的母亲是我。埃弗说我正在写出色的竞技小说，还说我是她最好的朋友。这些都是谎言，也许除了最后一个部分。

“埃弗瑞达！你还记得那天吗？”

埃弗睁开眼，终于点了点头。“每当遇到类似的情况，你总会为我着想。”我说。埃弗笑了。这是一个灿烂而真诚的笑脸。我指了指埃弗脑袋旁的蜻蜓枕头，告诉她这是我替她买的礼物。埃弗表现得喜出望外。“给我的？谢谢！它太漂亮了！”埃弗抱紧枕头，对我再次道谢，这反应实在是过于强烈。“这不过是一个枕头。”我说。埃弗想知道我一直拽着的塑料袋里装的是什么。我告诉她这里面装着我的小说，里头是我用橡皮筋绑住的几张纸。

“新的竞技小说？”

“不，这是一本真正的书。”

“你终于开始动笔了？太棒了！”埃弗想请我为她朗读几段，被我一口回绝。

“就读一段？”

“不。”

“一个句子？”

“不。”

“半句！一个单词？”

“好吧。那我给你念小说的第一个字母。”

她微笑着合上双目，陷进床里，像是在面对一顿大餐。我问埃弗有没有准备好，她点了点头，仍闭着眼微笑。我起身清了清嗓子，暂停了一下才开始念。

“L。”

埃弗叹了口气，仰头望着天花板，张开眼对我说：“漂亮，真是太漂亮了，这是你写过的最棒的东西。”我谢过她，将稿件塞回超市的塑料袋里。

“能不能至少告诉我这本书是关于什么的？”

“关于姐妹。”

我凝视着埃弗，忍不住流泪，再难耐伤心。整整二十分钟内，我蜷缩在窗边的塑料椅中。埃弗伸手触碰我的小腿，这是卧床的她唯一能碰到的地方。埃弗说她很抱歉。我问她因何感到抱歉，她没有回答。我又问了一遍，语调尖锐且满怀仇恨：“你为什么抱歉？”我用手敲击窗户。为了防止有人跳窗，这扇窗户经过了加固。我的举动把埃弗吓了一跳。可她仍然用沉默回应我，那对绿色的大眼睛上覆盖着长得不可思议的睫毛，她的瞳孔像一艘沉船一样陷在那片绿色中。这对眼睛像极了父亲，都那么阴森骇人。

我没能给出让埃弗满意的答案，没有对她说我理解，说这没关系，我会原谅她，而她不需要被原谅，没说我将一直爱着她，还会将她的心藏在我的铅笔盒里。我望向一旁，平静地掏出手机，查看更重要的信息。威尔给我传来一条短信：诺拉简直不可理喻。你什么时候回来？埃弗怎么样？你知道我的篮球针在哪儿吗？我给他回了短信：同意。不确定。还活着。找找杂物抽屉。爱你。我在搜索引擎中键入“自杀基因”，又在最后一秒钟取消了搜索。我不想知道。再说，我其实早已经知道了。

人们总会问这样的问题：怎么会发生这种事？

虽说我们用了那么多方法——栅栏、运动检测器、相机、遮光剂、维生素、门闩、铁链、自行车头盔、动感单车课、守卫和大门——可我们的体内是否还藏匿着秘密杀手？我们能不能迅速打开自己身上的“快乐开关”，如同肿瘤突然入侵健康的器官一样。“正常的”母亲们会不会突然将她们的宝宝扔到阳台外？好吧，什么人才会幻想这种鬼事呢？

姐姐出生时，父亲在后院种下了一株俄罗斯橄榄木。我出生时，父亲种了一株花楸树。小时候，埃弗对我说俄罗斯橄榄木是一种坚韧的植物，上面的荆棘足有四英寸。尽管周围寸草不生，俄罗斯橄榄木仍然生机盎然。埃弗说花楸源自欧洲，原本是用来驱赶女巫的。“也就是说，我们是无坚不摧的。”埃弗说。“你说的是女巫，”我说，“我们仅仅能确保自己不被女巫伤害。”

我离开病房，漫步在走廊内，对护士站的护士们点头示意。在此期间我将一间大衣橱误当成洗手间，匆忙退出的过程中还撞翻了一堆拖把和清洁用具。我赶紧道歉，退回埃弗的房间。回到房间时，我擦去了泪水，脸上再度挂起笑容。我的脸上混杂着可怕的色彩与污渍。我想要让自己好过一些，于是开始唱歌。算不上真正的唱，哼的是“老板”(因为他的权威)、“火车大劫案”……圣歌似的小调，这小调在80年代时曾点燃我们的平凡少女之心。少女时代的我们曾用梳子充当麦克风，对着自己的影子吟唱小夜曲。歌声飘荡在小型卡车之后，回响在干草堆上。此时再哼这小调是为了让我重拾希望。

我瘫坐在黄色塑料椅上，让埃弗告诉我一些事情。她问我想知道什么，我没有正面回答。“对我随便说些事就好，和我说说你的秘密情人。”她说那些情人之所以成为秘密必然有不为人知的特殊原因。我点头表示同意。她说的没错，这的确很棘手。“可我仍然想知道，和我聊一聊那个家伙吧，他叫什么名字？休齐·泊伊尔？”埃弗做了个鬼脸，说泊伊尔不是情人，而是她的朋友。“那就和我说说他吧。他在床上是什么样的？”我说。“我们没有上床。”埃弗否认道。“好吧。那你们是在哪里做的？在地板上？火灾逃生处？”我不依不饶地继续道。埃弗摇了摇头。“好吧，那另一个家伙呢？呼吸的阴茎？”埃弗笑了。“丹尼斯·布莱希特，”她说，“他的确很可爱，但这已经是很久以前的事了。我已经结婚了。”

“是吗？”我问，“你什么时候结婚的？”

“好啦。你知道我的意思。”

我对埃弗说我是个结过婚却没有丈夫的女人。“而你，”我说，“你是没结过婚却有丈夫的女人。”

“有什么关系呢，尤兰？”埃弗打着哈欠说，“你愿意回来可真好。我应该向你道歉。”

“不，拜托。”我说，“你一定是遇见了太多有着动人口音，精通欧式文化的温柔男士。”

“你这是在讽刺吗？”埃弗疑惑地问。

她向我问到了多伦多的那个帅气律师。我连连摇头。

“他叫什么来着？”埃弗问。

“芬巴。”

“什么？噢，我的上帝，就是他。芬巴！简直不敢相信你和一个律师上了床，还是个叫作‘芬巴’的律师。”

“和律师上床怎么了？”我问。

“没什么。”她说，“理论上来看没什么大不了的。不过你是那么……你曾是那么有趣。”埃弗问我和芬巴是否还在一起。我对她说我不知道，又向她吐露出所有细节，告诉她芬巴不是唯一一个和我上床的男人。“尤兰蒂！”埃弗惊呼道，“有多少个？”我告诉她只有两个，可我当时过于疲倦、羞耻、不知所措，也不清楚那段韵事是否真实发生过。“事实上，他们之中有个人爱的其实是你，他之所以和我上床是因为他将我看做了你的替代品。”我说。埃弗问我芬巴是否知道另一个家伙的存在，是否知道那个家伙究竟是谁。我再次摇头。“不，我想我没有告诉他。再说他也不会在意的。好吧好吧，这不是什么值得自豪的事。不过经历了和丹十六年的夫妻生活，我不自觉地产生了某些奇怪的动物性反应。我也许成了低贱的荡妇，但是没关系，把我烧死好了。”埃弗指了指自己，又伸手指向精神病房，向我表明我们所处的地方。她想用玩笑的姿态表达自己与我感同身受。噢，我的大姐姐，我爱她。我们笑了笑，只是淡淡的微笑，完全没有笑出声。埃弗说她希望我没忘记使用保护措施。她居然能说出这种话，简直把我乐坏了。

我记得我十二三岁时埃弗曾与我谈论过性。她问我知不知道什么是“勃起的阴茎”，我说我知道。这便是整段对话，是我面对人类最大的雷区时的简明指南。我记得我们一家四口在一起的时候。我们都那么年轻、疯狂、生机盎然。我们的脑袋上还没有缝针，双手不像如今这样止不住地颤抖。某天夜里，我们驱车行驶在温尼伯市，好像是为了检查圣诞饰灯什么的。那时的我刚刚学会认字，为了练习阅读，我兴致勃勃地念出眼前的每一块标识。到达科本恩大道[①]时，我念出“公鸡燃烧大道”[②]，又问公鸡燃烧是什么意思。埃弗那时候一定已有十二三岁，她说这个词代表着过多的性爱。母亲嘘声让埃弗闭嘴，我们都不敢抬头看父亲的样子。他双手攥着方向盘，像一位正在追踪目标的

① Cockburn 一词可做姓名和地名，主人公将本词一分为二，其中 cock 可作公鸡，也可作男性生殖器解。

② 同上。

狙击手一样凝视着眼前的挡风玻璃。这世上有两件事是父亲永远不会开口谈论的，一件是俄国，另一件便是性。

这是我第一次亲耳听见这个词，“性爱”。当时的我对于这个词仅有着非常模糊的概念，我认为这件事一定与医院有关。更重要的是，我记得埃弗当时在车内的表情。她那么自豪，微笑着哼着小曲，无限渴望地望着窗外那个终有一日将被她征服的世界。埃弗撼动了我们这个门诺派的小宇宙，晃动了这个小小的防空洞，把笼子震得隆隆响。埃弗被母亲禁言，这还是头一回。那天的我敏锐地意识到埃弗的新力量，打心眼里想要成为她。从那一天起，我骑着埃弗的自行车，庄严地从第一大道的一边滑行到另一边。那时的我几乎够不着车把，甚至不知道自行车要怎么骑。我还带上了埃弗的课本，无聊地将这些书本从街道的一头运到另一头，像是把它们当成了我自己的学业负担。我在自己傻兮兮的自制牛仔裤上喷上油漆点，就为了更像埃弗一些。为了让自己的眼神显得更加深情，我特意剪了刘海，时刻记着放松自己的嘴唇。我站在浴室的镜子前，用想象中的左轮手枪射击镜子中的人。每当埃弗感觉自己对某事无法忍受时，她总会那样做。重点在于时机，我需要准确掌握扣动扳机和抬手的时间，看准时机将脑袋歪向一边。反复练习后，我终于对埃弗宣称自己掌握了她的招牌动作。埃弗拊掌大笑，称赞我干得漂亮，可她说自己已经不再用这个动作了。“这是我的新动作。”埃弗说完为我演示了一套动作，包括想象的绳索套、折断的脖子、晃悠的脑袋。那时候我对这套把戏已经失去了兴趣，也就没再学下去。

“是的。”我对埃弗说，“我用了保护措施。”埃弗说我如果不小心的话，还是有可能怀孕，我的年纪还不算太大。

“好吧，那时候你就能再做一次姨妈了。”我说。

当威尔和诺拉还是婴儿时，埃弗经常照顾他们，为他们念书、画画，和他们一同乘公交车，把他们变成英雄，为他们创造一个炫酷、有趣、任何事都有可能发生的世界。那时的我削减了做兼职的时间，去大学上课，想要“提升我的视野”同时“降低我的期待”。埃弗为孩子们写信，寄卡片，一直持续到最近。她会用不同颜色的墨水：粉红色、绿色、橘色。埃弗那特别的字迹让我联想起奔腾于纸上的骏马。她总会鼓励着孩子们拾起勇气，笑对生活，总想让孩子们知道她多为他们骄傲，对他们的爱又有多深。

我问埃弗我如果再怀孕她是否会高兴。多么荒唐的问题，我这是在暗示自己愿意这样做，愿意即刻让自己大起肚子，生孩子，只要这样做能唤起埃弗活下去的欲望。埃弗向我投来一个悲伤的笑容，那眼神无疑说明了一切。

我问她昨夜和尼克过得怎样，问她有没有吃东西，有没有洗澡，是否前去公共房和大家待在一起，又是否吃了早饭，有没有和病房里的其他人交流。她求我别再质问下去，我向她道歉。埃弗说我们暂时还是别再说抱歉了。“说得没错，但是说抱歉是让我们成为文明人的前提。”我说。“不，根本不是。”埃弗说，“各种丧心病狂的行为都因为一句抱歉变得可以原谅。想一想天主教的忏悔吧，简单的忏悔便能将所有的罪孽抹去，而……”

“好吧。”我打断道。

“你知道内莉·麦克朗[①]说过什么吗？”埃弗问。

“我不知道。”我说，“但你可以告诉我。”

“永远不要解释，永远不要退缩，永远不要道歉。泰然处之，任吠者自吠。”

“我喜欢。”我说，“可她的原话不是为了争取女性投票权吗？我此时没法想到这句话。我之所以道歉是因为我让你感到唠叨了。”

“尤兰，”埃弗说，“我只想说‘抱歉’并非现代社会的基石。”

“好啦！我同意。可究竟什么才是现代社会的基石？”我问。

“自由。”

我想象着奔淌在埃弗血管内的自由的洪流，这洪流源自我们的父亲，狂暴肆虐，能摧毁一切。在父亲最后的日记里，他不断谴责自己没有自杀的勇气。“哪怕是个虚弱的女人（‘噢，去吧，把风筝放上天，儿子。’我母亲会这样说）都能做到。”父亲写道。他写了不少类似的日记，最后得出结论：自杀者们需要常怀谦卑恭顺之心，万不可骄傲自大。

“自由。”我重复道，“你这些天读了什么吗？”

“没有。我目前实在太难思考。”

“可你一直都在思考。”

“我在写一本书，书名是《我是不是个多余的人？》。”

“噢，埃弗。拜托。”

“你认为我们真实的样子就是你我记忆中的样子吗？”埃弗问。

---

① 加拿大女权主义者、政治家，曾发起运动争取女性投票权。——译者注

“不，我没有这样想。”

“可是尤兰……你回答得太快了。你好像根本不愿听我问出这个问题，我们能不能至少考虑一两分钟?”

“你这是什么意思？我不知道你究竟想问什么。我不记得自己是什么样子的。我就是自己梦想中、盼望中的样子。我是我记忆之外的样子。我成为了其他人想让我成为的那个人，变成了孩子们想让我成为的样子。我成了母亲想让我成为的人，成了你想看到的样子。你想让我变成什么样？我们难道用不着想方设法看清真实的自己吗？你想让我成为什么样子?”

“噢，我不知道。”埃弗回答，“和我说说你在多伦多的生活吧。”

“好吧，”我对她说，“我写作，采购食材，付停车费。我观看诺拉跳舞，每天要问自己许多问题，也会步行很长时间。我总想要和人们开始一段谈话，结果却常常不如我所愿。人们觉得我是疯子。有一天经过公园时，我见到一个弹吉他的男人。公园里当时还有一大群人，他们只是碰巧出现在那里，却都随着那个男人温柔地歌唱。那画面真美，我驻足听了好一会儿。”

“唱的是什么歌?”埃弗问。

“我不知道，”我回答，“其中一句好像是‘我们的心上有个洞’，也有可能是生命中有个洞吧。‘我们的生命中有许多漏洞’。总之公园内的一小群人都跟着他唱，重复着‘我们的生命中有许多漏洞’……‘我们的生命中有许多漏洞’……”

我拾起埃弗的手，像一位绅士一样吻了上去。

我想到人们总爱用隐晦的方式谈论自己的痛苦和孤独，他们总认为自己言谈的方式足够高明，事实却非如此。我意识到当我想要与街道和商店里的陌生人对话时，他们都以为我想要用某种错误的方式倾诉自己的痛苦和孤独，这让他们感到紧张。可我见到公园内的众人重复同一句歌词，这画面那么美丽、温柔，带着对彼此的接纳，甚至有些许快乐。这让我意识到我们的确有可能向陌生人袒露心声，不过实现此事的方法并不是我一直尝试的那种。

“这么说，你不再随意和陌生人聊天了?”埃弗问。

“也许吧。”我回答，“这也是你幸运的所在，你拥有你的钢琴。”

埃弗笑着说：“别放弃，你依然可以和陌生人说话。你喜欢和陌生人说话，和爸爸一样。还记得小时候吗？无论在餐馆还是其他地方，爸爸总会观察其他人，思考‘嘿，这些人有着怎样的故事’？他会与人们攀谈。”

“是啊。”我回应道，“可那时候我总会因为这种事感到尴尬。我还记得自己有时会把爸爸从陌生人身边拉开，说：‘好了，爸爸，你用不着和这些人聊天的。’诺拉和威尔现在该为我感到尴尬了吧。”

“也许不会。”埃弗说，“他们都是青少年。还有什么？再和我说说多伦多吧。”

“好吧。”我说，“有一天我走在我家附近的一条后巷，见到一对老夫妇想要把什么东西从车库门顶上取下来。我上前一步，看到他们正在清理一些涂鸦之类的东西。那位老先生站在一张很低的椅子上，离地面大概只有六七英寸。老太太站在老先生身后，托着他的臀部防止他跌倒。我当时就忍不住泪眼迷离。他们已经那么大年纪了，却仍然关怀着彼此，仍想要有一个干净的、让人舒心的车库。二人互相看顾，那椅子离地只有半英尺，但老先生若跌落下来后果不堪设想。”

“真美。”埃弗闭上眼睛感叹道，“真希望他们的车库永远都不会染上污渍。”

“我才不会这样想。”我说，“车库很快会再次遍布污渍。”

埃弗发出一声低哼。

“可这对夫妇一直想要清除污渍，真叫人感动。我猜他们一辈子都在做这件事，努力让车库保持干净。”

“尤兰，”埃弗说，“你有没有故意在这故事里植入隐含意义？植入一些你想要我‘吸收’的内容？”

“你是说不轻言放弃的精神？”我问。

“是的。”

“不，”我说，“我认为人们从这件逸事中学到的是千万不要冒着生命危险清理你的车库。”

埃弗重重地叹了口气，举起双手，像是一位面对回头浪子的父亲，好像在说“我们用不着谈论这些，过去的都已经过去了”。这时我的手机突然响起，来电的是埃弗的经纪人克罗蒂奥。埃弗十七岁在奥斯陆读书时就开始了和克罗蒂奥的合作。克罗蒂奥听了埃弗在罗马举办的演奏会，演奏会结束后到音乐厅找到埃弗。埃弗当时正在抽烟，哭泣，发抖，每次演奏会结束后她都会这样。克罗蒂奥径直走到她身边，伸出手，称自己终于见到传说中的埃弗瑞达，感到无比荣幸。克罗蒂奥想知道他能不能做埃弗的“代理人”。“你是要假装成我吗？”埃弗问。克罗蒂奥耐心地向埃弗解释条约，问埃弗他是否能联系她的父母。他问埃弗如果有需要的话，他能否为埃弗叫一辆出租车。埃弗当时在裙子外披了一件军装夹克，踢掉了鞋子坐在地上。她把香烟捻灭在沥青路上，重拾平静，听这个冷静沉着、温文尔雅的意大利男人说她将会有了不起的未来。我爱听埃弗说这一段故事。“所以你当时就决定让他做你的经纪人了？”我问。“不，”埃弗说，“他坚持要先飞到马尼托巴见一见爸妈，求得他们的许可。”真是个风度翩翩的男人。我想他应该是第一个踏足我们小镇的意大利人。事后，克罗蒂奥说某个女邻居，也许是古森太太，特意跑到我爸妈身边，就为了盯着他看一会儿。她对克罗蒂奥说自己从未出过东村。她盯着他看了好一会儿，说她从未想过自己有一天能和一位真正的意大利人同处一室。个人的一小步，人类的一大步。埃弗对克罗蒂奥的私人生活一无所知，只知道他每个月都会去一趟米兰，探望自己生病的父亲。除此之外，克罗蒂奥喜欢长距离游泳。他横穿过许多海峡，总会被水母咬得鼻青脸肿。他用了一百万种不同的方式帮助埃弗。

我来到走廊上。克罗蒂奥因为可能麻烦到我而向我道歉。他说埃弗和尼克不肯接电话也不回电子邮件，而他还得与埃弗商讨巡演细节，签署相关合同。

“你知道她在哪儿吗？”克罗蒂奥问。

“我不清楚。”我回答，“嘿，你不是在欧洲吗？”

“是的，我在巴黎。听着，尤兰蒂，她是在做四日冥思，还是和尼克一起去进行独木舟之旅了？”

“也许吧，我想……”

“她在做冥思？”

“是。”

“尤兰蒂，请告诉埃弗目前一切都好。我知道每当表演临近，她的状态都不稳定。她还好吗？你可以对我说的。”

“嗯，也许吧。”我说，“我也不能肯定。”

“你不肯定?”克罗蒂奥说，“尼克知道她在哪儿吗？尤兰蒂，我们为这场巡演做了长达数月的准备。她必须在三周之内准备好。”

“尼克大概知道吧。”我说。这时一位护士上前对我说病房内不能使用手机。我对她连连道歉，说我很快就会挂断电话。

“你在多伦多吗?”克罗蒂奥问，“埃弗说你搬家了。”

“是的，我的确搬了家。”我说，“为了让诺拉好好跳舞。”

“啊哈，棒极了！你喜欢多伦多吗?”

“还不错。”

“威尔呢？你说他在哪儿读书来着?”

“纽约。”

“太好了!”克罗蒂奥称赞道，“请替我带去祝福。”

“我会的。谢谢你。不过我想我必须挂电话了，抱歉。”

“没关系。我记得埃弗十八号就要在多伦多开演奏会。她也许有时间和大家一同吃晚饭。”

“噢，那真是太好了!”我说，“那我就能和她见面了。”一位护士在桌子后面盯着我，我转身背向她。“嘿，克罗蒂奥，听着。我会找到埃弗，让她给你打电话的。我妈妈也许知道埃弗在哪儿。”

“拜托了，尤兰蒂。我必须和她聊一聊。要从你这儿求得安心，真是抱歉。”

“不，不……不用抱歉。”

“你知道从前发生的那些事，”克罗蒂奥说，“我对埃弗衰弱的神经有些敏感……”

“是的，谢谢你。”

“千万别谢我，”他说，“噢，别忘了演出开始两天前有一场排练……”

护士已朝我走来。“知道了。”我赶紧说，“再问一遍，你现在在哪儿来着？”

“巴黎。”

“巴黎。”我重复道。一瞬间，我呆呆地站着，想到了爱情。

我挂断电话，回到埃弗的房间。

“约炮的？”她问。

“哈，是啊……”我说，“嘿，你究竟有没有想念你的钢琴？”

埃弗望向窗外，“尼克正在处理这件事。我已经说过我不能……”

“你还有三周时间。也许……”

“尤兰蒂，你为什么要……”

“我什么也没干，埃弗瑞达。”

那个讨厌别人打电话的护士进了埃弗的房间，对我说：“好的，我要申明两件事。一，病房内不许打电话。这一点我已经告诉你了。二，不许将外面的食物带进病房。我看到你给她带了一份三明治。我们希望埃弗瑞达到餐厅和其他病人一起吃饭。”

我和埃弗呆呆地看着她。

“埃弗瑞达，”护士说，“你能不能向我保证，你今天晚上能来餐厅吃晚饭？”

“嗯，好吧。”埃弗说，“我是说我可以……我尽量。不过我不确定你究竟想让我保证什么。”她笑道。

“我明白了。”护士说，“你这是在发出挑战吗？”

“什么？我没有。”埃弗否认道，“根本没有。我只是……”

“她只是在开玩笑。”我补充道。

“好吧。好极了。”护士说，“我们喜欢听笑话。讲笑话意味着你感觉好一些了，对吗？”

我和埃弗都没有说话。我们无法看着对方。

“如果你已经恢复到能够开玩笑的程度，”护士说，“我想你也可以和其他人一起吃完饭，对吗？是不是这样？”

“我……”埃弗支支吾吾地说，“也许。”

“我想她可以的。”我说。

“我不确定。”埃弗说，“我没能理解这二者之间的关系……”

“好吧，好吧。”我打断道，“晚餐。”我瞥了埃弗一眼。

“好极了。”护士说，“这么说，病房里也不会出现手机了？”她望向我，“还有外带食物？”

“没问题。”我向她竖起两个大拇指，露出一个大大的笑容。

护士转身离开。我和埃弗用想象中的炮火向她扫射，像小时候一样，用想象中的 M－16s 轰炸她。布格尔麦思特来我们家对爸爸妈妈控诉我们是一对多么恶毒的女孩时，我们就是这样对付他的。护士走后，我们停止了射击，望向彼此。

“你还记得你当初把我从卧室里救出来的事吗？”我问，“我当时赤身裸体地卡在床和梳妆台之间。”

埃弗点点头，“你当时在练翻跟头。”

“那你还记得我们在医院的隧道内玩滑板，而我被一群浑小子锁在停尸间的事吗？我差不多失踪了六个小时，六小时后，你终于找到蜷缩在不锈钢解剖台上的我。”

埃弗微笑着说：“噢，不，别再提那个时候了。”

“为什么？我愿意回忆这些，埃弗。我愿意回忆你救我的事。”

“尤兰，”埃弗抱怨道，“说说现在的事。再和我讲一讲多伦多吧。”她的眼中有了泪水。

我告诉埃弗我正在洗文身。我和丹曾有一对情侣文身，我们那时在一起还不久，是一个摩托车手在温尼伯帮我们文上的。洗文身的过程比我想象中更疼，然而发生了这么多事，现在的我很享受并欢迎这种疼痛，这在我看来是某种意义上的赎罪。为我们文身的摩托车手是“马尼托巴勇士”组织的一员，他家的大门是一道只能从屋内打开的钢制加固门。“可是等会儿，那他要怎么进屋呢?”埃弗问。“我也不知道。”我回答。

我对埃弗说为了文身，我向那个男人支付了三十美元和一袋种子。而现在为了移除文身，我必须花掉上千美元，这个过程还要持续至少一年半。为了防止在皮肤上留坑，我每次只能洗掉一小部分。我对埃弗说激光扫在皮肤上的感觉就像是一条橡皮筋在我背上崩断一百次一样。我必须戴上防护镜。进行激光扫除之后，人们给我的伤口涂上药膏，绑上绷带，并嘱咐我两日之内不要洗澡和运动，每天两次涂抹药膏，更换绷带，一直持续一周时间。“我才懒得管这些。”

我转过身，掀起衣服给埃弗看我一点点淡去的文身。“我文的是一位小丑，选的是一种老式的小丑形象。现在想想，这个文身当初也是有含义的。它意味着只要和丹一起，我们便能用玩笑和魔法屠杀这世界的表里不一和虚情假意。”

埃弗再次微笑着闭上眼，说这让她感到难过。

我说这也让我难过，既难过又开心。我继续谈论多伦多，谈论孩子们，讲述每一段驻扎在我脑海里的逸事，它们在我脑中形成了马戏团帐篷的形状。我讲述着自己运气不佳的爱情，说我收到了那个蠢蛋律师芬巴的分手电邮。他说我的生活太过紧张、有太多麻烦事，我的家人都是疯子，而我又过于情绪化。他这是要从我的生活中抽身，要同我解除关系。他把我当作一条因为一时兴起而钓起的鱼，新鲜劲过后又把我扔回湖中。

就在此时，像是瞬间喷发的庞贝火山，埃弗突然问我是否愿意带她去瑞士。

第6章

“我认为一定有些事发生了。像一条奔流的瀑布，从悬崖上落下，落进玛莉的生活。我呆呆地站着，凝视着巴黎车水马龙的街道。这一切只有我才能看见。”

这是传记作家理查德·福尔摩斯对玛莉·渥斯顿克雷福特的一段描述，描述的是当时正在法国“报道”法国大革命的玛莉。理查德在他的作品《脚印》中用到以上这段文字，在之后的篇幅中，他描述了不同的艺术型人士及他们的生活。尽管这些人均故去多年，理查德仍想要弄懂他们，由此弄懂他自己。我最近正疯狂地阅读这本书，仿佛认为书页中隐藏着逃离地狱的唯一出口。父亲和姐姐常常恳求我和母亲多读书，在书中找到对生活的救援，用不断累积的文字抚平伤痛。当我流着泪向父亲询问上帝是否知道发生在此处的不公时，父亲会让我“把它写下来”；当我问埃弗“生活是不是个笑话”时，她把几本大部头丢给我。

“噢，埃弗。不。我不会带你去瑞士的。”

“拜托了，尤兰。这是我请你为我做的最后一件事。我事实上是在恳求你。”

“不。别再说什么‘最后一件事’了。这种话真让人不寒而栗。”

“你还爱我吗？”

“当然！正是因为爱你才拒绝！”

“不，可是尤兰，如果你真的爱我……”

“那样做真的有用吗？你难道非得患上什么绝症吗？”

“是的。”

“不是的。”

“我本来就得了绝症。”

“不，你没有。”

“尤兰蒂！”

“埃弗瑞达！你这是在让我带你去瑞士送死。你他妈疯了吗？”

“尤兰，”埃弗开始啜泣，对我做出“拜托”的嘴型。我扭过头去。

埃弗真的得了不治之症吗？她莫非自出生那天起就受了诅咒，所以才一心想要结束自己的生命？埃弗过去生命中每一段看似欢乐的时光，每一个微笑，每一首歌，每一次真心的拥抱和大笑，每一次鼓足干劲取得胜利都是在绕道，是为了避开她对于解脱和泯灭的渴望吗？

我记得父亲自杀后，我曾在阿尔瓦雷斯的《野蛮的上帝》中读到一段话。他说许多作家和艺术家在俄国的极权政体下亲手结果了自己的性命——“我们在他们的礼物和璀璨的记忆中鞠躬致敬，在他们的苦难面前，我们应该献上悲悯的鞠躬。”

我问埃弗，她是想弄清楚活下去的全部理由还是只想找到一个出口。她没有回答。我问埃弗那些力量是否一直在她的脑子里激烈地打斗。埃弗说这绝不是一场势均力敌的战斗，就像是与整个洛杉矶警局对抗的无辜黑人青年罗德尼·金[①]。我问埃弗是否知道她去世后我将多么思念她。埃弗望着我，眼中噙满泪水。我摇摇头。埃弗没有说话。我起身离开房间，却突然听见埃弗喊我的名字。我转过身问："怎么了?"

"你才不是荡妇。"她说，"根本不是。我难道什么都没教会你吗?"

我到护士站找贾尼斯。她抱着一堆颜料和画纸从一间小办公室内走出来。"艺术疗法。"贾尼斯说。

"人们都爱这个，不是吗?"我说。

"对大多数病人而言，用这些东西表达情感——"贾尼斯挥了挥手中的颜料，"远比用语言容易。"

她把我带进一间房间，房内有一张病床，一本日历和一张椅子。贾尼斯指了指那张椅子，我于是坐下。她把手放在我的肩上，问我近来如何。我连连摇头，学着父亲当年的样子，用食指按住嘴唇，将想说的话锁在嘴里。我盯着本该翻过一页，却仍然停留在三月的日历，不停地摇头。不知贾尼斯会不会给我一管颜料和一张纸。贾尼斯并没

---

① 非裔美国人，因超速拘捕，被四名白人警察袭击、暴力逮捕。洛杉矶法院判四名警察无罪，引发 1992 年洛杉矶暴动，这也是美国 20 世纪 60 年代以来最严重的暴乱事件。——译者注

有把手从我的肩上挪走。我终于向她问起那些药物。我问她这些药里究竟含有什么，药物的有效成分又包括哪些。这些药是否能让埃弗感受到生命的意义，又或是能让她不再关心生命是否有意义？我想知道这些药能否强化埃弗的某些想法，理顺她的思路，某天早晨，埃弗会不会从床上跳下来说：“万岁，我明白了，生活根本没有意义。可这没关系，既然我现在已经了解并确信了这些，那也就用不着不停找寻生命的意义了。我仍然可以活下去!”

贾尼斯说她不知道答案。她说知不知道答案其实没什么区别，埃弗反正也不肯服药。“对啊。”我说，“她要么一粒药也不吃，要么一次吞下一大把。”贾尼斯想要安慰我，她拍了拍我的肩膀，让我回家睡一觉。

我说我得先和埃弗道别，但贾尼斯让我安心回家，称她会告诉埃弗我很快就会回来。我盯着桌上的日历，贾尼斯顺着我的目光望去，走上前将它翻到了正确的月份。

“好吧，我们现在会留意这一点了。”贾尼斯说。

“好的。谢谢。”

我顺着楼梯无意间走到了地下室——二层、四层、六层、八层——最后发现自己被困在一座上了锁的隧道中。我在四周乱转了一小会儿，尝试着推开其中的几扇门，却都无功而返。不知道人们要过多久才能找到被困在此处的我。我看了一眼我的黑莓手机，这地方一格信号也没有。我见到水泥地上涂着一串脚印，于是顺着脚印向前走。它们将我领到了另一扇上锁的门前。我坐在隧道里，把超市塑料袋放在膝盖上。我抬头望着隧道的天花板，拿起我的手稿，把它捏在手上，捏了好一会儿。将绑住手稿的橡皮筋弄断几次后，我把它放回包里。不知道我会不会饿死在这隧道里。真是讽刺。埃弗会感到难过吗？不。嫉妒？觉得这是在自尝苦果？

我再次起身，走向与脚印相反的方向，又找到一扇门。这扇门也被锁住了。我走回自己刚才坐着的地方，顺着脚印前行，最终找到一条岔路口。我选择了右边的路，走了好一阵子，终于来到另一扇门边。我伸手推门，门开了。我来到一间可能是工业厨房，也可能是停尸间的地方。屋子里的所有东西都由不锈钢制成，整间房间都闪着光。我穿过这间屋子，走向另一扇门，径直走进急症病房等候室。一位警察在房间内守护着某样东西。我不清楚这位警察守护的究竟是什么，但他要求我洗手。我说我的手并不脏，可那警察说每个人都必须洗手。他向我指了指临时洗手台。我问他能否在我洗手期间代我拿包，他点头接过了我的包。我洗手的速度非常缓慢，洗得十分彻底。洗手时，我抬头见到那警察手里正拿着我的稿子，稿子在他手里似乎很安全。我想要把我的稿子留给那位警察，可我还是擦干了手，取回了我的包。向警察道谢后，我出门走向了停车场，想要找到母亲的车。

我好不容易坐进了母亲的车中，紧紧地握住方向盘，直到关节开始发白，我才缓慢地吐出一个名字，“埃弗——”。要不是害怕将手砸破，我一定会把挡风玻璃砸出一个洞。这小小的理智让我免去了一大笔保险开支。小时候，我常常会坐在自行车上——只是坐上面，不会将车骑到哪里去，我会在自行车上说些脏话，一遍又一遍地小声重复这些话，直到它们失去了尖锐和恶意，变得和埃弗的“一次性爱情咒语”一样荒唐。此时的我坐在车内，和小时候差不多。这就像一场在严格监控下的实验，是我关于愤怒的移动实验室。我会一遍遍重复同样的话，当这些话失去原本的意义，我的怒气也会随之消失。“埃弗，你他妈究竟在干吗?”待在车内让我感到很安全，不被打扰且受到保护。我能见到在停车场内乱转的人们，他们却看不见我。好吧，他们其实能看见我，可他们认为我是个疯子，于是纷纷避开目光，这也让我等同于隐形人。

我约了尼克下班之后一起喝啤酒。尼克说他无法请到护理人员，只有一名社工表示有意提供帮助，却不确定协会是否有相关的支持资金。尼克说他可以自己掏腰包支付看护费。社工说她不确定这样是否能行，可她又说不出她想要尼克怎样做。尼克对我谈到了他的小艇和漂流计划，他在等待明尼阿波利斯市寄来的定制螺钉。尼克本以为自己五月份一定能下水开始航行。“可这也许只是一点小问题。”我对他说，“没必要每一秒钟都要盯着埃弗。”尼克对我的话表示了赞同，可我们能有什么办法呢?

我们埋头喝啤酒。尼克说他收到了埃弗邮购的书。书名是《最后的出口》，讲的是如何用塑料袋和类似的物件自杀。

“我的上帝啊，快把它丢掉!”我惊呼道。

尼克不愿意这样做，他认为这是在侵犯埃弗的隐私，剥夺她的个人权利和自由。“我可不能把别人的邮件随意丢弃。”他说。我和尼克争辩了一小会儿，尼克终于松口，说他可以把这邮件藏在衣柜里，直到埃弗打消自杀的念头。“然后呢?”我问道，“再把这东西拿出来，当作生日礼物送给她吗？把这该死的东西扔到垃圾箱好了!”

“我不能把书扔进垃圾箱，任何书都不可以。”尼克拒绝道。

“好吧，那就把它寄还给购物网站，或是寄回原来的地方。”

“可这书不是我的。”他说。

“好吧，那就让我扔了它。”我说。

尼克终于松口，允许我这样做，可他仍然坚持认为这种做法是不对的。

我的老天啊，我和尼克结结实实地吵了一架。我们不想要吵架。吵架也许是为了让我们感觉自己尚有一丝行动力，能想着向前一步，解决问题。对于埃弗的照料问题，我和尼克所持的是两种截然相反的观念，一个代表的是无菌实验室，另一个代表的则是月亮的暗面。尼克尊崇实用主义、科学性，相信处方、医嘱，以及医生们无所不能的力量。

而我想到的最新的救命法子是让埃弗空降到一个诸如索马里首都或朝鲜之类的地方，激发她身上从未爆发过的潜能，强迫她依靠自己的力量生存。这是个充满风险的计划。埃弗可能会把自己送到某个娃娃兵手上，或是自寻枪子儿，让一切就此终结。她也可能重新寻获生命的意义，找到活下去的理由。她的肾上腺素会长时间保持分泌，让她打起精神，保持警觉，拼尽全力战胜进攻者，最终活下去。在这种暴力的设定中，埃弗将会独自面对所有挑战——不过我可能会在她的脑袋边装一个网络摄像头，随时跟踪并监视她的行动。埃弗终有一日将建立起生存的新概念，找到生活的新策略（像父亲去世前几天一样），愿意迎接挑战，加入生存游戏，像个正常人一样，看到自己其实并不愿意死去。那时我会派出一架营救的直升机。我们会像从前一样，开怀大笑，放肆行走，痛快呼吸，一同做足底按摩，为下周、圣诞节和老年时光做出计划。不过尼克更喜欢按时用药、参加固定锻炼的办法。他说自己是埃弗的第一照料人，是她的丈夫，最直接的亲人，他无论如何都不会让埃弗头顶着摄像机，空手进入索马里首都。

我和尼克在餐桌两旁望着对方发愣，一边喝啤酒一边思考。我们不再争吵。我告诉尼克，我在医院接到了克罗蒂奥打来的电话，他已经察觉到一丝不妙。我表示我和他之间必须得有人给克罗蒂奥回电话。尼克叹了口气，说他都知道，可他害怕埃弗改变主意。我提醒尼克，埃弗已经数百万次地表示自己完成不了巡演。

“好吧，”尼克无奈地说，“埃弗总是这样说，可她最终总会参加演出，又重回世界之巅。”

“那是因为她那时候还有生存的意志。”我说，“可是一旦她打定主意自杀，你说的那些就不可能发生了。当她认为自己不能再弹钢琴的时候，她的命也就不长了。”

“是啊。”尼克赞同道，“克罗蒂奥也给我打了电话。我没接电话，可我感到很内疚。”

餐厅内静得可怕。我问尼克是否感觉到地球在绕着地轴自转。尼克提醒称我们就在加拿大马尼托巴省温尼伯市福特盖瑞区的一家旋转餐厅的顶层，这地方每天都是这样。我向他道歉，因为电话和书的问题让他不好过。尼克摆了摆手，称他很好。我想要拥抱他，我想要谢谢他这样爱我的姐姐，保护她的权利和自由。我问尼克餐厅侍应生能不能让这幢建筑停止旋转，放我们离开。尼克表示这地方一定藏着开关。“我们也可以举高双手高喊‘再快一些’。”我说。我们的脸上终于有了笑意。“让我来吧。”“不，还是让我来吧。”——我和尼克举起双手像是走进了草原的龙卷风中。尼克说我搬去多伦多的数周时间内，埃弗都在念一种新咒语。

“什么咒语？”我问。

“尤兰蒂。”尼克回答。

“我？你指的是我的名字？”

“埃弗开玩笑说她也许能够用意念将你召唤回世上。”

“我只是在多伦多，”我说，“我又没有死。再说了，埃弗说她的咒语最终总会变得毫无意义，反而会吓到她自己。”我又忍不住流泪，喃喃地向尼克道歉。尼克说这正是生活给埃弗的感觉。日子一天天过去，太阳每天都会重新升起，小鸟总是唱着歌，生命中总会有可能性，总有折磨人的希望。然而我们终将面临黑夜。黑夜是对白日的奚落与取笑。“她怎么会感受到生活的痛苦？杀死她的是日复一日的循环吗？”尼克叹了口气，说他也不知道。我被不平整的路面绊了一下，忍不住咒骂。尼克拖住我的胳膊。两个头顶着独木舟的男孩从我们身边经过。他们应该只是孩子，我们能看见他们毛茸茸的小腿，破旧的运动鞋、加大码的篮球短裤和裸露的后背。他们的脑袋和胳膊都藏在独木舟下面。从他们的毛发、肌肉曲线和较细的腰线来看，这两个孩子大概只有十五六岁。

“我不会选在这时候把那东西放进河里。”尼克对他们喊道，“太危险了。”那两个男孩停下脚步，笨拙地举着独木舟转过身，静静地听着。

“我们不打算那样做。”其中一个男孩说。两个男孩的四条腿以及他们头上的独木舟形成了一张桌子的形状，样子奇怪而美丽。

“真的吗?”尼克说，“那条河这会儿太可怕了。每秒的水流达到了380立方米，有些冰还未融尽。”

男孩们没有说话，可独木舟轻轻转动了一点，我们听见他们在独木舟底下轻声商量着什么。

“别做这种事，”尼克劝说道，“再等上一两个星期。”两个男孩突然以一个漂亮的动作卸下独木舟，把它放在路旁的草地上，动作流畅得像是将一块馅饼翻了一面。

“噢，你们好。”尼克向他们打招呼。我也对他们挥手微笑。两个孩子一脸稚嫩，却疲惫而憔悴。

“那顺流而下呢?”其中一个孩子问道。

尼克用力地摇了摇头。“不，不，任何方向都不行。这段时间离河水远一些就好了。你们干吗要那么着急?”

孩子们表示他们要去罗索河保护区。

“那地方距离这里有几英里远。”尼克说，“靠近美加边境，对吗?”

“我们知道。”一个男孩说，“我们就是从那儿来的。”

男孩们说他们想要回家，想要寻找他们真正的妈妈。这两个孩子是被领养的。他们遭到养父母殴打，总会挨饿。他们打定主意要回家，就是这样。

警察们见到这种情况大概会说："我们遇见麻烦了。"好吧，我其实也不知道他们会怎么说，怎么做。两个男孩耸耸肩，继续小声商量了一会儿，又弯腰拾起独木舟，把它翻过一面放到肩膀上。

"你们没有救生衣。"我提醒道。两个孩子没有理我。

"嘿，"尼克制止道，"听着。等会儿。"两个已经准备开拔的男孩再次停下了脚步，可他们这一回没有放下手中的独木舟。我和尼克走到两个男孩身边，他们手上的独木舟像是横在我们之间的谈判桌。

"你们不能这样做。"尼克对独木舟内的男孩说。尼克声音低沉，语气坚定。好一场较量。不过孩子们并没有反驳。他们一言未发，头顶上的独木舟随着他们的呼吸轻微起伏。尼克想知道罗索河那边是否有人在等着他们。

"是的，所有人都在等着我们。"我猜这话是那个小一点的孩子说的，"我们就住在那里。"

"好吧，那你们看这样可好？"尼克说，"我给些钱让你们买两张到罗索河的车票，你们把这独木舟留在我这儿。我会把它塞进车里，放在我家暂为保管，你们随时都能取回，任何时候都行。我可以把我的地址写给你们——到罗索河的车票要多少钱？"

独木舟底下没有传来回应。

"就这么说定了，"尼克说，"我现在就回去把我的车开过来，你们等一等就好。尤兰，能不能帮忙把我的地址写给他们？"

“大约二十美元。”其中一个男孩说，“每张票二十美元。”尼克动身去取车，男孩们则再次将独木舟翻转到草地上，坐在船上等待。

“罗索河是个什么样的地方?”我问。男孩们耸耸肩，呆呆地望着河的方向。我把尼克的地址写在他匆匆扯下的报纸片上。他给了孩子们一点现金，足够他们买两张到罗索河的车票。

“我们开车把你们送到车站怎么样?”尼克问。小一点的孩子表示同意，另一个孩子却拒绝了这一请求。“我们自己走。”他接过了尼克手中的现金，两个孩子朝十字路口走去，远离了那条河。

“嘿，等等!”我喊道，“你们还没有拿他的地址。”我跑上前，将报纸片塞到一个男孩手中。他低头看了几秒钟，将报纸片塞进口袋，又对另一个孩子说了些什么。他们再次动身，走向那个记忆中更美好的地方。

“你觉得他们会买车票吗?”我向尼克问道。我们正在回他家的路上，男孩们的独木舟此时就绑在我们的车顶上。

“谁知道呢。”尼克说，“可他们至少没办法把这东西放进河里了。”

“你认为他们会回来取独木舟吗?”

“也许不会。但我希望他们能回来。如果你听懂了我的意思，应该明白这独木舟是我暂借来的。”

“你救了他们的命。”我说。尼克只是像之前在餐厅时那样挥挥手，好像把这一切都当成了一堆不能在实验室中验证的错误的公告。我的手机响了，是诺拉发来的短信：我一整个冬天都被管得死死的。威尔太讨人厌了。我甚至没有家里的钥匙。

我正和一位警官说话。为了回短信，我在舍布鲁克街违章停了会儿车。我本要去朱莉那儿喝咖啡，喝完咖啡再去机场接我母亲。“看来你一定遇见了某些值得你用生命和你的小笔记簿冒险的事了?”警察问。“小笔记簿?”我重复了一句。“噢，没错。”我说，“是我的女儿。我正要用最快的速度给她回一条短信。可是好吧，抱歉，我都明白。法律呀，秩序什么的。开个价吧，你要多少钱?”

“好吧，”警察说，“我们希望司机们能从这堂特殊的课里学到犯罪的严重性。违反法律所付出的代价只是最微不足道的行政处罚，但犯罪带来的过错是不可原谅的。”

“说的没错。”我说，“嗯……我要付多少钱?”

那位警察要看我的车辆登记证明，当我把母亲的证件递给他时，警察大声感叹道：“不会吧！我在韦富丽俱乐部和罗蒂玩过拼字游戏。你是她的女儿?”我微笑着承认，“是她的女儿之一。”这件事带来的意外结果是，这位警察花了十分钟对我说他对于罗蒂的看法：“她把我打得落花流水，每次都让我输惨了！你有没有注意到她的语言?”他将一张罚单递给我：“这是我的职责。”“你，我的朋友，真是个混蛋。”我说。而构成“混蛋”这个词的七个字母，又恰巧能拼成一段新的单词。

警察俯身探进车内，“你真的不该管任何一个警察叫‘混蛋’的。”他听上去有些抱歉。而我们最终达成协议，他只给我一个口头警告，而我保证下次想要回短信时一定靠边停车，也不会将他今日的无赖行径告诉我妈妈。

“我感觉她因为我的警察身份对我已经有些轻蔑。”那警察说，“天哪，她当真是痛恨权威。你有没有发现这一点?”

那天夜里晚些时候，我要去机场接母亲。她乘船，乘火车、飞机、出租车，又登上另一架飞机，另一辆车，辗转回到家。我在脑海中想象了全过程，拼凑出她搭乘这些交通工具的情景。母亲如此辛苦，就为了回到我们身边，这让我感到无比欣慰。

我和朱莉坐在她家的后楼梯上，被古怪而可爱的小狗“影子”逗得乐不可支。朱莉离婚后，影子和孩子们的抚养权都判给了她。朱莉用花园内的薄荷做了刨冰，还在她那堆了自行车和吉他的脏乱厨房中神奇地做出一道沙拉和小菜。朱莉曾在一个名为“儿子与爱人”的乐队中充当低音吉他手。这幢房子是朱莉刚刚买下的，目前仍在修补阶段。朱莉给我看了卡在浴室橱柜后头的一根人造阴茎。

“我要去抽支烟。”她说，“千万别让贾德森知道。”这个贾德森是朱莉目前的约会对象，自从朱莉离婚后，她和贾德森一直处在分分合合的状态。“他说我们的感情是建立在我不吸烟这一基础上的。”朱莉解释道。

我们哈哈一笑。我们累了，心焦力竭，已无力应对其他问题。

影子已经太老，患上了关节炎，但是一想到跑步它依然会感到兴奋。朱莉玩起了一个被她称之为“绕着影子跑”的游戏。说完一句提示语后，朱莉便开始奔跑，影子则会坐在院子中间兴奋地吠叫。跑累了之后，朱莉扑通一声坐在我身旁，继续抽完那支烟。

“你现在是否仍会受到你祖父母在俄国被残杀这件事的影响?”

我问。

“我会不会受影响？”朱莉问，“那只是我的祖母。她之所以逃不掉是因为她当时怀着九个月的身孕。我的祖父和其他孩子成功逃走了。”

“你觉得当时的苦难时至今日对我们仍有影响吗？”

朱莉耸了耸肩，猛吸了一口罪恶的香烟。

第7章

我和母亲在机场拥抱，迟迟不肯松开。我们太想念对方。母亲晒黑了些，身上还带着椰子的香味。她今天穿着一件印有拼字游戏图案的T恤，图形中包含字母P。我们都不知明日将会如何。我闻到恐惧的味道，却发现这味道是从自己身上散发出来的。我的身上似乎多了一个大洞，本该被盖住的部分却露出了一大块。回家的路上，我们在尼克家稍做了一段时间的停滞，现在已经过了医院的探病时间。妈妈对我们聊起了她在海上的冒险，我们笑了很长时间，甚至可以说笑了太长时间。我们聊天时，尼克一直坐在埃弗的钢琴椅上，偶尔会转身弹几个不成调的音符。聊过一番后，我们便回家各自睡去。那天夜里发生了一些奇怪的事。我梦见了埃弗。埃弗出了医院，却没有人能找到她。她没有回家。没人知道埃弗去了哪儿。我梦见我的房间内长满了草，到处都是又高又滑的草叶，一直延伸到楼梯上。我找不到除草的方法，不由得焦虑不安。一个法子突然闯进了我的梦里：什么都不要做。我的焦虑突然间没了踪迹，梦中的我得以回归宁静。我梦见自己有一尊像女作家玛格丽特·劳伦斯一样的石头天使，而我必须保护她，温暖她。在我的梦中，石头天使就躺在我身旁，我用毯子盖住她的下巴，而她的眼睛永远都盯着天花板。

醒来后，我给护士站打去电话，想知道道埃弗是否还在那里。护士告诉我埃弗还在。我在床上躺了好一会儿，听见冰块融化的声音，又听见妈妈在客厅内走动的声音。我起身查看她是否无事。妈妈说她有一点时差感，暂时无法安眠。她坐在餐桌上，正在网上和某个来自苏格兰的陌生人玩拼字游戏。我告诉妈妈我遇见了她的警察朋友，她听了皱起了眉头。“他是个野心勃勃的人。”妈妈说。在她看来，“野心”是一个人最糟糕的品质。我听见电脑中传来的游戏胜利音。电脑旁摆着一本国王詹姆斯版本的《圣经》，我问母亲是否在读《圣经》。“是啊，没错，瞧瞧这样的……”她做了个轻蔑的手势。我猜她想说的大概是“瞧瞧这样的日子”。母亲说她打算读旧约的《诗篇一》，可她不喜欢这一段。书中将不敬神的人形容成风中的谷壳，随时会被风吹散，迷失在这世上。因此她读了《箴言一》，可她同样不喜欢这一段。她不欣赏这段文字中命令人们追寻知识和智慧的部分……原因很显然！

母亲说她此时读《圣经》的唯一理由是因为她姐姐的在天之灵嘱托她多读一读这本书。我点点头，让母亲下次记得替我问候玛丽阿姨。这有可能是母亲读圣经的真实理由，当然她也可能是要从她最好的老朋友——“信仰”那里寻求希望和慰藉。

我问母亲是否想要玩几盘荷兰闪电战——这是门诺教徒唯一能玩的纸牌游戏。与纸牌中罪恶的梅花、红心、方块、黑桃不同，这种游戏以锄头、木桶、马车和水泵为划分。游戏的关键是速度和专注力，而非偷奸耍滑。听了我的建议，母亲的脸上浮现出能让整个小房间熠熠生辉的笑容。

母亲坐在开裂的橘色塑料椅上，我则依靠在埃弗的床脚。埃弗躺在病床上对我们微笑。埃弗额头上的针脚已经消失，她今天洗过脸了，还梳了头发。用贾尼斯的话来说，她的情况有了好转。贾尼斯说她和埃弗今天早上进行了一场长谈，埃弗身上已经有了进步的迹象。妈妈问这进步指的是什么，贾尼斯回答这意味埃弗吃了早饭，服用了药物。母亲从前总会因为这些微小的胜利而欣喜，可她今天只是点了点头说："也就是说她做了人们让她做的事。"我知道母亲对此并不满意。她相信斗争、火花和搏击，不信这种温顺地讨好。她想让我姐姐吃饭和服药，可她希望这一切出于埃弗的自愿。

"我不知道究竟发生了什么，"埃弗对我们说，"可是今天醒来后，我感觉自己变成了一个全新的人。我已经准备好参加巡演。我要给克罗蒂奥打电话。我还想打网球。有一天，我和尼克也许会搬去巴黎。"

这个世界上若真的有"时滞反应"这种事，我们现在就遇上了。我们像是被抛进了一个孤独的空间，抛到一块无人之地，这个世界只剩下埃弗和母亲的话，以及我对此的反应。母亲和姐姐微笑着望着彼此，像是将此当成了一场较量，我则像是被冻住了，凝固在这场景中。"最后一搏。”我在心中默念。我望向窗外，思考着文学作品中反复提到的关于生命的某些内容。人们总是怀揣着目标和雄心，想要创造一段有意义，值得被拯救的生命，可他们总会遭遇无可避免的失败。在文学作品中，让人值得追求的人生总是成功、学识以及发人深省的内涵。

“真的吗？”我说，“巴黎？那真是太好了，埃弗。我才不信呢。”

“我也不信。”埃弗的室友梅兰妮在帘子后头说。

埃弗扭过头说：“你能不能管管你自己的事。”而梅兰妮说她在这儿不是为了管任何事。

我离开病房，拖着双脚走到走廊上的壁龛旁。这地方很快就成了我最喜欢的小角落，我可以一个人坐在这儿，俯视医院的停车位和医院外的空地。“我们还有选择。”我对自己说。我们可以根据表象对埃弗进行评估，权当她像众人期盼的那样，恢复了健康。我们需要召集看护小组，我的意思是现在就召集，因为埃弗很快就要回家了。我很清楚这一点。她会被放出院。我知道埃弗今天晚上就能回家吃饭，只要她遵守规矩，按照护士和医生的话去做，感觉到良好、积极的情感，被迫和众多负面的情感说再见，不想要自杀，我说的是一点类似的想法都没有——你是在开玩笑吗？

我拨通了尼克的电话，可他没有接。我来到护士站，却被告知贾尼斯正在休假。我问护士埃弗今日能不能出院，护士问埃弗是谁，我对她说埃弗瑞达·梵·里斯。护士说她不知道，也没听过这个名字。

我回到埃弗的房中，发现母亲正在用门诺低地语对埃弗唱歌。这首歌的名字叫作《你》。埃弗捧着母亲的手。这首歌讲述的是永恒的爱，即便爱到受伤仍要继续。当我们还是孩子的时候，母亲总爱给我们唱这首歌。

之后的一切发生得太快。贾尼斯回到埃弗的病房。她微笑着向大家打招呼，只要医生愿意给埃弗亮绿灯，她也许今天就能回家。我想象着一位像绝地武士本·肯诺比一样的医生，他亲手将一把军刀交到埃弗手上。母亲和我一同说："哇哦，真是太棒了，好极了。"埃弗向贾尼斯投去微笑，似乎万分感激。

贾尼斯坐在埃弗的床边，问她是否真的做好了回家的准备。我们都知道她这是什么意思。"是的。我完全准备好了。"埃弗坚定地回答。埃弗说她想要回到尼克身边，想要找回真实的人生。埃弗用手指梳理头发，表示自己愿意服药，也会乖乖参加后续治疗。她已经准备好了。埃弗对人们在她住院期间付出的辛苦表示感激，她简直像是在奥斯卡颁奖礼上念早已准备好的演讲词。我亲吻她的脸颊："哟！太棒了，真是太好了。"母亲睁大眼睛，安静地坐在一旁，用手掩着心口。

我既恐慌又困惑。贾尼斯说她要让我们单独待一会儿，我却跟随她来到走廊上，想知道这时候让埃弗回家究竟是否明智。贾尼斯表示现在正是时候，除此之外她也没有其他选择。埃弗是自愿入院的，医院不能违背她的意愿，埃弗若要离开，她随时都能出院。我想知道埃弗这时候出院是否为时过早，贾尼斯告诉我："让病人感受到自己的权利是非常重要的，我们必须允许病人做出某些重大的决定。"

"好吧。"我说，"这一重大决定有可能会杀死她。没人想见到那种局面，不是吗？"贾尼斯对我的话表示了赞同和理解，可她也被束缚了手脚，无法做出决定。医院此刻的病房的确很紧缺。“看看事情会走到哪一步吧。”贾尼斯说。贾尼斯对埃弗出院一事持乐观态度，埃弗告诉她，一旦天气暖和一些，她就要和我一起打网球。对此，我真不知该如何作答。

我又试着拨打尼克的手机，这回成功拨通了。我对尼克说埃弗今天就要回家，他对此表示了惊讶。尼克也是第一次听到这个消息。“那我们要怎么办?”我问。尼克说他等会儿就给护理组的人打电话，他今天会早一点下班，提前采购一些杂货，下午晚些时候会在家里等我们。

回到病房时，我见到埃弗已经起身，正在找她的衣服。我帮她将她的东西装进塑料袋中，却发现自己不小心把我那装有手稿的塑料袋拿了出来，我不希望母亲见到它，却装得异常冷静，把它拿到了一旁，对自己说，“好吧，没事的，没什么大不了的。”

过了一会儿，妈妈突然说：“嘿，尤兰，这是你的吗?”妈妈正好坐在我的塑料袋上，她朝袋子里瞥了一眼，“哦，这是你的新作吗?”听到了我肯定的回答，她又问我已经写了多少字。出于某种原因，这个问题让我忍不住想笑。我摇了摇头。埃弗说这本书的第一个字母写得棒极了。母亲微笑着等待我的回答，我没有答案。妈妈将手放在我的后腰上，把我引至走廊。她的身材是那么娇小，身上的味道又那么好闻，就像是椰子牛奶。母亲在走廊上拥抱了我，对我说一切都会过去。我喜欢听母亲一遍又一遍地对我强调这一点，可我有时又觉得她大概认为我是个蠢蛋。无论如何，她是我的母亲，这就是一个母亲会说的话。歌手鲍勃·马兰也会说同样的话，他总爱说每一件“小事”都将过去，不过我怀疑他其实是为了凑够音节。我记得父亲卧轨前的那段日子里，我曾一遍又一遍地哼唱这段旋律，伴随它入眠。

那天夜里，我们用辛辣的印度菜和上好的阿玛尼亚克酒庆祝埃弗回家。那瓶酒是母亲两年前送给尼克的圣诞礼物。埃弗不停地微笑，她有些害羞，样子美丽而安详，像是独自守护着谜语的狮身人面像。埃弗今天戴了一条淡粉色的围巾，她用淡妆遮住了眼睛上方的伤疤，她的手也只有轻微的颤抖。她的裤子已经有些大，但尼克对这条裤子稍做改造，给它加上一条时尚的腰带。埃弗的归来让尼克雀跃不已。他管埃弗叫“我的爱”、“我的宝贝”，母亲则管埃弗叫“亲爱的”。我本该对埃弗说些什么，却无法漂亮地表达出自己的观点。尼克不停地谈论着中国文学以及他学习汉语普通话的经历，埃弗在一旁翻阅尼克从图书馆内借来的一本书。她没有提到巴黎，也没提及网球。

我真想对她大喊：“听着！这世上若真有想要自杀的人，那个人也应该是我。我是个糟糕的妈妈，离开了我孩子们的父亲。我是个和其他男人苟合的糟糕的妻子。上帝啊。我挣扎在一份算不上正式职业的事业中。再看看你，你有这样一幢漂亮的房子，屋内还住着一个深爱着你的可爱男人！这世界上的各大城市都愿意花上千美元邀请你进行钢琴演奏，每一个见过你的男人都会深深地爱上你，终生都无法忘却。你想要抛弃的也许是一段完美的人生。你还有什么可以苛求的?”可我无法直视埃弗瑞达的眼睛。她没有看我。她的目光几乎从未从尼克给她的书中抽离。

母亲仍然未从舟车劳顿中恢复过来，这种状况已不知持续了多久。然而埃弗的出院让母亲感到高兴，令她精神焕发。母亲显然再次滞留在了海上，她每到海边都会这样。母亲总会悠闲地漂浮在海水中，享受阳光和起伏的海浪，飘到必须得派人营救的远海。她丝毫不会慌张，只是缓慢地飘离海岸，等待人们记起她的存在，发现她已不见了踪影。母亲只想在一个宁静的地方醒来。飘到远海，随着月光下的波涛起起伏伏，这便是她最大的愉悦。我的家人总想着逃离一切，甚至是摆脱重力，远离海岸线。我们甚至不知道自己究竟想要逃离什么。我们大概是一群不安分的人，是一群冒险者。我们也许是被吓坏了，也许是疯了。地球大概不是我们真正的家。一次在牙买加，母亲从香蕉船上一跃而下，怎么也不肯爬上船。最后还得靠三个脱去上装的渔夫将我那笑得快要断气的母亲拖回岸上。

尼克进入厨房准备饮品，我尾随他进了厨房，向他询问看护队伍的事情。我们一同下楼，假装要去地下室的冰箱内拿啤酒。尼克说那个所谓的看护队伍是这世上最虚假的事。显然，由于经费的缩减和政策的变化……尼克在一旁解释，我的思维却飘到一本书上。这是一本《罗马帝国的兴衰》，它就躺在地下室的水泥地上，像是被人匆忙地扔在那里的。尼克说从看护队伍请人一事已不可行，他打算再找其他办法。我俯身拾起那本书，把它递给尼克。“可你还有什么办法?”我问，“我们现在讨论的究竟是什么?”尼克接过那本书，重重地叹了口气，“我明白。”尼克与他们的朋友玛格丽特做好了约定。玛格丽特每天会陪伴埃弗几小时，我母亲每天当然也会来探望。“我知道。”我说，“可是按照约定，埃弗两周内就要参加一场在四个城市举办的巡演。瞧瞧她，你觉得她能应付得来吗？你有没有和克罗蒂奥谈过？”

“上帝啊。”

尼克还没有联系克罗蒂奥。他不知该怎么做，只知道巡演前，埃弗总会感到害怕，然而当埃弗表演时，音乐又能让她振奋。我告诉尼克我很快就要回多伦多。威尔要回纽约参加考试，丹现在还在婆罗洲，我不能把诺拉一个人留在家里，哪怕一两天都不可以。诺拉的课程一结束我就会带她回这里，我们可以在这里过暑假。埃弗如果不用参加巡演，我每天都能和她见面。尼克对我的情况表示了理解，称一切都在他的掌握中。飞机和电话总能缩短我们的距离。

回到地面后，我听见母亲正对埃弗聊着她的拼字比赛。母亲说她平均能得到一万三千分，埃弗不住地点头，做出折服的样子，假装自己从未听过这些话。母亲说她有一天在俱乐部里拼出了“贱女人”这个词，而它居然能算作有效词。“那您被难倒了吗？”埃弗问。“才没有。”妈妈回答，“和我对阵的小伙子尴尬得不敢抬头看我——这个老奶奶居然能讲脏话。”埃弗静静地微笑。她的话不多。她有什么想说的话？她有着怎样的感受？这场临时聚会在埃弗眼中是否是一场荒唐可笑的即兴表演？她是否好奇过我们究竟在庆祝什么？庆祝我们中断了她的自杀计划？出现在这个地方，埃弗是否能感到真心的愉悦和放松？

“拜托，埃弗！”我在心中呐喊，“别再抖你的手了，快说些什么。和我们说说你的想法，让我们有理由对未来抱有信念。是的，我们的确有飞机和电话，可以随时保持联系。”

我想问埃弗她是否感到害怕。我又一次喘不上气。我微笑着，小心翼翼地吸气，想要掩饰心中的恐慌。我想要带上埃弗一起回多伦多。

我希望大家，我的母亲、姐姐、孩子们、尼克、朱莉、朱莉的孩子们——甚至包括丹、芬巴和狄拉克同住在一个与世隔绝的小社区内。我们必须相互照顾，彼此之间只相聚几米远。这样的社区可能像是西伯利亚的某个小小的门诺派村落，不同的是这个社区是无忧无虑的。

我们最后不得不离开。埃弗坐在钢琴边，双手无声地拂过琴键。她起身对我和母亲告别时，我看到她的脸上流着泪水。母亲就住在几个街区外，因此决定步行回家，她说自己需要做些锻炼。我和埃弗目送母亲像个孩子一样安全地走到马路对面，对她挥手。

我对埃弗说我爱她，我会想念她，我很快就会回到温尼伯。“你在多伦多举办演奏会时，我能不能去看你?”我问。“也许吧。”埃弗说，“可我只会在那里停留十六个小时。我要参加排练、睡觉、吃东西、表演、回旅馆、睡觉，第二天早上还得赶早班飞机。”埃弗说克罗蒂奥的助手罗萨穆德将一路随行，她说她也爱我。她想要多听听关于多伦多的事，想要进一步了解我在那里的生活。埃弗请我给她写信，不要发电子邮件。她希望装在信封里，贴着邮票的信件每天被送进她的邮箱。我保证自己会给她写信，一定会写，还问她是否会给我回信。埃弗说她一定会回信。我揽着埃弗的腰，用手指在她细小的骨头上画圆圈，用力按压她的骨头，直到她痛得喊出来。我向她道歉并放开了手。我们不去讨论生命的意义，谈论伤疤、针脚以及一系列我们保证要远远抛到脑后的问题。

我驱车绕着这座城市行驶，路过一座又一座桥，像一只欲划定势力范围的小狗，又像是回到了绕着家乡小镇漫步的小时候。这样做似乎能将整个小镇或城市变成我自己的。我似乎认定自己若能像个疯狂的联防队员一样在街道上巡逻，什么坏事都不会发生。欢迎来到温尼伯，这个没有灾祸的地方。我在朱莉家稍作停留，对她说我明天一早就要离开，并答应一回多伦多就给她打电话。我还去了狄拉克家，与他道别，感谢他为我提供食物和住所。狄拉克挠着脑袋，不知该说些什么。我耸耸肩，微笑着后退，再次为他的好意、绅士以及他付出的时间道谢。

我驾驶着母亲的车，似乎把它当作了一辆装甲车，将所有的街道都当作了我的敌人。我感觉很不好受，觉得自己愚蠢而刻薄。我打算一回到多伦多就预约一位心理医生，可我很快想到自己根本无法支付这笔费用。我必须工作得更努力一些，就这么简单。再说了，我能和心理医生说些什么？父亲自杀后，我曾经看过一位心理医生，而他建议我给父亲写一封信。我不清楚自己要在信里写些什么。我谢过了医生，在心里嘀咕着："可我的父亲已经去世了。他收不到这封信。这样做有什么意义？我能不能要回我的一百五十美元，拿这钱买葡萄酒？哪怕是买一些最没用的东西也好。"

当我回到母亲的公寓时，她已经睡着，呼噜声震天响。她的电视里传来《火线重案组》的声响，小型取暖器在房间内不停地发出噪音，窗外还时不时传来冰河融化、冰块随河水流动的声音。我站在她床边，盯着她看了好一会儿，想知道她是否睡得安稳。我走进客房，和衣躺在床上。这时候已经没必要脱掉衣服再上床，我用不了多久就要起身赶往机场。我闭眼睡去，醒来时，听见客厅内一阵骚乱。母亲已经起床，正在和一个男人说话。

故事的经过是这样的。母亲醒来后便走到阳台上眺望夜空，碰巧看见了这个男人，谢尔比。望着正在阳台外停车的谢尔比，母亲突然生出了一个主意，问他愿不愿意帮忙将她的电子琴运到朱莉家，将这琴送给朱莉的孩子们。母亲说她真的很需要一辆卡车，她表示自己可以付钱。谢尔比同意了母亲的请求，于是他们在大半夜里开始了一段对话。母亲穿着睡袍站在阳台上，看上去就像是朱丽叶的保姆。谢尔比此时正在屋内测量电子琴，想着要怎样把它装进卡车里。

“噢，太好了。尤尤，你醒了。”母亲对我说。

我和谢尔比一同将电子琴抬进卡车，母亲帮我们抵着公寓的大门，她的睡袍在风中疯狂地舞动。天空开始下雨，很快转变为瓢泼大雨。母亲跑上楼，用垃圾袋盖住电子琴，大半夜里往朱莉家送琴。我问母亲有没有提前通知朱莉，而母亲说这是临时想到的主意，我们可以等到了朱莉家再想办法。

我、母亲和谢尔比一同挤进卡车的小驾驶室内，将电子琴运往朱莉家。朱莉和孩子们正在熟睡，没人帮我们开门，我们只能把电子琴搬进院子里的一个小棚子，在朱莉的门前留下纸条，告诉她我们在她家的小棚子里留下了一架电子琴。我们乘坐谢尔比的车返回母亲家，母亲给了他五十美元以作酬谢。我们对谢尔比道了晚安。我们身上的水滴落在厨房的地板上，卧室的地板上也尽是水。河水漫过了河岸，屋外的天空仍旧电闪雷鸣。

“好吧。”母亲感叹道，“总算搞定了。”

我能够理解母亲想要完成某件事的心情，无论这件事有多么奇怪，只要它拥有清楚的开始动作和漂亮的结尾就好。母亲打算在我动身离开前小睡一会儿，她让我届时务必要叫醒她。我一点也睡不着，于是来到楼下的健身房，登上跑步机，开始跑步。我当时穿着肥大的靴子和紧身牛仔裤，身上的水洒满了跑步机，流到地板上。我看见阳台玻璃门外未注水的游泳池，一行手写的泳池告示，以及紧贴着地平线的一条红色细线。直到满身大汗，气喘吁吁，我才按下“减速”键，握着把手在机器上慢步走。

第8章

亲爱的埃弗：

如你所愿，如我承诺，我在这里为你送上一封手写的书信。我们遭遇了蚁灾。这一切发生在我回温尼伯的时候。我们的房东认为之所以出现这种问题是因为我们的公寓乌烟瘴气，可是在我看来，这不过是正常的自然衰变。再说了，我们的公寓其实没那么脏乱，只不过有些不整洁罢了。我将杀虫剂洒在几只白色的小托盘上，把它们放在屋子的各个角落。威尔回到了纽约。他等不及要在暑假的时候见到你和尼克。我在温尼伯期间，威尔尽力保全了诺拉的安全，但我们的房子俨然成了灾难现场。“脏乱”显然进不了这两个孩子的眼睛。诺拉如今显然有了个男朋友，那小子是诺拉的同班同学，也是奖学金获得者，来自瑞典。我回家时见到一个男孩在我家厨房做鸡蛋饼，家里到处都是“全食品”的包装袋。“全食品”是一家价格昂贵的健康杂货店，我从未在那家店买过东西。我去的店叫作“没那么多臭架子”。我的厨房内多了个陌生人，他不会说英语，我也不知道他在我家做什么，一直等到诺拉晚上回来才弄明白是怎么回事。等待期间，我到门外走了几圈，对那个小伙子微笑，点头，用手到处指了几下，做些诸如此类的小动作。

我的卧室旁边还有一间小房间，我本打算把它用作工作室，却从来没进去过。那间房间实在太冷。我常常在餐桌和床上写作。我喜欢听早上起床时从窗外传来的哀鸠的咕咕声。这声音让我快乐又感伤，心头涌起一股思乡之情。我想它大概让我想到了我的童年，我们的童年。我回忆起童年时候的草场，怀念着醒来以后只需玩耍，什么也不用干的感觉。你知不知道在我八九岁的时候，我总要先唱一会儿歌才肯起床？你卧室的墙头那时候还挂着芭蕾舞演员米凯亚·巴瑞辛尼科夫的海报，我记得海报的名字叫作《退无可退》。这个家伙最近上哪儿去了？你当初爱的究竟是他的舞蹈、他的身体，还是他为了艺术抛弃俄罗斯的一切，哪怕再也无法回到家乡也在所不惜？

那些哀鸠一定是被人射下来煮了吃了。你能相信吗？得知这个可能性时，我的感觉就像是当初听见冲撞乐队的主唱乔·史楚墨去世时一样。他代表着我年轻时候的音乐。十五岁那年，我总会随着哀鸠的咕咕声和冲撞乐队的《你知道你就在天堂》醒来。总之，乔·史楚墨去世了，窗外的哀鸠也被人煮了。关于童年，我还有什么好说的？是谁带领我们离开了那片旷野？

我在多伦多认识的人不多。我接到的唯一的电话是一则录音广告:“你好!你的债务问题是不是快要不可控制了?”上次接到这则电话时,我轻声说“是的,是的”然后赶紧挂掉了电话,像一个悄悄通风报信的卧底。父亲几百年前制定了所谓的“退休储蓄计划”,我从中拿到一笔钱,我把我卖房子得来的钱的大半花在了租房上。昨天,我的房东对我说这房子已经涨到了一个我从未听过的数字。

那个律师芬巴又开始发短信给我。芬巴说他解决了一些问题,虽说我的生活习性自由散漫,可他认为我们还能在一起。他很喜欢我的腿后肌。我现在长出了第六个脚趾,好吧,那其实是个囊肿。我若是走太长时间,这个囊肿就会像一根小阴茎一样在我的脚侧抽动。我的脚后跟还长出了高尔夫球大小的怪东西,我们的小狗也长过同样的东西,雷叔叔为她注射了给马注射的安定剂,用去动物内脏的刀切除了那个肿块,你还记得吗?我记得你几个星期以来一直抱着她,因为她没办法再走路。你是不是将她放进一架四轮小车,走到哪儿都拉着她?我的脚疾如果最终不受控制,你是否也愿意为我做同样的事?我还遇到了一点小麻烦,不知我有没有告诉过你?只不过是一场小车祸,可是安大略省的保险费过于昂贵,我买的保险仍是马尼托巴省的(糟糕)。不知道我的保险能否赔付,否则的话我也许要为那个女人完全没有被蹭到的宝马 SUV 支付上百万美元。她从车内走下来,用手机给她一点也没有被剐蹭到的保险盖拍照。我站在一旁(穿着毛边短裤和绿色防风夹克,手里还拿着半打啤酒)冲她嚷道:“拜托,你有没有搞错!”

我和诺拉正在进行某种小实验。我们想要与多伦多人进行眼神接触。真让人沮丧。当我们望向某些人，他们总会惊慌地避开我们的目光，甚至不敢看自己之前看着的地方。有些人甚至会把脑袋扭向一边，连肩膀都会扭开。我和诺拉今天在小区内散步，约有六十八人从我们身边走过，只有七个人迎上了我们的目光，七人中只有一人对我们微笑，可那甚至算不上微笑，只是个朦胧的鬼脸。我和诺拉想要表现得不为所动，可这确实太伤人！不知道这是因为我们的着装，因为我们身上有某种让人想要远离的气质，还是因为我们表现得太绝望、危险或怪异。我必须用最快的速度送诺拉去排练，按时将她送到牙科诊所。在此期间，我一直想着你，思念着你……漂浮在一片虚无之上。

你谦卑恭顺的仆人，Y（瞧见没？我读了你那诗人爱人的诗）

埃弗没有接我打去的电话。我给母亲打电话，母亲说："是的，她的确不接电话。不，她偶尔也会接电话，是的，偶尔会接，可大多数时候不会。接电话的情况实在难得。"

我受不了这个，不愿听到母亲游离于希望和绝望之间的糊涂话。母亲说她如果在埃弗家，当电话铃声响起，她总会鼓励埃弗接电话，哪怕这会让埃弗难受。然而在她们二人的角逐中，母亲总是输掉的那个，电话大多数时候都无人接听。

我听见母亲电脑中传来小喇叭的背景声，这表示新一局纸牌游戏的开始。

亲爱的埃弗：

我今天步行了很长一段路，看见一群鸭子潜入高地公园的池塘。我不知道它们能在池塘底下待多长时间。数到七十八秒后，才有一只鸭子抬头换气。人类可以在水底待多长时间？一分钟？我今天在有轨电车中听到一段有趣的对话。一个低头大骂脏话的男人上了车。他的话不堪入耳，电车司机忍不住说："哇哦，你不能在电车上说这种话。"那个男人抬头望了司机一眼，说他非常抱歉，也十分理解。他到了第二站就下车，一下车又开始咒骂。

我很想念你。我和诺拉昨天登上了加拿大电视塔的塔顶，想要通过鸟瞰的方式理解我们的新城市。我们把一加元硬币扔进一架高级望远镜，却仍然看不见你。我们去了柏悦酒店的屋顶酒吧。我点了一杯十二加元的葡萄酒，与诺拉一同分享橄榄和杏仁。我们略郁闷地盯着西边。我们都很想你。诺拉问我是否后悔生小孩，这个问题把我吓了一跳，让我觉得自己是个糟糕的母亲。我让诺拉有了某些错觉，她觉得自己正在缓慢地毁掉我的生活。不过诺拉继续说了下去，她说她永远也不会让自己怀孕，因为她忍受不了一个外星人住在自己的身体中，也不愿见到自己的身体膨胀成某种奇怪的女人样子。希望诺拉没有饮食失调问题。我曾经读到，饮食失调问题多是由过于专横的母亲导致的，现在我才发现这其实并不好笑。也许诺拉想象出一个过度关心的母亲，以此补偿我对她的关心不足，给她带来饮食失调问题的其实是诺拉想象中那个专横的母亲。也就是说，诺拉实际上并没有饮食失调问题。我不应该将某些并不存在的东西归咎于一位想象的母亲身上。我试着回忆你与诺拉一般年纪时有多么苗条。你的身材至今仍那么好！

我们在屋顶酒吧期间，见到了一位古铜色肌肤的年长男人。他戴着一枚世界棒球大奖赛戒指，穿着白色皮鞋，没有穿袜子。他向诺拉称赞她的美貌，又问我是不是诺拉的姐姐。哈哈哈，听听这陈腐的老男人说的老套笑话。这个男人说诺拉应该是个模特。我说："不，这可不是什么恭维话，她是一名舞者。这些话，加上我杀人般的目光，难道还不足以击碎你脑中不言而喻的龌龊想法？"我和诺拉步行回家，一同哼唱着某些我们都知道的老歌。当诺拉说："什么！你也听过《爱的折磨》？"她简直可爱极了。她甚至让我牵着她的手，一直牵了一到两分钟。诺拉说我依然貌美，仍有着惊人的吸引力。这让我几近崩溃，就要感激得放声大哭。像所有十四岁的姑娘一样，诺拉绝不会轻易赞美他人。她的双脚几乎要被跳舞毁掉，那双脚和维尔纳爷爷的脚没什么区别。还记得维尔纳爷爷用脚表演木偶剧的时候吗？我们被他吓得惊声尖叫。我给女儿做足底按摩，我的手也因此变得粗糙红肿。我问起了她的瑞典小男友（这种说法让诺拉恼火，她愤然道："他叫作安德尔斯，而且他显然是个成熟的男人。"），我想知道他们能不能用语言交流。"不能。"诺拉怔怔地回答，似乎将这种交往方式当成了最完美的模式。我想问诺拉是否已经和那个男孩上床，可我没胆子问。我无法承受那个答案。噢，上帝啊，我是个无能的妈妈。

我昨天夜里给身在纽约的威尔打了个电话，威尔说他的公寓里进了大老鼠。他向我问到了你的情况。威尔很想念你！说到大老鼠，我们的屋子之前已经遭遇了蚁灾，还有小耗子，不过我猜这相对而言还算好的。在多伦多，人们说你的房子里有大老鼠就不会有小耗子，有小耗子便不会有大老鼠，因为大老鼠会吃掉小耗子。不知道老鼠会不会吃哀鸠。我近来总会做同样一个梦，我梦见一只大老鼠钻进我的衬衫里，我无论如何也没办法将它弄出来，只好用力捶打胸部，将那东西锤死，直到它浑身是血地掉落在地板上，直到我耗尽最后一丝力气。我想你想到发疯。

毋庸置疑，就算你不如自己想象的那么快乐，但实际上，你是这世界上被深爱着的人。

（这话出自斯塔尔夫人[①]给某个骑士写的信。而现在，我要将这句话送给我的埃弗瑞达。）

给我回信，Amps!

另，要不然就接通那该死的电话。

另，妈妈在电话里告诉我，你昼夜不停地听着戈莱茨基的第三交响曲。是这样吗？

是否接电话成了埃弗能否应对生活的象征。埃弗告诉母亲，电话铃声能让她想起电影大师希区柯克。我和母亲都没有正面评价这一说法。我今天下午与母亲通了电话，她为我带来了一些新闻。母亲说她

---

① 法国评论家和小说家，法国浪漫主义文学先驱。其主要作品包括《论卢梭的性格与作品》《论文学与社会制度的关系》等。——译者注

的姐姐蒂娜打算去温尼伯陪伴埃弗一段时间。蒂娜阿姨开着卡车，自温哥华穿山越岭而来，就为了帮助我那心焦力竭的母亲。我知道母亲已经耗尽了心力，可我不愿意承认这一点。我问母亲蒂娜阿姨为什么要来，情况是不是很糟糕？母亲说情况没有太糟糕，却也算不上好。我问母亲埃弗近来究竟怎么样，母亲则闪烁其词地说："你知道的，还是老样子。"

"介于不好不坏之间？"我说。

"是介于时好时坏之间。"母亲说，"她没有参加巡演。"

"什么？真的？"

"她今天是这样说的。"

我问母亲埃弗有没有收到我的信，母亲说她不知道，可她会替我问一问。我给尼克打了个电话，他正在工作，于是我留下一条留言，让他晚些时候打电话给我。我又给身在布鲁克林的威尔打了个电话，问他近来可好。威尔小声回答："我很好，很好。"他正在图书馆内。每当我给他打电话时，他多半要么在图书馆，要么就在"占领华尔街"运动的现场。我对他说："那太棒了。"威尔小声问："埃弗怎么样了？"我也用极轻的声音回答："很好。"

有人正在锯掉我餐厅窗外的树枝。以前，我每天早上起床后的第一件事，就是穿着T恤和短裤坐在餐桌旁，伴随着当时还未被吃掉的哀鸠的鸣叫声写作。树枝盖住了我的整个窗户，邻居们也就看不见我穿着内衣裤的样子。然而窗外的树枝正一点点被锯掉，我像一道谜语一样，一点点暴露在邻居们面前。

亲爱的埃弗：

你打算什么时候回信给我？我注意到，在一种情况下，男人们总会变得不快，甚至有些愤怒。这种情况就是，在你和他们上床后，你号啕痛哭了几个小时，却不肯将你沮丧的原因告诉他们。

我和芬巴简直水火不容，我之所以和他上床仅仅是因为芬巴想要上床，而他长得还挺不错。我知道，我真是可悲。品德败坏。我还是个糟糕的榜样——要知道我可有一个很快就要进入，或许已经进入性成熟期的女儿。说真的，谁想要一个从礼福利宾馆的自动贩卖机上购买香味安全套的母亲呢？（当时情况紧急，我只能买到这个）不过诺拉其实并不知道芬巴的存在。我确信我和芬巴可悲的交往是短暂而秘密的，两人相见的次数比我们见到日食的次数还少。此时此刻对你说起这些，我都忍不住想垂泪。我想我也许已经落泪了。我好想再次拥抱爱情。真希望我和丹当初没闹得那么僵。去婆罗洲之前，他一直是诺拉的好父亲。你能拥有尼克简直是太幸运了！有了你，他也是个幸运儿！顺便替我向他问好吧。他的独木舟之旅进行得怎么样了？

安德尔斯（小诺的瑞典新男友）刚刚告诉我，家里的卫生间被他堵上了。他想要一次性把所有的衣服塞进洗衣机，洗衣机就此罢工（他为什么要在我家洗衣服？）。总之，他的衣服被锁在洗衣机里，这台机器不停地漏水，漏在他盖在地板上的毛巾里。由于我们之间的语言障碍，安德尔斯用手势和图画解释了整个过程。

现在是晚上。诺拉和安德尔斯要去参加某个生日派对。他们离开前，我强迫他们为我展示一些舞步，让我看看他们在学校里学了些什么。两个孩子起初万般不愿，可他们最终同意给我小秀一段舞蹈。噢，我的上帝，他们跳得太好了。原本只是孩子的他们突然变成了一对厌世却肢体敏捷的爱人，他们做出晕厥的动作，表现出垂死之态，又重新结合在一起。他们的样子那么严肃，动作那样规范，规范的同时却又无比自由流畅。你一定要看看他们的舞蹈！他们弯腰，扭曲成某个让人叹为观止的形状，坚持了好长一段时间才重新站定，向我鞠躬。我为他们献上了暴风骤雨般的掌声，同时努力忍住不让自己流泪。他们很快又变回了笨拙而普通的青少年，拖着双腿出了门。他们不小心撞到一起，互相道歉，紧张地大笑，羞涩地牵着彼此的手，尽管他们上一秒还是热情和优雅的代言人。我们已经失去了力量。

我想要在黑暗中编辑我那愚蠢的小说，可是我的手指总会落在删除键上。这也许是一种信号。顺便说一句，我在维基百科上查询了戈莱茨基的第三交响曲，得知这首曲子又叫《第三悲歌交响曲》，讲的是母亲和孩子之间的某种联系。你最近有没有见到妈妈？妈妈有没有告诉你，她终于在抽屉里找到了丢失的助听器？

还记得希伯特家的孩子们贩卖毒品前常说的话吗，“我是时候离开，出去巡视一番了”（还记得他们的旅行车和垃圾袋里的大麻吗？）。我也是时候巡视一番了。我想办法疏通了卫生间，可我还得修好洗衣机，不让洗衣机的水渗入地下室，把我们冲进安大略湖。

我近来爱上了舞会，我会为了晚宴精心打扮。（引自简·奥斯汀写给姐姐卡珊德拉的信）尤兰。

附注：多伦多有一座小山。真好。你若要去北边，就得沿着山走，若要去南边，就得逆着山走。安大略湖的湖岸从前远比现在高。一万三千年前，安大略湖的湖水能浸没现在的三层小楼。人们将当时的安大略湖称作伊洛魁湖，湖上的冰坝融尽，湖水流干后，安大略湖也就成了现在的大小。相较而言，湖水面积缩小了太多，像是伊洛魁湖的小影子。多伦多北部有一条名为达文波特的路，这条路便是顺着古河道延展开的。我相信这条路当时一定不叫达文波特路。“达文波特”这个词也许是第一批土著人梦见的词。这些土著人坐在岩石和独木舟上，想象着一汪更加柔和的清泉。你知道吗？世界的各个部分，每一块大陆都在以指甲生长的速度聚拢在一起。是聚拢还是分开？我记不清了，总之让我感兴趣的是大陆漂移的速度。你也许会认为这是一种悲哀——是迅速地漂流还是永远地存留。

再附注：当我写书时，我偶尔会闭上眼，想象我与你在温尼伯的一家咖啡店内，也许是爱丽丝大道的“害群之马咖啡厅”。在我的想象中，你微笑着站在街对面。你为我们选择了靠近窗子的一张桌子，替我点了一小杯白咖啡。你的身边有一堆图书馆借来的书，都是法语书籍。你穿了一条半性感半具讽刺意味的迷你裙，一件随风飘舞的艺术家罩衫。你的牙齿上沾了些绿色的颜料，你对我微笑，像是有话要对我说，要说些能让我忍俊不禁的话。今天真暖和，我将前门大开。街对面正在搭建大厦，闹哄哄的。每隔五分钟，一个男人都会高喊“小心！”，几秒钟之后便会传来巨大

的撞击声，扬起一片尘土。我好想你，埃弗。

距离与姐姐告别，允诺给她写信已有两周时间。如今已是五月，今天本是埃弗瑞达在温尼伯交响乐团开演的日子。巡演已被取消。埃弗又改变了主意。尼克昨天给我打来电话，告诉我排练大获成功，虽说埃弗有些疲倦，可她似乎因为首场演出颇感兴奋。

我在湖边的泥水公园散步，期间接到了母亲打来的电话。我盯着电话看了一小会儿才按下接听键。

“她又来了。”母亲说。

我蜷缩在泥地里。“怎么回事?”

母亲说她和蒂娜阿姨一同去了埃弗家，虽说埃弗礼貌地拒绝了她们的要求，声称自己要为演奏会做准备。她们敲门时，埃弗没有开门。门被上了锁，可母亲有钥匙，于是她自行开门进屋。进门后，母亲发现埃弗躺在浴室的地板上。埃弗割开了自己的手腕，同时喝了漂白水。浴室内满是漂白水的气味。埃弗倒在血泊中。她还有意识，仍然活着。她向母亲伸出手，恳求母亲将她拖到铁轨上。母亲抱着埃弗，蒂娜阿姨拨通了报警电话，救护人员将埃弗运送至医院。埃弗此刻正在医院的重症监护病房，她不得不插上呼吸机，饮用漂白水造成了埃弗喉咙的闭合，可她的手腕将会恢复。

我正在飞机场内，等待飞机将我送回家，送到姐姐和母亲身边。我买了为埃弗涂抹身体的乳液。虽说已近五十，但埃弗的身体仍然曼妙而美好。她的双腿苗条而紧致，大腿肌肉形成一道美丽的线条。她的微笑那样迷人，笑声那么极有感染力，让我也不禁笑出声。当她感到惊讶时，总是滑稽地睁大眼睛，不敢相信眼前的一切。她的皮肤柔滑而苍白，头发乌黑透亮，那对清澈碧绿的眼睛好像在说："去吧，去吧，去吧!"埃弗没有像我一样吓人的雀斑、痣和面部绒毛，也没有像被丢弃在垃圾场的钢筋一样的大骨头。她那么娇小，充满女性魅力。她就像是一位法国电影明星，光彩照人、奔放迷人。埃弗是爱我的。她看不上无病呻吟、多愁善感，无数次地帮助我恢复平静。埃弗的手没有被时间摧残，胸部也不曾下垂。她的手和胸部小巧玲珑，像是小姑娘的。她的眼睛像是湿润的绿宝石，睫毛长得吓人。到了冬天，雪花会压住埃弗的睫毛，她不得不用妈妈的缝纫剪将睫毛剪短，不让它们阻挡视线。我撞倒了一只托盘，托盘中盛有许多网球大小的亮黄色浴球。这些浴球落到地板上，可我不知道要怎样将它们捡起来。商店的女人说没关系。我不记得自己有没有为乳液买单。我现在要回家了。

第9章

埃弗前往欧洲留学期间，母亲决定要实现自我解放。她报名参加了某个大学的课程，成为一名社工，后来又成了心理治疗师。这时候，教堂内的长者已经决定不再管梵·瑞森家的女人。从大学毕业后，母亲将一间备用卧室改造成办公室。在此之后，陆续有一些或忧伤或愤怒的门诺教徒秘密地来到我家。之所以要秘密地前来，是因为心理治疗在我们这个与世隔绝的农业社区中被视作比人兽交更加低贱的事。母亲的顾客有时候不会付钱。这些顾客通常是农民、贫穷的技工或者没有收入的家庭主妇。有时候当我和埃弗回家时，会在走廊上发现一块冻牛肉，在车库内发现几只小鸡，在门口的长椅上找到一些鸡蛋。一个男人偶尔会躺在我们的汽车底下，替我们修理变速器，一个奇怪的女人会替我们除草、浇花，她的身后还跟着几个孩子。

母亲无法向支付不起治疗费的客人索取费用，但客人们坚持用自己的方法报答母亲。有一天，当我和埃弗回家时，发现厨房的桌上躺着两颗子弹。我们问母亲这东西怎么会出现在我们家的桌上，母亲说这是一位客人请她代为保管的，这位客人害怕自己有一天会将这些子弹射进自己的脑袋里。“但是她怎么可能同时将两颗子弹射进自己的脑子？”埃弗问。“另一颗子弹是留给她女儿的。”母亲回答，“这样就不用将她一个人孤零零地留在世上了。”

我和埃弗来到院子里，坐在已经锈迹斑斑的秋千上。埃弗对我讲解了整件事。“可是那个女人为什么不带着她的女儿逃跑呢？”我问。埃弗没有回答，于是我又问了一遍。“那个女人为什么不——”埃弗打断了我的话。“这样做行不通的，”埃弗说，“大部分人宁愿在监狱里自杀也不愿意越狱。”“假如我们遇见了危险，你会在自杀之前先将我杀死吗？”我问。“我不知道。”埃弗说，“得看我们遇见的是哪种危险。你希望我那样做吗？”

妈妈和蒂娜阿姨小时候曾经比试过骑自行车。一辆大卡车挡住了她们的路，她们要么取消比赛，要么就要将时间耗费在大卡车上，年幼的她们决定从卡车底下滑过去，二人最终毫发无损，哈哈大笑地从卡车的另一边滑出来。

某一年的冬天，埃弗十六岁，我十岁。埃弗安排了一场模拟的各党派候选人辩论赛。她用硬纸板搭出一个小讲台，用派对饰品装饰讲台，又用妈妈玩拼字游戏的计时器规范我们的演讲。爸爸是保守党候选人，妈妈是自由党候选人，埃弗自己是新民主党候选人，我则是共产党候选人。不过考虑到爸爸妈妈对俄罗斯的可怕印象，我拒绝充当共产党人。一天吃完饭的时候，埃弗宣称她爱上了温尼伯市共产党党首，乔·族肯。听到这个消息，父亲差一点被呛死，母亲不得不用海默立克急救法对他进行抢救。被母亲救回来以后，父亲表示他希望埃弗说的不是真的。如果埃弗打算嫁给（好感便会导致婚姻）乔·族肯，那我的父亲就要结果自己的性命。总之，我坚持自称为无党派人士。我们辩论的主题是女性是否有自杀的权利。埃弗轻而易举地取得了胜利。她满怀热情、准备充分。埃弗为自己的观点制定了不同的辩论策略，她极富说服力，却总是慎重而恭敬。埃弗雄辩滔滔，语言妙趣横生，最终取得了胜利。

顺便说一句，辩论的评判者们都是埃弗在温尼伯音乐厅遇见的朋友们，埃弗偷偷用啤酒报答众人。我知道她爱上了其中一人，那个男人交叉着腿，光脚坐在父亲的读书椅上。埃弗故意将她的蓝色蕾丝文胸从V领毛衣中露出一小块。那个男人完全无法挪开他的目光，他在椅子上不安分地乱动，可他的眼睛从来不会迷路。父亲最后用力清了清嗓子说道:“我说，先生，坐在绿色懒汉椅上的先生，你到底有没有听见其他人说了什么?”

飞机已经着陆。母亲和蒂娜阿姨在等着我。她们架着胳膊，在自动扶梯底端仰望着我。她们就像是一对身材极其娇小的双胞胎。她们对我微笑，轻声用低地语诉说她们的爱。我瞬间便落入她们有力的怀抱中。我们一言不发地拥抱着。我没有带行李箱，因此用不着等待，很快钻进了汽车。

像平常一样，母亲把车开得飞快，不过这一回我没有让她慢下来。蒂娜阿姨坐在车后座，怔怔地望着窗外。我一只手搭在母亲肩膀上，另一只手伸到后座，握着蒂娜的手。我们形成了一道人体链条。门诺教徒就是一群深陷忧愁之中的人，还是说这种情况只发生在我们身上？蒂娜失去了她的女儿，也是我的表姐，莱尼。父亲自杀后第三年，莱尼也结束了自己的性命。这件事已经过去了七年。我们经历过这种事，一切都会重复，循环再继续。

尼克也在医院里。他正在打电话。我们挥手并点头示意。朱莉也来了医院。我拥抱了朱莉，轻声在她耳边道谢，朱莉将我紧紧地揽入怀中。因为病房内不允许一次性拥入太多人，所以我们两人为一组分批进入病房。母亲和阿姨一同进了病房。我给威尔打了个电话。他让我向埃弗转达几句话，可他声音太小，我没能听清楚。“威尔？”我说。“等一等。”威尔说。我静静地等着，但电话那边没有声响。“威尔？”我听见他在哭。“告诉她我爱她。”威尔终于说出这一句，挂断了电话。妈妈平静地走出病房，她已不再哭泣。妈妈耸耸肩，摇摇头，尼克伸手揽住母亲的肩膀，她顺势靠在尼克身上，脑袋抵在他的胸口上。尼克扶母亲坐下，母亲呆呆地盯着远方，喃喃地说了几句，也许是在自言自语，也许是在祈祷。我能看见她手上的被狗咬后留下的伤疤。她的胳膊上有两个孔，像被吸血鬼咬过。蒂娜阿姨为我们拿来了咖啡。

我和朱莉组成一组。我们坐在姐姐床边，握着埃弗的手，什么也没说，也没什么可说的。埃弗的喉咙里插着管子，一台机器使她得以呼吸。我们望着埃弗，埃弗也望着我们，像母亲一样耸耸肩。我们还能说几句话？埃弗闭上眼，又睁开眼，把她的手从我手中抽走，敲了敲自己的额头。我不知道这是什么意思。她想说自己疯了吗？想说她忘记了某些东西？她觉得头疼？我吻了埃弗的脸颊。重症监护室的音响内传来一首尼尔·杨的曲子，他永远都会寻找一颗金子做的心。

埃弗拍了拍自己的鼻子，绕着她的眼睛画圆圈。朱莉说她这是想要眼镜。"是这样吗?"埃弗轻轻动了动下巴，又点了点头。我起身寻找眼镜，出门问护士是否见到过埃弗的眼镜。护士没有见到。朱莉自愿帮忙寻找，问尼克和我母亲有没有见过。她在埃弗的脸颊献上一个吻，轻声在她耳边说了些什么，随后转身离开。朱莉的话让埃弗眼中噙满泪水，她说的也许是："埃弗，你是最好的。"

埃弗想要眼镜的想法让我松了口气。这意味着她想要看得清楚一些。埃弗手上明晃晃的白色绷带像是一条吸汗带，缺少的只是一个"耐克"图标。埃弗的脸上粘着一些管子，一条软管拉扯着她的嘴角。我用袖子边擦去埃弗脸颊上的泪水，对她说我爱她。我记得她曾经参加过某个名为"亚历山大疗法"① 的呼吸课，我还就此取笑过她——"你还得学习怎样呼吸?"埃弗说："是的，呼吸也能分成正确的方式和错误的方式。"她想要教我运用胸膈膜呼吸的正确呼吸方法，可我很快失去了兴趣。她还想做我的钢琴老师，那也是一场灾难。教我西班牙语的

① 旨在纠正不良姿势、保持身体平衡的互补性疗法。

事也是如此。我本想说“我有一点饿”，可她却教我“我有一个小人”。

我离开病房前往咖啡厅，母亲和阿姨正在咖啡厅内喝着清咖啡。蒂娜阿姨比母亲稍长几岁，但她们看上去就像是同一个人。她们都留着雪白的短发，有猫咪一样闪烁的眼睛，纵横的皱纹和有力的双手，都只有五英尺高。见到我时，她们同时喊出我的名字，在二人之间让出一块位置，把我塞进一张椅子里。她们揽住我的胳膊。蒂娜阿姨和妈妈都对我说她们爱我，我也对她们表达了我的爱。我几乎无法呼吸。我那样嫉妒自己的母亲，因为在这种时候，她有个姐姐陪伴在身边。父亲去世时，蒂娜也来陪伴母亲、姐姐和我。她为我们每个人都买了一打白色棉质内裤，让我们不用在筹备葬礼期间担心洗衣服之类的琐事。母亲做心脏搭桥手术时，蒂娜同样赶来，和我一同去了超市。我们在大货仓内推着一架巨大的购物车，为我母亲买了能用一整年的番茄酱、厕纸、凡士林特效润肤露（它最近更名为“凡士林特效抢救乳液”，为的是凸显地球当下的紧张气氛）。母亲恢复期间，蒂娜温柔地为她的妹妹洗澡，对她大笑，说些自吹自擂的玩笑话。姐姐当初把自己饿得半死时，我也用同样的方式对待她。母亲的身体上留下了鲁本斯绘画般的伤疤，她过着信徒般的生活，还有一个幽灵一样的女儿。她们中一个人怎么能生出另一个人？

尼克正在同医生交谈。我透过埃弗病房的玻璃墙看见他。尼克今天穿了一件带领子的蓝色衬衫，没有穿牛仔裤和黑色运动鞋。尼克说话时，一只手扶着额头，另一只手抵着玻璃墙，手指像风扇一样摊开。

我想要听一听医生在说什么。我对埃弗说我很快就会回来，然而我一走到尼克和医生站着的地方，医生就转身走开了。尼克一个人站在原地，将身体撑在玻璃上。见到我之后，尼克把手从额头上拿下，问我感觉怎样。他说医生表示埃弗很可能可以痊愈，几个小时或明天就能知道结果。他说埃弗伤到了喉咙，今后或许再也不能说话，就算能说话也无法清晰地发音。埃弗体内的器官也许受到了一定程度的损伤，但她的性命将会被保住。

我十四岁那年，埃弗回家过圣诞节。她刚刚得到了朱利亚德音乐学院的某一项特别奖学金。那段时间发生了许多很棒的事。埃弗有了一位很棒的经纪人，她将在世界各地举办演奏会。我和埃弗坐在浴室的地板上，埃弗泣不成声，而我想要让她停止哭泣，下楼吃晚饭。餐桌已准备妥当，爸爸家所有的亲戚已经就座。我们点燃了蜡烛，准备好火鸡，大家一起唱歌，庆祝救世主弥赛亚的诞生。当时的我仍然相信弥赛亚。埃弗说她没办法下楼吃饭，就是做不到。“什么?”我说。她无法忍受楼下的情景，受不了那一派欢乐的景象和不自然的热情，她认为一切都是表演。“我的意思是，耶稣如果真的因为拯救人类而被钉死在十字架上，我们难道不应该用更加诚挚的方式表达感谢吗？难道说我们要做的仅仅是在隆冬时节吃掉一整只火鸡?”她想要逗我笑，想让我帮她做出一些绝望的事，撬开浴室的窗户，将她推向自由之地。“我们一起去过圣诞节吧，你和我，我们一起去台球房。”埃弗说。我不停地求她擦干眼泪，去洗个脸，下楼和大家一同吃晚饭。我对埃弗说所有人都等着她。埃弗说她不在乎，她就是不愿意下楼，她让我下楼告诉大家她不愿意和大家待在一起。“你必须下去，今天是圣诞节!”我对埃弗说。她听了哈哈一笑，又低声啜泣，她说我很有意思，可她还是不愿意下楼和大家一同吃晚饭。

于是我继续恳求：“拜托了，拜托了，拜托你赶紧起来，洗个脸，涂上你新买的口红，下楼和大家一起吃晚饭。”母亲来到门前，温柔地敲了敲门：“孩子们，你们在里面吗？我们准备开饭了。”埃弗用脑袋撞击浴室的墙，把我吓了一跳。“别这样。”我轻声说。埃弗没有理会。“孩子们，”母亲问，“里面怎么回事？你们还好吗?”“我们还好，”我说，“我们就待在里面。”我锁住埃弗的脖子，她想要从我的手臂里抽身，可我不肯松手。我不想见到我的姐姐不停地用脑袋撞击陶瓷砖，想要她下楼和家人们一同吃晚饭。我想见到她眼中的快乐，就如她偶尔用法语或意大利语讲述关于各个城市，演唱会大厅及其他有趣的事情时一样。我希望我的表妹们用不加掩饰的欣赏和妒忌的眼光看着埃弗，埃弗会当着她们的面揽住我的肩膀。我想要她成为让人陶醉的、犀利睿智的女人，我想要坐在她身边，感受她散发出的热量，这股能量来自轻而易举便能前往世界各地，永远不知道恐惧的女孩，来自于我的姐姐。

我等待母亲走远，我的手一刻也不肯从埃弗的脑袋上松开。她用力蹬腿，发出动物一样的声响。我表示她如果不肯下楼吃饭，我就会自杀。她不再哀号，抬头望着我，眉头紧蹙，好像把我们看做了一对演员，而整场演出都被不肯按剧本表演的我毁掉。

我们的父亲曾有过一个向停车场餐厅出售餐垫的点子。他亲自设计了一些餐垫，印制了上千份。按照父亲的愿意，食客们可以在嚼三明治的同时学习一点加拿大历史。父亲绘制了某些历史事件的卡通画，图片中包含漫画常见的对话泡泡、笑话和谜语。无论是孩子还是大人都应该被这些餐垫吸引。然而在整个售卖过程中，真正受到教育的只有我的父亲，他看到了公众的冷漠和无知。“这世界上有什么东西能比我们自己的历史更加有趣呢?”父亲叹道。加拿大人飞速地从标注着历史的小牌匾前驱车而过，几乎不愿意关注牌匾上的内容。有的人没法通过公民测试，还有人在曲棍球比赛上唱错国歌，这种事让父亲心痛万分。“这是一个有历史的国家。”他总会说。

一年的圣诞节与元旦之间，父亲乘火车到渥太华的某个政府档案室做研究，顺便参加莱斯特·皮尔森[①]的葬礼。父亲那年三十七岁，是一个草原小镇的小学老师。寒风中，父亲与上千名前来悼念的民众一同站在立法院门外。父亲和他身边的一个男人聊起了天，那个男人后来邀请父亲到他家参加新年晚会，这是父亲一生中第一次获邀参加新年晚会。“那是一座名为‘格勒贝’的高级社区。”父亲说。他被陌生人的好意打动。回到家后，父亲把这个故事告诉我们。屋内一片寂静。我当时真害怕父亲会流泪。从这个故事中，我看到父亲失去了他的领袖，也看出他需要一个朋友。父亲总觉得自己有朝一日一定能亲眼见

① 加拿大学者、政治家，1957 年因斡旋苏伊士运河危机获得诺贝尔和平奖。——译者注

到他的英雄，莱斯特·B·皮尔森，他们一定能畅谈有关加拿大的一切。母亲问父亲有没有在派对喝到香槟，父亲说："不，不，罗蒂，当然没有。"父亲对我们讲到这个故事时，我只有七八岁，那天夜里，父亲同时参加了葬礼和新年派对。这让我感到不安，这种不安是当时的我无法形容的。我从未见过父亲流泪，他的眼泪事实上也没有掉下来。但是那天，我知道他其实想要流泪，这段记忆总会冲回我的脑海。

大概是我九岁那年的夏天，父亲有了一个售卖杯垫的点子。他问我是否愿意和他一同拜访马尼托巴到安大略的各个加油站。我勇敢地加入了这趟旅途。我只为这趟冒险准备了一套衣服：一件橘色的T恤，一条牛仔短裤和一双北极星跑鞋。我带了一堆《五伙伴历险记》。我一路上都没有刷牙，吃的都是馅饼、棒棒糖之类的东西。到了晚上，我和父亲住在廉价的汽车旅馆里。我会把冰桶填满，一边吮吸冰块一边看电视，父亲则躺在我身边打呼噜。等我看倦了电视，便会扣好门上的锁链，慢慢地把门打开，反复几次，观察这锁链是否真的管用。

父亲什么也没卖出去。我在车上百无聊赖时，父亲就会给我一个餐垫，让我在上面画画。他渐渐失去了信心。我故意唱些傻兮兮的曲子逗父亲开心，比如"砰！追鼹鼠"和"墙上的九十九杯啤酒"。我再也不愿意和父亲一起进餐馆，因为那实在太尴尬。父亲是个过于友善、真实的人。他一心想要教化加拿大人。买爸爸的杯垫根本花不了多少钱，他甚至愿意免费赠送。即便如此，餐厅经理和加油站站长也只会拿着杯垫看一两分钟，摇头说："不，我想我们不需要这东西。"

我的牙齿都要长毛了，橘色的T恤也变得污浊肮脏。启程回家时，父亲已是心灰意冷。我们离开了一周时间。我们到家时，母亲正在厨房与她的朋友说话，埃弗则在练琴。这一幕是多么熟悉。父亲将旅途的见闻告诉母亲和她的朋友，不过只说了寥寥几句，更多的是使用眼睛和肩膀表达情感。说完他便进了卧室。

我坐在妈妈和她的朋友身旁，对她们讲述我们的旅途见闻。这是一个多姿多彩的故事。我把她们逗得大笑。埃弗不再弹琴，来到厨房看看究竟发生了何事。埃弗一点笑意也没有，她只是感叹道:“噢，不!噢，不，太糟糕了！他还好吗?”

“谁?”我问。

“爸爸!”

埃弗也回到自己的卧室，久久不肯开门。她再出门时已是晚上。期间消防站的警铃声响了两次，一次是在六点钟，孩子们进去吃完饭，另一次是九点，孩子们用餐完毕，从消防站内出来。我不晓得爸爸在他的房间内待了多长时间。

我父亲强迫市政厅给他拨一笔用来开设图书馆的款项，他的请求被驳回。市政厅的老爷们认为这是在浪费钱，而我父亲能提出这种鬼建议，让他显得既危险又没有男子气概。父亲想要劝那帮人改变心意。那天的气温是零下四十度。午餐时，我问妈妈，爸爸上哪儿去了？妈妈说爸爸正挨家挨户地敲别人的门，让大伙儿在开设图书馆的请愿书上签字。几个星期下来，父亲带着剪贴板和圆珠笔走遍了东村的大街小巷，挨家挨户地敲门，祈求大家的支持。妈妈有时也会帮忙。每当父亲踏进家门时，他的镜片立刻会蒙上一层薄雾。那是有史以来最寒冷的冬

天。母亲总想让父亲穿上保暖内衣裤，但他无论如何也不肯。到后来，母亲不得不用空手道的掌法狠劈父亲的腿，让他腿上的血液得以循环。

父亲好不容易收集到足够的签名，他带着这些签名来到市政厅，市政厅的那帮老爷终于松口："好吧好吧，去建你的小图书馆吧。"那帮人将一所废弃学校里的一间生了霉菌的小屋打发给父亲，所拨的款项也只能够买一些二手书架和旧书。尽管如此，父亲却成为这个世界上最快乐的人。他雇佣我姐姐为图书管理员，姐姐完美地完成了她的工作。她为每一本书都制作了索引卡，还做了许多细节方面的工作。埃弗那时是个留着黑色长发，戴着一副大眼镜的少女，她将一切收拾得井井有条。他们二人总是一同出门工作，他们的脑子里总有成千上万个点子。

我透过重症监护室的玻璃墙望着埃弗，对她挥手。埃弗在病床上望着我，与此同时，尼克在一旁为我描述埃弗的内脏情况。埃弗穿着我多年前的一个夏天为她买的 T 恤。我们当时都住在伦敦。我住在一间尽是些小流氓的破房子里，埃弗则和一位类似外交官的人物同住在诺丁山的一间古朴的老宅中。她的室友不像是意大利人，却喜欢用意大利口音念某些地名。

"也就是说，她可以活下来。"我对尼克说。他点点头，深吸了一口气，那一口气似乎凝结成某个我们都有必要扪心自问的问题。

我坐在医院外的水泥台阶上，通过手机向孩子们通报埃弗的近况。威尔刚刚结束了课业，他愿意回多伦多待一段时间，代替我陪伴要参加大型舞蹈会演的诺拉。不过威尔几周前开始了一项工作，为他爸爸认识的某个人做庭院建设，所以他不能长期待在多伦多。威尔说他愿意放弃那份工作，可他对我说："你能不能和小诺说一说，让她别活得像个野人?"

朱莉已经回去工作。她给我留了两根用锡纸包裹的香烟。我刚刚接到了丹从婆罗洲发来的短信。他说："我需要你。"我给他回信息："什么？你还好吗，丹?"他又传来一条短信："抱歉，我不小心按了'发送'键。我要你尽快签署离婚协议。"

我删除了短信，点燃朱莉给我的香烟，缓缓地吸了一口，聚气凝神，吐出形状柔和的烟圈。"你必须思考，必须集中精神。"我对自己说。我想要给狄拉克发一条短信，却不知道要说什么，也不知该怎么说。我起身走到河边。河面上的冰块已经融尽，河水平缓了不少。就算人们只能顺着河水漂回家，这时候再将独木舟放进河里应该没什么问题了。

我与母亲和阿姨坐在家属等候室。尼克正在外头替大家买食物。母亲向阿姨推荐了一本书。我知道那本书。母亲用愉快的语气形容那本书。她问我是否听说过它，我回答："是的，可我不想读。"母亲说这本书带有疗愈的效果，我们有时也需要疗愈。我没有回应。"你最近在读什么呢，尤兰?"蒂姆阿姨问。"席琳的《通往夜之尽头的旅途》。"我回答，“她是一位已故的法国作家。我指的可不是魁北克的歌手席琳。”“那你的呢?”母亲问。“我的什么？我感觉不错的图书?”我明知故问。母亲说：“不，我想问你的手稿呢？还装在特百惠的袋子里?”我点点头，翻了个白眼。阿姨问我写了多少字，我说我不知道，我没有查看电脑。

我不想回答这个问题。母亲说她很不欣赏开篇就刻意渲染主人公悲剧色彩的作品。“我知道了，她是个悲伤的女人！我们知道了，我们很清楚什么是悲伤，这本书接下来就得用一百万种方式描绘主人公的忧愁。让我喘口气儿吧！继续说下去啊!”蒂娜阿姨点了点头，她用英语说了句“是的”，随后又用低地语嘟囔了几句，说的也许是“真他妈对，我们的确很清楚悲伤的滋味。悲伤是浸入我们骨髓的”。我的手机开始震动。尼克发短信说他正在图书馆内，刚刚结束了和克罗蒂奥的通话。克罗蒂奥将会处理好一切问题：场馆、保险，取消整场巡演。蒂娜阿姨沉浸在自己的忧伤之中。我给尼克回短信：“很好。他生气吗?”尼克说：“不。他很担心，也愿意为我们提供帮助。克罗蒂奥大概感到了一些压力，他打算从布达佩斯飞来看她。”

母亲说，每当她阅读我的牛仔故事时，总会暗自思量：“她的心里藏着怎样的忧伤，以至于让书中的少年们怀有那样的忧愁？他们为何不能一开始就获得幸福?”“不，不，每个人内心都藏着忧愁，”我说，“不仅仅是我。写作帮我们重组了忧伤，没什么大不了的。”我继续给尼克发短信：“什么时候?”他回复：“很快。明天。”克罗蒂奥打算取消媒体见面会，他认为大家已没精力应付媒体，而且这件事理应是埃弗的隐私。母亲继续说道：“啊哈，好的，可是……我还想知道你怎么会那么忧愁，你的忧伤是从哪里来的……”我终于弄明白母亲想要听什么，她所说的不仅仅是我，同样包括埃弗。我对她说我的忧伤并非来源于她，我的童年是快乐的，像是阳光下的一座小岛。我表示母亲身为人母的角色无可挑剔，我们的忧愁决不能归咎于她。

我单独和埃弗瑞达待在一起。夕阳西下。父亲自杀前一天的中午，和我坐在公园的喷泉旁。他曾握着我的手说："尤兰，我觉得眼前的光线要消失了。"

尼克在埃弗的病床边坐了几个小时，现在已经回家。他很愤怒，某个邻居看见埃弗浑身是血地进了救护车，又告诉了其他邻居，最后引得一位记者向尼克打听埃弗的情况。母亲和阿姨也在家，她们需要休息。我告诉埃弗，大家将会在斗兽场一同晚饭，我好希望她也能一同去吃饭。埃弗的喉咙里还插着管子。她无法回答，可她若能开口，又会说些什么呢？我问埃弗她是否能想象自己的生活变得更加美好？我问她是否感到心碎，生活是否让她深受折磨。我对她说如果我能够，我愿意帮她，可我不能这样做。我不想进监狱。我不想杀死我的姐姐。在这昏暗的病房内，我以手掩面。我很害怕。想到我的恐惧，我的膝盖就再次颤抖，不过呼吸机传来的规律的"滴滴"声给我带来些许宽慰。我问埃弗要不要听我唱歌，她的嘴角微微颤动了一下，动作小到几乎不可察觉。我不知道要唱些什么。我思考了一分钟，埃弗望着我，像是在说："怎么样？她要唱什么？"我于是唱了《万事巨星》中的"我不知道怎样爱他"。我几乎要死于畏惧。我和埃弗从前总会一同高唱这首歌，这是玛丽·玛格达莱妮的一首激情四射的民谣，说的是她新恋上的恋人，耶稣。玛丽曾经是一名性工作者，是一块蒙尘之玉，她无法相信眼前这个留着胡子，光着脚的男人。玛丽喜欢这个男人，她要让自己想和耶稣约会的愿望正常化，于是声称他毕竟也是个男人。我安静地吟唱这首歌，屋内的光线渐渐暗下去，我停止了吟唱，耳边只剩下呼吸机发出的机械声。埃弗拾起放在她肚子上的一叠纸，在上面写了点东西并递给我。她写的是“你要怎样继续下去”？我盯着这行字看了一两分钟，把它拿到呼吸机发出的红光底下，想要看得更仔细一些。我把这张纸交还给埃弗。她摇摇头，于是我把它放在埃弗的肚子上。我们闭上眼，任时光一点点逝去。过去了五分钟？半个小时？

“埃弗。”我终于开口，“你醒着吗？”她没有睁眼。“埃弗？”我又问了一句。她仍旧没有回答。我看了一眼自己的手机。没有短信。我望向玻璃外的护士。她们正在灯光下，一边说笑一边在笔记本上做记录。我听不见她们的声音。“埃弗。”我继续道，“睁眼。”她仍旧没有反应。我用脑袋轻靠着她的肚子，紧贴在玻璃钢琴所在的位置。“埃弗。”我轻声说，“我不知道怎么做。”

我们沉默着。

“埃弗。”我再次轻声说，“你认为尼克是怎么想的？你知道你在做什么吗？你在杀人。”

埃弗终于微微地动了动，把手放在我的脑袋上。我起身望着她。埃弗睁开了眼。我第一次在她眼中看到警觉。她不停地摇头，不，不，不。

“尼克或者妈妈发现你的尸体会让你感到快乐吗？”我仍然压着嗓子。我成了那个折磨她的人，这让我羞愧万分。恐惧和愤怒让我不能自已。我不想让护士听见这些话。埃弗用力地掰过我的手。因为长期练习钢琴，埃弗的手很有力量，甚至弄疼了我。我又把手掰回来，埃弗发出轻微的声响，像是要摆脱插在她喉咙内的管子。

一位护士进了屋，“噢，抱歉，屋子里太暗了，我没看见您坐在这儿。”这是一位新来的护士，于是我们相互做了自我介绍。她打开灯，见到我和埃弗都在流泪，于是一边道歉一边把灯关上。这小小的同情之举让我感慨万千。她表示自己可以等一会儿再回来。

“不，不。”我连声说，“现在进来也没问题。”

我没有看埃弗，可我能感觉到她在求我不要离开。我收拾好自己的物件说：“好吧。到时候再见吧。我也不知道什么时候再回来。”我仍然不肯看她。埃弗不能说话，由于喉咙里插着管子，她无法表示抗议。我走出了病房，可我一走到停车场就重新转身回到了埃弗的房间。我冲进房内，向埃弗道歉。她伸手抱住了我。我屏住呼吸，感受埃弗的拥抱。一两分钟之后我才坐下。埃弗则拍了拍她的心口。“你爱我吗?”我问。埃弗点了点头，可她有更多话要说。我拿起掉落在地板上的纸板。埃弗在纸上写道：“我也很抱歉。除了我自己，我不想杀死任何人。”“我知道。”我一边说一边点头。“我害怕一个人孤独地死去。”她继续写道。我再次点了点头。埃弗又在纸上写了“瑞士”这两个字，在这两个字上画圈并把纸递给我。我微笑着将这张纸叠成药丸大小，把它放进我的包。“让我想想。”我对她说，“再容我好好想一想。”

第10章

我驱车行驶在牧童大道上，准备前往大家约定好的餐厅。我要与尼克、蒂娜和妈妈一同吃晚饭，却不记得我们当初究竟约在哪里见面。我指望某个餐厅标志能唤起我的记忆，于是放缓了车速，搜寻着任何可能的地点，速度慢得像是在驾驶一辆游行花车。我想到了死亡。万一我能弄到一些中枢神经镇静剂或者安眠药呢？如果你用牛奶吞服，或是直接吞咽，会造成怎样的后果呢？我记不住死亡的菜谱。许多年前，我打定主意以自由撰稿人为职业，于是去了美国俄勒冈州的波特兰市，撰写一篇关于帮人自杀的杂志文章。我在波特兰期间，人们在弗雷泽河发现了我表姐雷尼的尸体。她把自己投入了永恒的空虚中。表姐的自杀与使用药物有关。她服用的是什么药？大家约好的晚饭时间究竟是六点还是七点？我有没有向餐厅工作人员询问我们能否坐在露台上？表姐当时服用的是速可眠吗？我得查一查在波特兰时的笔记，看我是否记得没错。

尼克的研究领域正好是健康科学，他也许能够用他办公室里的某些东西制成某种必需的药物。我应该怎么说——“嘿，尼克，你能不能合成出某种药物，能让她永久地解脱？要不然，我们找一位医生，请他帮忙从医院的储藏室偷一些药？医生拿药是不是算不上偷窃？这是医生的责任。找不到医生的话，药剂师也行。黑帮成员也无不可呀。温尼伯游荡着上千名有办法弄到非法药物的黑帮成员。不仅是药物，他们甚至能弄来枪支。”

好吧，人类运用大脑处理我们遇见的问题，但如果“活着”就是我们的问题，那么寻死的想法也就变得合理。正常的大脑都会通过结束生命来了结问题。不是吗？我不知道该怎么办。我感觉有人正朝我的脑子扔飞镖，五秒钟扔一支。我好想说一些幼稚、自私又饱含恐惧的话：“你必须活下去，你一定要有求生的意志，无论如何也得好好活着。‘活着’是你的使命，是宇宙的唯一法则。”我们的家庭曾经遇到过一些普通的危机，比如有过一次（好吧，或许两次）非婚生子的出现。像所有正常的家庭一样，曾经的我们只会在脑子里模糊地想象“杀死彼此”这种事。此时的我不能思考，也无法写作。我的手指似乎恨极了我。我生怕有一天，在我睡着后，这些手指会自动缠住我的脖子。

我将母亲的车停在餐馆附近，给芬巴打电话，留下一条语音信息：“我如果帮助我姐姐自杀，是否会被控谋杀？”我挂断了电话，又打回去，留下另一条信息：“别误会，我并没有想要谋杀我姐姐的意思，只是好奇这种事是否合法。你能不能帮帮我？”我很快意识到自己甚至不知道芬巴是哪方面的律师——他研习的有可能是娱乐法。

我闭上眼，想要静下心来思考。爱究竟是什么？我对她的爱到底有多深？我紧握着方向盘，像父亲当年一样。当父亲握着方向盘时，人们总以为他正拖着一株隐藏着宇宙的秘密的植物。

就是速可眠，我肯定就是它！表姐当年服用的就是这种药。一百片速可眠绝对足以致死。你可以把药粉混入某些诸如酸奶的食物中。耐波他①也可替代速可眠，这种药更贵，由于它是液体形式的，也更易服用。用蒂娜阿姨的话来说，“你只需要喝掉一整瓶耐波他就好，简直易如反掌”。不知我是否会因为恐惧而心焦力竭。我不知道医生们为什么不肯帮忙。我万一被人发现，被控谋杀怎么办？我会不会被送进监狱？我进了监狱后，诺拉又要住在哪里？万一埃弗其实并不想死呢？妈妈会说什么？我的手机突然响了一声，我倒抽一口凉气，受了不小的惊吓。诺拉传来了一条短信：如果威尔要回家的话，告诉他安德尔斯可以来我们家睡觉。我回信息道：他不可以来！诺拉辨白道：你说过我们如果排练得太晚，地铁停运的话，安德尔斯就能睡在我们家。我：好吧，可他只能睡在沙发上。诺拉：给威尔发短信，让他别让安德尔斯睡在洗衣房。我：这倒不失为一个好主意！洗衣房里有一张旧日式床垫，还有一堆堡垒似的脏衣服。诺拉：妈妈！我：小诺。你只有十四岁。诺拉：我就快十五了。上帝啊，你到底记不记得我的生日？您已经老到不记事了吗？

我们的晚餐就像布努埃尔的电影。我始终留意着母亲，观察和感

① 戊巴比妥钠，镇静催眠药的一种。——译者注

受着她的脸、双手、热切的眼神、流淌的热血。我们坐在一家熙熙攘攘的意大利餐厅的露台上，和煦的日光照在我们身上。我的母亲就像是《圣殇》中的圣母，是米开朗琪罗的圣母玛丽，可我的脑子里想的却是谋杀。尼克疲倦地把桑格里厄汽酒倒进杯子，蒂娜阿姨用力捏着自己的手，语速极快地说了些话，又问我们什么是“推特”。

她问起了尼克去年冬天参加的远足，这场讨论不知怎的转向了杰克·伦敦的《点燃篝火》。在故事的结尾，杰克·伦敦让那条狗抛弃了故事中垂死的男人，大家对此持有不同的看法。对我们中某些人而言，“抛弃”这个词其实不怎么准确。母亲和蒂娜阿姨没看过这个故事，可她们稍加思考，一致认为那条狗之所以离开其实是为了寻求帮助。尼克则认为那条狗明白这个男人就要活活冻死，他需要一个人待着，正如猫狗们将死之时也愿意独自迎接死亡。也就是说，这条狗的离开是出于尊敬，为了给那个男人留出空间。这两种说法我都不认同。“那就是条狗。”我说，“它感觉到那个男人就要死了，也许以为他已经死了。它能做些什么？什么都做不了。一切都结束了。这条狗必须离开，要去做更重要的事，寻找食物和避风处。这是生存的本能。我的意思是，不用……杰克·伦敦最后是死于自杀吗？”我抱歉地望着众人。

尼克的脸上挂着一个奇怪的笑容。他在哭泣。他用手盖住眼睛。尼克的手表对他而言实在太大，表带总会从他的手上滑落，他有时候不得不让手臂保持静止，防止手表滑落。

那天夜里，我做了不少事情，可最终仍无法决定要不要杀死我的姐姐。我把妈妈和蒂娜阿姨送上床，把刑侦小说大师凯西·莱克斯和雷蒙德·钱德勒的小说塞到她们手上。母亲和蒂娜阿姨已经埋葬了十四位兄弟姐妹。她们曾有过一个大家庭，足够组成两支棒球队。十六个孩子只剩下两人活在世上。她们埋葬了女儿、丈夫和父母。死亡塑造了她们的世界观，她们所见的尸体近至玻利维亚丛林，远至蒙古国。蒂娜阿姨用低地语小声对我说了句话，我对她表示感谢。她从前总会在我和雷尼表姐睡前对我们说这个词，我们那时候才刚刚来到这个世上。很久很久以后，表姐将她的公寓涂成柠檬绿色，纵身跳入冰冷的弗雷泽河。

我来到走廊上，拨打狄拉克的电话，给他留下一条语音信息。“我从前表现得那么混蛋，真是对不起。”我说，“你大可以在你的歌剧中把我写成反面人物。我记得你偶尔会爆出某个捷克语的单词，可我一时想不起这个词具体是什么。总之……我想说……我真的非常，非常抱歉。”我停顿了一小会儿，想要继续说些什么，最后还是挂断了电话。

我把车开到尼克屋外，却没有下车。他的屋顶上系着一根绳子，绳子上悬挂着几个沙包。这根绳子绷得笔直，像是立式吉他上的琴弦。我猜尼克要用它种植通向天堂的魔豆。他要种的也许会是啤酒花，如果啤酒花能攀附着笔直的绳子生长的话。

我又把车开到朱莉家，和她一同坐在走廊上。“我不知道要做些什么。”我说。“可她总会好起来的，不是吗？”朱莉安慰道。

“是啊。也许吧。你这儿有酒吗？”

我们一同喝酒，一直聊到深夜。朱莉的孩子们早已睡去。我们顺着河岸步行了半个街区的距离。我们看见一些东西在河水中跳进又跳出，也许是鱼吧。这河水似乎是沸腾的热水，把鱼儿吓得不轻。“你瞧，”我指着远方的奥德勒医院，指着医院的尖顶、侧翼以及巨大的霓虹十字架说，“我想知道哪扇窗户是她的窗户。”我们返回朱莉的家，检查孩子们是否安好。他们还在各自的床上熟睡着。

“你不能做那种事。”朱莉说。此时我们已回到了走廊的长椅上。“我知道。”我说，“但我难道真的做不到吗?”“不，”朱莉说，“不是这回事儿。”

“因为我会被捉到?”

“没错。”朱莉说，“可这也不是重点。”

“因为我余下的一生都要在悔恨和内疚中度过?”

“我不知道。我也不确定。你打算和尼克还有你的妈妈一起做这件事?”

“是啊，我是这样想的。”我回答，“可是……”

“你们簇拥在一起，埃弗喝下那玩意儿然后死掉……”

“是啊……”

“那玩意儿是你在波特兰听来的?”

“是的……”

“那你要怎样向别人解释?比如，你要怎样对警察解释?”

“我不知道。”我说，“这是埃弗自己的选择，她自愿喝下那东西。”

“是的，”朱莉说，“但你没有‘阻止’她杀死自己。”

“我知道……”

“不仅如此，你还为她提供了自杀的工具。”

“是的，我知道……”

“也就是说你会变成从犯？协助者？”

“嗯。是啊。”我说，“我知道……”朱莉给我们的杯子注满葡萄酒，我们无言对坐了好一阵子。

“我知道。”我继续道，“尼克和我妈妈能够与她告别，他们会在告别之后离开，而我将会亲自把那东西递给她，这样我也就成了唯一的责任人……这事和他们完全没有关系。我不知道……”

“但我的直觉认为你不应该这样做。”

“而我的直觉认为，就算没有我的帮忙，她靠自己也能办到。”

“可是她也许并没有，我的意思是，她也许……事情或许能有转机。”

“也许吧。”

朱莉进屋接电话。我坐在走廊上等待。我不敢想父亲在铁轨上的残破尸体，于是努力地盯着朱莉的走廊，不许自己胡思乱想。我盯着她的大门，开始脱落的黄色油漆，残破的屏风、自行车、滑板，一袋新土，一只小小的陶瓷象。我想得到一个明确的指示，想知道自己究竟应该选择哪个方向。十秒钟之内，人行道上如果还没有人，我就把埃弗带去瑞士。好吧，这也许不是个好主意。现在已经很晚了，天气又那么冷，街上这时候怎么会有人？我安静地数到了十。一只猫从路边经过。真让人费解。我看了一眼我的手机，看见丹给我发送了一封电子邮件，邮件的主题以“悔恨”开头。我的手指徘徊在几个按钮上，最终按下了“删除”键，再次开始数数。不过在我数到十之前，朱莉又回来了，给我们倒了更多的酒。

夜已深。邻居们早已关掉了各家的电灯。黑暗的后巷内尽是被摔碎的玻璃瓶。我们决定进屋，用电子琴弹一首曲子。这电子琴正是几周前的一个雨夜，母亲出其不意地送来的。我们弹的是大卫·鲍伊的《记忆中自由的节日》。

我们含糊地哼唱着，虽说结结巴巴，却至少唱出了曲子。电子琴的声音与这哀婉的曲子互为映衬，别具一格。我们知道这首曲子的创作背景，总之不是什么美妙的事。我们用一种滑稽而不走心的调子唱这首曲子。我猜我们都想要拥抱这首曲子，热情大胆地将它唱出来，使它回到我们记忆中的样子。不过现在实在太晚，孩子们都睡了，我们都累了。实在太晚了。

我正在圣奥迪勒医院的停车场，对着一个男人尖叫。这个男人的妻子就站在他身边，怀里还抱着一个孩子。妈妈和蒂娜阿姨在重诊监护病房的入口处下了车。我需要把车停在一个非常狭窄的车位中，却听见那个男人对我喊道:“嘿，你有什么毛病?”我下车问他这是什么意思。他说我的车离他的车太近，还说如果我的车门、后视镜或车的其他部位剐蹭、碰到他的车，那可够我赔的。

“够我赔的?我如果碰到你那该死的车，你真要告诉我，我赔不起你的破车?”

我眼前的男人和他的妻儿都盯着我。我抬高音量。我没有尖叫，却也挺吓人。我对那人说，我就要上楼看看我姐姐是死是活。我想问

问他两辆车之间的距离是否真的像他说的那样小，我是否真的蹭到了他的破车。不，我没有！我的车就在两条线之间。我让他仔细瞧瞧，再看仔细一些，问他是否把他的车看得比任何人，甚至比他自己更重要。

我转向这个男人的妻子，问她怎么能嫁给这样一个男人，怎么能和这只怪兽同床共枕，还给他生孩子。我对她说我的母亲就在楼上，想要知道她的女儿为什么一心求死；我的阿姨也在楼上，想要知道她的女儿为何要自杀。我对她说人生中的某些事是我们必须思考的，而这些事远比一辆破车重要。

这家人站在离我不远的地方。我不断用近乎疯狂的方式对他们进行质询："你怎么能嫁给这个男人？你们难道看不出我的车根本没碰到你的车？"

他们目不转睛地望着我。那个女人抱着孩子后退了几步，故意离我远一些。她的丈夫猛地摇了摇头，像是要把脑子里的水晃出来。他最终选择和他的妻儿一同走开。

我望着他们离开。我蜷缩在自己的车旁，离那人的车远远的。我蹲在车的一旁，想要找回呼吸。冷静一番后，我走进医院，进入电梯，按下了电梯钮。这家电梯将把我领至埃弗和众人身边。那个男人的妻子也在电梯里，但是那男人和孩子都不在。"对不起。"我对那个女人说，"我为这一切道歉。"我朝另一方向挥了挥手，"我不知道你遇见了什么麻烦事。我真的很对不起。"

那个女人的目光始终落在闪烁的电梯楼层指示钮上。我想要让她对我说"没关系"，想听到她的原谅，这才是正常的对话。我又对她表达了一次我的歉意。“我的压力实在太大。”我轻声说。她仍然盯着电梯楼层。电梯正在上行。那个女人终于出了电梯，走到了走廊上。她把沉重的手提袋从肩膀的一边换到另一边。电梯门很快便关上了。

蒂娜阿姨站在重症监护室一旁的前厅里。她穿着一件紫色的夹克衫，一双闪亮的锐步跑鞋。她的脚真小，像是孩子的脚。蒂娜阿姨握着一支铅笔，正在做数独。看到我的那一刻，蒂娜阿姨便把报纸放在椅子上，给了我一个拥抱。她说我母亲正和埃弗瑞达在一起，尼古拉斯刚刚还在这儿，然而突然发生了一件非常要紧的事，他只得先去解决问题。埃弗瑞达已经醒了，现在已不用再插呼吸机。蒂娜阿姨说她要去喝咖啡，问我是否需要捎一杯。她问我是否安好。我对她讲述了停车场内的经历，我对一个无辜的女人说她的孩子是怪兽的孩子。蒂娜阿姨对我说没关系，这一切都是可以理解的。

“可我多么希望那个女人也能对我说同样的话。”我说。

阿姨点点头，对我说那个女人也许会对我说这些话，但不是今天。我也许要等许多年，而这话也许只会默默地浮现在她的脑海里，不会传到我的耳朵里。有一天，当我走在某条街上，也许会突然感觉到一束光，这束光能照亮我前进的路，我也将沿着这束光前进数英里。那一刻，停车场内的女人会突然理解我瞬间爆发的恐惧，明白我的爆发并非针对她、她的丈夫或孩子，她终会理解这一切。

“这就是宽容。明白吗？”蒂娜阿姨说。

“好吧。”我说，“也就是说某一天当我走在街上，突然感觉自己头顶上悬着一束光的时候……我不停地走，然后……”

“正是如此。”阿姨打断了我的话，“加奶油，不加糖，对吗？”

阿姨匆忙地脱掉运动衫，出去买咖啡，而我透过玻璃墙望着我的母亲和姐姐。埃弗正闭着眼，母亲在为她读书。我猜不出母亲读的是哪本书。母亲今天穿了一件新毛线衣，衣服上的图案是飞翔的野鹅，这衣服一定是从蒂娜阿姨那里借来的。我的姐姐实在瘦得吓人，我似乎能看到她心脏的形状。我回到等候区坐下，拿起蒂娜阿姨的数独，想要完成游戏。“这种破玩意儿到底有什么用?”我对自己说。不过我的声音太大，惹得一个男人用微张的鼻孔对着我。我在椅子上睡着了，醒来后，妈妈和蒂娜阿姨都离开了医院。

我进了埃弗的病房，她独自待在房内，呆呆地望着天花板。我坐在埃弗身边，握起了她的手。她的手很干，下次我得为她准备一支护手霜。这地方有烧焦的头发的味道。我把脑袋深深地埋起来，像是为了避免晕车。我一句话也没有说。这时埃弗说:“我们就像是一幅画。”

“你能讲话!”我惊呼道。

埃弗表示她的喉咙正在康复。她问我是否知道挪威画家爱德华·蒙克的《生病的孩子》。“不知道。那是一幅什么画?”埃弗说蒙克创作这幅画的灵感来源于他垂死的姐妹。“你才不会死。”我说，“瞧瞧，你已经可以说话了。”“我们为什么生而为人?”埃弗问我。我把头埋得更低，快要落到地板上。

“好啦，好啦。”埃弗说，“别这样。你看上去像要垮了。”

“看在上帝的分上，”我说，“埃弗，你觉得什么才是我该有的样子?”

“我需要你好好的。”埃弗说，“我需要你——”

“你是在逗我吗?”我打断了她的话，“你需要‘我’好好的?噢，我的上帝。噢，我的上帝。瞧瞧你!”

“好吧。”埃弗想要让我冷静下来，“嘘。拜托了。我们别说话了。对不起。”

“你到底有没有想过‘我’究竟需要什么?”我说，“你这辈子就从没想到过我才是那个毁掉了自己的人生，每隔一段时间就需要一点姐妹间的支持的人？当我感觉一团糟，想要寻死的时候，你有没有每隔一个礼拜就急匆匆地飞到我身边？你难道从没想过我过得其实没那么好，我人生中的每一件事都那么尴尬吗？我的肚子被两个不同的男人搞大了两次，我经历了两次离婚，那两段婚姻不仅是一场噩梦，还那么陈腐无趣。我濒临破产，每天写一些没人愿意出版的，关于船只的蹩脚故事。到处和别的男人发生关系。”

“什么?”

“你有没有想过，和你一样，我的父亲也死于自杀，为了摆脱这件事留下的阴影，我同样经历了一段艰难的时光。你有没有想过，我也想知道自己可悲又愚蠢的生命究竟有何意义，我常常觉得人生就是一场荒诞的闹剧，应对这场闹剧的明智做法就是结束自己的生命。可我最终仍然从这种想法中抽离，因为这些想法总会让我生出某种讨厌的责任感。你是可恶的弗吉尼亚·伍尔夫[①]，是某个过于冷酷、聪明、痴迷于悲剧的人物。你想要为自己创造一种一文不值的遗产，还把它当成命中注定的绝妙点子——”

“尤兰蒂。”埃弗打断了我的话，“我和你说过——”

① 英国女作家，意识流文学代表人物，最终死于自杀。——译者注

“你有一个爱你爱到发疯的好恋人，有着备受全世界尊敬，又能给你带来不菲收入的好工作。你随时都能把工作撂到一边，过一段神秘又古怪的日子，在巴黎玛莱区或是其他愚蠢的……恶心的……法国行政区生活。不，你别插嘴，别用你那高高在上的法语纠正我的错误。你天身丽质，好像永远也不会老。你有一幢让人羡慕的大房子，这房子像是有魔法，能够自我清洁——”

“我请了一位清洁女工，尤。”埃弗说，“顺便提一句，你真的不懂什么是绝望。”

“你有一位了不起的清洁女工，”我继续道，“行了吗？你还有一位把你捧上天的母亲。”

“尤兰！”

“是的。爸爸去世了！那又怎样！他是爱你的！你还有……你究竟还能遇见什么破麻烦？”

“不止这些。”埃弗说，“我还有一个人人羡慕的好妹妹。可你能不能……安静一点？”

“我不能！”我说，“我的人生一团糟！你难道不明白吗？你怎么就不明白我需要你的帮助？莫非你的出现就是为了折磨我？”

“尤兰。”埃弗坐起了身子，用清晰语音悄声说，“你不明白什么是一团糟，好吗？我一直在帮你。我必须保持完美，只有这样，你才能够搞砸你的生活，才不会因此而过于懊恼。我们中至少有一人得表露出‘同感’。你知道这个词吗？这是个好词，你真应该学学。我们中至少有一人得展示出对我们的死鬼老爹的感同身受，感受他的忧伤。那个人是谁？是你吗？是妈妈？不！那个人是我。只有这样，你才能过好你的日子——”

“我不知道你在说什么。”我说，“你是在自比耶稣吗？没有人逼你，你自愿与他为伍。”

“因为除了我，没有人愿意这样做。”埃弗表示。

“可这并不意味着我们无法感受父亲的感受。”我说，“这意味着我们选择了生命，接受了生命的表象。你只是碰巧比我们更像他而已，这对你来说是一种幸运。可这并不意味着我们不在乎。”

“噢，你的意思是我的一切早已注定了。”

“我才没说过你的一切早已注定了！这话是你自己说的。我说的是你绝对没有必要‘势必’做某事!”

“是的，有些事就是我必须要做的。”埃弗说，“你有没有听说过家庭动力学？你觉得我难道不害怕吗?”

“你有什么好怕的？这算什么？先发制人的打击？提前迎接你最害怕的事，以战胜对这件事的恐惧？我害怕自己有一天会自杀，所以我干脆现在就结果了自己，免得一辈子生活在恐惧中……噢，等等！这二者可能有些差别。其中的逻辑有一些——”

“尤兰，我想要向你解释落在我身上的压力……”

“那就让这些压力见鬼去！别事事追求完美！这并不意味着你非得去死，傻瓜。你难道不能像其他人一样，做个正常、忧愁、偶尔失败、常常苦恼懊悔、愿意好好活着的人？你可以让自己胖起来，学会抽烟，哪怕弹不好钢琴也没关系。这都无所谓！至少你知道自己终有一日将会得到你这辈子最想要的东西——”

“我这辈子最想要的是什么?”

“死亡!”

“尤兰!”

“你为何不能静静地等待那一刻的来临？多一点耐心，你全部的梦想都会实现，一定能实现。我这辈子最想要的东西是我永远都触不可及的，所有人都知道这一点。”

“你最想要的是什么？大麻合法化?”

“真爱。”我说,“虽说我仍然进退维谷，明知自己得不到我想要的，可谁会知道结果呢？我想要试试看。我总是'不抱着希望。”

“好吧，尤兰。你的逻辑真是一团糟。你这是前后矛盾。你确定自己的梦想就是真爱之类，你说自己永远也得不到真爱，但真爱又有极小的可实现的可能性。为此，你必须努力找到获得真爱的方法。我知道根据你的理论，我所谓的梦想，即死亡终有一日将会实现，我可以自由地离开。关于死亡，我没什么可以探求的。没什么大惊喜，也没什么好期待的。”

“我才没有这样说!”

“可我觉得你就是这样想的。”

“听着。”我说,“你难道不觉得爸爸的死亡给妈妈带去的打击已经够多了吗？现在又出了这么一堆破事，你难道还想让这闹剧再重演一回?”

“尤兰，这话真残酷。这超过了——”

“你为了某个特定的使命而死，不是吗?”

“我不是什么完人。”埃弗说,“我的意思不是——”

“是的！就像我刚才说的！你如果强迫自己保持完美，就会越陷越深。瞧瞧生命是怎样继续的，瞧瞧孩子们都做了什么，你有没有想过威尔和诺拉？有没有想过这一切对他们而言意味着什么？”

“尤兰蒂。你闭嘴。”埃弗说，“我当然想过。我无时无刻不想着他们。”

“屁话！”我说，“你如果真的想着他们，哪怕只想到过一次——”

“尤兰蒂，快停下。”

“停下？”我说，“停什么？让我别说大实话？实话会让你发疯吗？”

“否则呢？”

我们沉默了好长一段时间，卡在久久的静谧中。护士来来去去，拿走一些物品，又放下一些东西。在我们沉默的这段时间里，这个世间多了成百上千个新生儿，大陆仍在以指甲生长的速度分离。

“听着，尤兰。”埃弗终于开口了，“你能不能和我说说话？”

“说什么？”

“说什么都行。”

“好吧。”我说，“可我感觉你心里藏着一份剧本，而你希望我按照这剧本讲话。虽说我根本不知道这剧本讲的是什么，可我如果有一点点偏差，你就会说，‘不，不，别说话了’。你不想听我说过去，因为过去太痛苦。我们曾有过欢乐的时光。那就是生活。你害怕我的话改变你的看法。你不想听我说未来，因为你看不见未来。那又怎么样呢？好吧，那我就谈谈当下，谈谈这一刻。”我猛吸了一口气，太阳躲进了云层里，我又吸了口气，“你此刻躺在床上。一秒钟过去了。又一秒钟。

噢，又一秒！”我又开始吸气。

埃弗抬起手。我接过她的手，我们像是赢得了一场费尽艰难才拿下的愚蠢的比赛，比如世界吹口哨锦标赛。就在这时，克罗蒂奥捧着一大束鲜花出现在门口。“你们好！”克罗蒂奥用意大利语说。他戴了一条有图案的蓝色围巾，他把围巾整齐地叠好，放进羊毛外套的口袋里。他的黑色皮鞋闪闪发光。“尤兰蒂，你真美！”（我爱克罗蒂奥）他在我的两颊献上两个吻。“埃弗瑞达，我亲爱的。”他的吻落在埃弗前额伤疤的正上方。“克罗蒂奥，对不起。”埃弗说。他用意大利语和埃弗对话：“发生了什么事，亲爱的？”然而埃弗只是摇了摇头。“不，别这样。”她这会儿怕是没心思说她最心仪的语言，这语言将会让埃弗想起美丽、爱和欢笑，这些东西如今变成了子弹、锋利的牙齿、玻璃碎片以及你大半夜不小心踩到的廉价塑料玩具。

“埃弗瑞达，我们大家都在一起，这才是最重要的。”他把花放在床边的柜子上，握住了埃弗的手。“你在布达佩斯拯救了我。”他说。克罗蒂奥喜欢布达佩斯的美丽、优雅、破碎、衰败和忧伤，可他在那个地方待了太长时间，那里的一切开始让他沮丧。克罗蒂奥参加会议、吃午饭、晚饭，他开始感觉到崩溃、衰败和忧伤。克罗蒂奥说他当时还是个青年，他坐在一个温暖的温泉中，泉水从地面潺潺流出。克罗蒂奥被众多具有艺术气息的建筑环绕，像是在一座大教堂里沐浴。天空是粉红色的。空气中飘着丁香花的芬芳。肥胖的俄罗斯黑帮成员们穿着过小的浴衣在温泉内下象棋，他们漂亮的金发娇妻的脖子和手上挂满了金银。好一堆野蛮人！

克罗蒂奥的英文很棒，只有一丁点意大利口音。“那帮俄罗斯人的祖先屠杀了门诺教徒。”我在心中暗想，“他们现在却穿上了比基尼短裤。”克罗蒂奥说起了另一段经历。他在多瑙河的一座桥上俯瞰，见到一个男人坐在河岸边。“河水清澈吗?”我问。“不，一点也不清澈，恐怕脏得很。”

“那地方漂亮吗?”

“也算得上漂亮。”

“这倒是事实。”埃弗说。

“总之我看见了这个无业游民，还是——你们管这种人叫什么来着？流浪汉?”

“你知不知道‘流浪汉’这个词在英文中正是‘归途人’的缩写?”我对埃弗说。

“是的。”埃弗说，“这种说法出自伍迪·盖色瑞。没想到你也知道。”

“我还知道俄亥俄州布里特市有一座流浪汉博物馆。”我说，“我喜欢读他们的《实时通讯》，尤其喜欢《漂泊者》和《疯玛丽》两篇。如果有人死去，他们会说这人‘一路西去’了。”

埃弗微笑着说：“我真有些好奇。”

克罗蒂奥将话题继续了下去：“我看着那个男人。他坐在河岸边，望着水，望着天，望着他身边的一切。他握着一罐啤酒。没过一会儿，他便起身拾起身边的一个空瓶子，顺着水泥台阶走到河里。他的裤脚被河水打湿了。这个男人四下环顾，像要确保自己没被人发现。我以为这人要投河，可他并没有继续走下去。他俯下身子，往空瓶中注满河水，又回到河岸上，坐回刚才的地方。我松了一大口气。当时的我站在桥上，心脏止不住地猛跳。我后来转念一想：噢，老天，他打算喝那河水。然而他并没有那样做。他只是在河边坐了一会儿，握着啤酒瓶和一瓶河水，继续望着眼前的一切。过了一段时间，那个男人拿起瓶子，把瓶子里的河水倒进啤酒罐里。他喝了啤酒罐中的液体。我望着这一幕，心想：太可怕了，别喝了。可他当然不会听我的。不知为何，这一幕让我万分沮丧，只想离开布达佩斯。”

“那个男人把河水喝了？”埃弗问。

“是的。”克罗蒂奥补充道，“是很脏的河水。他把河水倒进啤酒罐里，为的是能让这罐酒喝得更久一些。”

“而你认为这挺可悲？”埃弗又问。

“悲哀得可怕。”

“他也可以把自己溺死。”我说，“你认为那是更好的选择吗？”

“当然不是，可我绝对不想让他喝河水。”

“好吧，”埃弗说，“我想他已经——”

“已经做出了选择。”我说，“我明白。可我认为他没必要做那种选择。”

“我不想喝河水。”埃弗说。

“我宁愿选择喝掉河水，也不愿意溺死在河里。”我说。

“我明白。”埃弗表示。

“你想说，你有你的骄傲，而我没有。任何一个有着深刻性格、正直人格的人都会在沦落到饮用河水之前选择投河？可是那个人的勇气呢？他需要意识到，并接受自己需要啤酒的事实，想方设法要让那啤酒喝得更久一些。为了接受生命的礼物，我们所需要的魅力与优雅到哪里去了?”

克罗蒂奥向我们道歉，他表示自己无意让我们难过，这不过是他看见的一件小事。

埃弗说她让所有人都失望了。

“完全没有。”克罗蒂奥说，“每一个音乐人都拥有着彼此。你有自己的演奏会。所有人都向你转达了他们对你的爱……安塔纳斯、奥托、伊可、布里奇特、弗里德里希。”

“弗里德里希最近怎样?”

“噢，还是老样子，游离在桃色难题和金钱问题中。”克罗蒂奥笑着说出这句话，可他看上去一点也不高兴。

“大家是不是都对我失望了?”

“当然没有！我能搞定一切，埃弗瑞达。你不需要考虑这些问题。正如你知道的，我们专门为此购买了保险。不过是一点小小的不便。不，这所谓的不便根本算不了什么。”他做了个“啐”的动作。克罗蒂奥又说了许多安慰的话，之后便要离开了。他必须赶去机场。当克罗蒂奥俯身亲吻埃弗的脸颊时，埃弗抓住克罗蒂奥，给了他一个拥抱。

“让我送你出去吧。”我建议道。

“再见了，克罗蒂奥。”埃弗说，她像是在啜泣，“再见了，再见了。”

我和克罗蒂奥站在走廊上，身边是一个帆布袋，那里面装着半袋带血的床单。

“我们一同散散步怎么样?”我说。克罗蒂奥把他的手放在我肩上，问我究竟好不好。

“噢，千万别问。”我说，“我会哭的。可我还是要谢谢你。你近来如何？我们一起到医院主楼去吧。”

“好吧，鉴于……我很抱歉，尤兰蒂，我只是不太愿意看到这一幕。”

“是啊……她也许能够好起来。”我说，“我没说她可以参加巡演，可是……”

“不，我想她此刻的状态并不适合巡演。”克罗蒂奥说，“我真的很在乎她，很在乎所有人。”

“是啊。”

“不管怎样，尤兰蒂，你千万不要因此而想不开。正如你知道的，我和埃弗瑞达共同经历过起起伏伏，我能预见到这种危险。这算不了什么。”

“好吧。”我用意大利语说。

“啊哈，你现在也愿意说意大利语了?”

“没有。不，我不是这个意思，可是……”

“不。不。我明白的。”克罗蒂奥宽慰道。

我们缓慢地经过几扇印着数字的门。一个穿着睡袍的老妇人站在走廊上，她的一只手里紧握着一个红色的大圆钟，另一只手上挂着一个绿色的手提包。“现在几点了?”她向我们问道。

“抱歉，您说什么?”克罗蒂奥问。

“现在几点了?”老妇人重复了一遍，把她的钟亮给我们看。

“现在是四点半。”我说。

“四点半?”老妇人继续重复,“已经四点半了!”

“是的。”

“他是你的丈夫吗?”她指着克罗蒂奥问。

“不是。”我回答。

“是你父亲?”

“不是。”

“你的兄弟。”

“也不是。”我说,“他是我的朋友。”克罗蒂奥做了自我介绍,并向老妇人伸出手,想要和她握手。不过这位老妇人紧紧地拽着那只红色的钟表,没办法腾出手来。

“你可别想偷我的钱包。”老妇人说完便要退回房间的暗影中。

“不不不,我们当然不会。”克罗蒂奥说。我拽起克罗蒂奥的胳膊,不让他靠近那老妇人。

我们听见她大喊道:“我家的钥匙在这个包里!”她又来到走廊上,手上还捧着那个钟。我和克罗蒂奥转过身,点头微笑,继续往前走。“安静。”一位护士对她说,“米莉,安静。”

“她永远回不了家了。”我对克罗蒂奥说。

“不会吧?为什么回不去了?”

“因为她的侄子说她的房子已经被卖掉了。出院以后,她将直接被转到养老院。”

“可她还留着自己家的钥匙。”克罗蒂奥说。

“那是她的包里仅剩的东西。”我说,“她无论如何也不肯放开她的包，或她的钟表，即便是在睡觉的时候。”

“尤兰，”克罗蒂奥说，“关于最后几场演奏会，我们一定能找到替代方案。距离那几场演奏会还有一段时间。还请你让埃弗瑞达千万别担心。”克罗蒂奥停下了脚步，将他的手放在我肩上，对我说他很遗憾。“尤兰蒂，”他说，“你的姐姐是这世界独一无二的存在。她不同于我认识的每一个人。你一定要保住她的性命，一定要不遗余力，竭尽全力。”

“我……好的，我会……我们……”

克罗蒂奥正在擦拭眼中的泪水。我拍了拍他的肩膀。“没关系的……她会好起来的。”我说。“我真心相信她会好起来的。”我强挤出笑容说。

克罗蒂奥拥抱了我。他说自己不得不离开了，有辆车在医院外等着他，而他很期待我们下一次的见面。克罗蒂奥的手机响了。“再会，克罗蒂奥。”我用意大利语说，“谢谢你，感谢你送来的美丽花朵。”

当我回到病房时，埃弗说：“我知道。别生气。别对我说教，好吗？别说什么‘这就是生命的礼物’。你听起来就像个老门诺派教徒。”

“我没有生气。”我说，“我本来就是门诺教徒。你也是。你对世间万物都怀着愤懑之情。”

“这倒是真的。”埃弗说，“一点也不假。”

“是的。可让你愤懑的究竟是什么呢？”

她没有回答。

“嘿，”我继续道，“我曾经做过这样一个梦，梦中的我要离开我认识的所有人。在一个阳光明媚的午后，我所认识的、所爱的人都聚到一起与我告别。望着前来为我送行的众人，我想起了他们对我的爱。我不想走，却不得不离开。”

“那你有没有梦见我?”埃弗问。

“当然。你也微笑着与我挥手道别。”

埃弗问我是否读过《查泰莱夫人的情人》。听见我否定的答案后，她向我引述了书的第一行：我们的时代根本就是个悲剧，于是我们也就不拿它当悲剧了。

“好吧。有意思。然后呢?”我问。

“你自己读。”埃弗说，“真想不到你居然没读过这本书。我想你最好别读什么《流浪汉博物馆时讯》了，应该利用这些时间好好重温经典文学作品。”

我表示我们像在进行《功夫小子》里的对话，埃弗像是要向我播撒智慧。“时至今日你仍然在指导我阅读。”我说，“这很好。”埃弗听罢便推说自己嗓子酸痛，不能再说话。

“好吧。当然了。”我于是不再坚持。

“你不相信我。”埃弗轻声说。

“我相信你，当然相信。”

我们不再交谈。埃弗进入了断断续续的睡眠，不过那也有可能根本算不上睡眠。我坐在她身边，想象自己猛地撞向玻璃墙，把玻璃撞成碎片。父亲去世的前一天，他梦见自己像个小伙子一样翻着跟头，一下子穿过了水泥墙，在墙里穿进穿出。

我的稿子还在我随身携带的超市塑料袋内。我从袋子里拿出稿子，在封面上写下“一生的怨愤”。我又将这行字划掉，写上“命定的忧伤”（这句话来自法国作家夏布多里昂《基督教真谛》中的“人类文明中取得的最高贵的成就”。这个多管闲事的门诺教徒用假装虔诚的乏味语调和故作淡然的表情告诉我，我父亲的自杀行为是邪恶的）。我又将那句话换成“碎片”，换成“无题”，又换成“标题”。我最后将这些词通通划掉，开始为躺在床上的埃弗画像。

我望着睡着的埃弗，还有在桌子后面忙碌着、大笑着的护士们。我知道那帮护士受不了埃弗。在她们眼中，埃弗是个没能成功自杀的人，是个疯子。

她们在嘲笑埃弗。甚至没有医生上前和我们说话。我来到护士台，问我是否能和埃弗的精神科医生对话。我离开病房，下楼去寻找母亲和阿姨，给远在多伦多的女儿发短信。我在咖啡厅没有找到妈妈和阿姨，诺拉也没有回短信。于是我又回到重症监护室，在这里见到了埃弗的医生。他站在护士台旁。医生戴着面罩，像是戴着一件珠宝。他今天穿了一对短袜。他是一位精神病学医生。我走到他身边，做了自我介绍，问他近来有没有和埃弗瑞达聊过。

“我尝试过。”医生说，“可她不愿意开口。”

“是的，她有时候的确不肯开口。可她愿意将她想说的话写在纸上。”

“工作的时候，我没时间阅读。”医生微笑着说。护士们在一旁笑得花枝乱颤，好像是站在猫王身边。

“是的。”我说，“可我的意思是——”

“听着，”医生说，“我没办法在我和她之间传递笔记本，等她在本子上涂涂画画。这太荒唐了。”

“我知道。”我说，“我能理解。这样做也许有些费劲，我的意思是，您是一位心理医生，所以您从前一定见过类似的状况，对吗？”

“我当然能够理解。”医生说，“我只是没有时间。”

“也就是说您不愿意帮忙了？”

“听着。”医生说，“她若想康复，就必须想办法回归正常的沟通方式。这就是我要说的。”

“我知道。”我说，“这……可她是精神科病人，不是吗？我想说，她难道不应该有一些小怪癖吗？难道她——她对您而言难道算不上一种挑战吗？这对您的应用研究来说难道没有好处？”

“抱歉。您是哪位？”

“我和您说过，我是她的妹妹，我叫尤兰蒂。我真心认为埃弗瑞达的沉默是源于她对真实世界的不信任。您明白我的意思吗？您得分情况看待问题，在她这种情况下——”

“我当然明白你的意思。”医生打断了我的话，“我对你的观点谈不上赞同，可我很清楚你的意思。而我要说的是，我没时间参与那愚蠢的游戏——”

“愚蠢的游戏？抱歉，你刚才管它叫‘愚蠢的游戏’？”

医生转身准备离开。“等等！”我喊道，“等等。等等，等等。愚蠢的游戏？”医生停下脚步，转身看着我。

“您只见过她一次，就决定不予以帮助了？”我说，“亏你还是个小有名望的精神病专家。你就当着她的面撒手不管了？我姐姐正处于极

度脆弱的状态，她此时备受折磨。她可是个病人！她恳求着你的帮助，而她不过是想要保留她人生的最后一点主导权。我相信即便是精神科一年级的学生都能理解这种态度有多么重要。你难道……你这人究竟有没有好奇心？你是个有血有肉的活人吗？”

“我必须请你小点声。”一位护士说。看她那样子，她仿佛恨不得要用一支半自动的机枪瞄准我的脑袋。我咆哮的时候，医生一直叉着腿，抱着胳膊望着我。他微笑着对护士耸耸肩，看上去颇为乐在其中，像是把我当成了冲浪者们期待的一道巨浪，而他就是那个前天晚上和伙伴们灌下一整瓶玛格丽塔酒，第二天就要征服巨浪的冲浪者。

“你满怀敌意、毫无耐心、自鸣得意，甚至不肯让埃弗用文字与你交流。”我痛斥道，“你为什么不能好好做你的工作？我不想和你争吵，可你有没有意识到你根本不愿意倾听我姐姐的想法？”

“听着。”医生说，“你不是唯一一位将个人的沮丧情绪发泄到我身上的病人家属。你说完了吗？抱歉。”言毕，医生顺着走廊走向了一间房。

“那是因为，”我在他身后喊道，“如果连你都不肯帮她，还有谁能帮她？”

我为自己鲁莽的行为向护士道歉。“我太生气了。”我说，“太绝望、恐惧、愤怒、不知所措。”我不断重复这几个词。护士们向我点头，其中一位说：“我可以理解。你的姐姐不肯配合，她——”

我打断了她的话。“请你别说了。请不要怪我姐姐。我这会儿听不进这种话。她不是魔鬼。”我轻声道，我不会太抬高音量，“别让我听见这种话。”“我从未说过她是魔鬼。”护士说，“我只是说她不肯——”我用手抱住脑袋，像是要试戴头戴式耳机。我无法思考。我向护士道谢，随后离开了重症监护室。

我顺着楼梯下了六层，走到第二层时，手机突然响了起来。“嘿，尤兰蒂。”手机那头传来一个声音，“我是乔安娜（管弦乐队里的一位成员）。我只想对你说发生在埃弗瑞达身上的事让我们多么难过，我们想知道是否有用得着我们帮忙的地方。我想要送一些礼物，却不知道要送什么。鲜花好吗?”

想象一位精神科医生坐在某个濒临崩溃的病人面前，对她说：“我就在你身边。我想为你找回快乐。我不知道自己具体要怎么做，可我会想法子，使出我百分之百的能量，用尽我全部的本领、同情心和好奇心，一定要让你重拾健康，重获快乐。我就在你身边，我保证会尽最大的努力帮助你。如果我失败了，那也是我的错，不怪你。我才是专业人士，是这方面的专家。你此时经历着巨大的痛苦，我的工作和使命就是让你不再痛苦。我将会好好地照料你（这时我还能听见乔安娜的声音‘尤兰蒂？尤兰蒂?’）。我知道你经历着苦痛折磨，我知道你很害怕。我爱你，我想要治好你，绝不会放弃你。你是我的病人。我是你的医生。”想象一位医生每日每夜给你打电话，对你说他（她）最近新读了一些文章，迫不及待地想到文章中的内容可能对你的病有帮助。想象一位医生在一场重要的会议期间给你打电话，对你说：“听着，很抱歉打扰你，可我最近一直在思考你的问题，我想出一种全新的治疗方法，我们一定要试一试！我现在就要见到你！治好你！我认为这个法子可能会管用。我绝不会放弃你。”

“尤兰蒂？”乔安娜在电话那头说，“你还好吗？”

“对不起。”我赶紧回答，“真是抱歉。对不起。”

“你——”

“是的，鲜花。鲜花很好。谢谢你。”

第11章

我拨打了妈妈的手机，不过没人接听。我见到一位护理员，认出他曾是本地一支朋克乐队的主唱。他站在一张描述坏死性筋膜炎症状的海报旁，吹着口哨将几只托盘叠在一起。

我来到室外，走到阳光下，沿河走向母亲的公寓。好吧，我本打算一直沿着河走，却被一幢公寓大楼外的一群年轻人拦住了去路。他们正忙着将沙包堆在大楼外。“河水又要上涨了。”他们说。这对他们而言勉强算得上一种派对，他们可以放一天假。

母亲和蒂娜阿姨不在公寓内，她们给我留了张字条，说她们要回东村拜访贝托鲁奇太太。贝托鲁奇太太的真名是阿加塔·渥垦丁，然而除了埃弗，所有人都管她叫恩斯特·渥垦丁太太。在东村，即便是在讣告上，通常也不会列出一个女人的名，为的是让她永远永远，永远永远被人们记做她丈夫的妻子。人们夺走了阿姨名字里的“梵”。我想起我把车留在了医院的地下停车场，我只得步行到医院。回程时，我没有沿着河走，而是穿行在扬尘漫天的城市街道间。

我回到六楼，确认埃弗是否安好。尼克正在病房内，他与埃弗凝望着彼此的眼睛。病床边的帘子半掩着，护士们要么假装没看见我，要么巴不得赶紧打报警电话，把我赶出医院。我于是离开，径直走向地下停车场，开车回到母亲的公寓。我暗暗期待着，希望今天早上抱孩子的女人能在车的挡风玻璃上写她原谅了我。可她并没有这样做。

母亲和蒂娜阿姨仍然没有从东村返回。我在母亲的电脑上搜索了一些信息。我想要进一步了解速可眠和耐波他。我浏览着搜索引擎上的信息，了解这些能助人死亡的药物。我有点担心，害怕警察对我进行问讯，怕他们在这台电脑上跟踪我的搜索记录。我继续搜索，发现这样一个网站——“有没有办法用魔法帮人结束性命”？我停顿了一会儿。我没有点开这个网站，为此还有些自豪。埃弗若能看见这一幕，一定也会恭喜我。尤兰蒂！理智一点吧！我的手机响了。是母亲打来的。她正在医院。我问母亲埃弗怎么样。母亲说埃弗正在接受血液测试。“为什么？”我问。“我不知道。”母亲说，“还有，蒂娜阿姨晕倒了。”

“在医院里？”

“不。一开始是在东村，蒂娜晕倒在恩斯特太太家，可她很快醒来了。我让她躺了一小会儿，吃了些东西后，她看起来好了一些。可是现在……”

“您在医院里？”我又问了一遍。

“是的。我们直接从东村开车回医院，不过蒂娜在路上又晕了过去。”

“什么？那也太奇怪了。”

“我知道。我立刻把车开进医院，蒂娜现在已经入院。医生给她的胳膊上了石膏，她晕倒时弄断了胳膊。”

“蒂娜阿姨吗？”

“是的，她感觉胸口痛。她现在正在五楼的心脏病急诊室。”

“真的吗？”

“是的。所以……”

“好的。”我说。

我不小心挂断了电话，于是重新拨通电话，向母亲道歉：“我想说‘好的，我马上就去医院。’”妈妈哈哈一笑。我也勉强笑了几声。我知道她正强忍着泪水。我再次告诉她我很快就会赶到她身边。她喃喃地说了几句话，可我没能听清楚。她是不是说，你“不来也没关系”？由于自己的心脏和呼吸问题，母亲已在急症室出入了上千次。不过据我所知，蒂娜阿姨这是第一次进急症室。

返回医院的路上，我想起自己在停车场的那次疯狂的爆发。“全都是因为我的过去。”我大声对自己说。我已经完全弄明白了，我就是西格蒙得·弗洛伊德①。教堂内那帮系着领带，高昂着脖子的门诺教徒让我忍不住好笑。真是一帮滑稽之徒，我若是不按照他们的意愿做事，他们便会以地狱之火诅咒我。我和埃弗曾经都只是无辜的孩子。我的表兄弟姐妹也都是无辜的孩子。是的，你的家人在俄国遭到了屠杀，

① 奥地利精神病医师、心理学家、精神分析学派创始人。——译者注

幼小的你不得不仓皇逃跑，藏在一堆肥料里。正因为如此，你不能公然在教堂门口晃悠、挥手，也不能用威胁和指责吓唬别人。在街头布道台上的行为将被视作疯狂的行为。你不能恐吓他人，让人们感觉自己渺小而失败。当人们想要自我毁灭时，你也不能把他们称作“魔鬼”。当你走在路上时，从不会感到一束光照在自己身上。你永远也飞不走。

我曾经读到过这样一句话，“心脏病都是由记忆带来的痛苦造成的”。也许是在《流浪汉博物馆时讯》上读到的吧。刊载在那份时讯上的讣告总会以这样一句话结尾：“我们终会在地下相见！”埃弗瑞达是否让蒂娜阿姨想起了自己女儿的自杀？是否让她想起了自己当年阻止女儿自杀时的那份痛苦、无助、恐惧？不过她的心脏病当然也有可能是阻塞的动脉，腹部的脂肪，吸烟的坏毛病和反式脂肪造成的。蒂娜阿姨也许并没有想起从前的痛苦、恐惧和无法忍受的忧伤，不是吗？不过这两种事有可能是环环相扣的。心脏病医生和精神科医生应该共同携手，打造一座新的医院。我愿意为此而请愿，就像父亲当年为了创建图书馆，埃弗为了将史蒂夫·雷·沃恩定义成世界上最伟大的吉他手而请愿一样。我想，就算世界的各块大陆都融合到了一起，心脏病医生和精神科医生也不会携手。

人们把蒂娜阿姨的运动服和她的白色运动短裤塞进塑料袋里，在袋子上标注上：圣奥迪勒医院所有。蒂娜阿姨和母亲正用低地语说笑，她们像往常一样，只会把恐惧藏在自己心里。我出现时，她们对我说：“噢，你可算是来了。我们正在争论一个词的意思呢。”我问她们在争论哪个词，她们没有立即回答，而是一同大笑。

蒂娜的石膏绷带上写了一些东西：几个电话号码和《圣经》的一个

小节。护士来到病床边，用针头和管子做了些简单的操作治疗。我问护士蒂娜阿姨是不是心脏病发作，护士说这不算突发心脏病，但蒂娜阿姨的确有冠心病，其中两条血管出现了严重的堵塞。阿姨说她真的很想喝楼下星巴克的咖啡。护士表示她可以喝一点，但不是现在。

我对阿姨和妈妈说我要去看一看埃弗，等我回来的时候，会为每个人捎一杯星巴克咖啡。她们对我这个建议表示了过分热情的欢迎，好像我刚刚想出了一条攻打堡垒的妙计。我来到六楼，把最新的消息告诉埃弗，对她说蒂娜阿姨就在楼下，她患上了冠心病。埃弗用力睁大眼睛，拍了拍自己的喉咙。

“不能说话吗？”我问。

我有些恼怒，不可控制的怒火让我疯狂。埃弗摇了摇头。我问她尼克上哪儿去了，她再次摇头。

我问护士埃弗为什么不能说话，护士表示具体原因稍复杂，希望她明后天能够恢复。“这是不是漂白水造成的？”我问。护士低头望着她的剪贴板，她不愿听我说漂白水。“我们还无法确定。”她回答。“可是除了漂白水，还能有什么原因？”我说，“她自己不肯开口吗？”“您还是问一问医生吧。”护士回答。“我也想要问医生，”我说，“但我猜他根本不愿意见我。”护士不愿意看我——我们全家都是一群受到了污染的精神病人。

我回到埃弗的房间，站在她的床边。有那么一瞬间，我感觉自己像是个刽子手，正为埃弗送来她最后的一顿晚餐。

“这世界变暗了，不是吗？”

埃弗眨了眨眼。

“你同意我的话?”

她又眨了眨眼。

我坐在一旁看自己的稿子。我给自己念了其中的一页，这并没有让我高兴起来，于是我把书稿放在埃弗平坦的腹部。一页，又一页。我继续念下去，轻柔地把这些手稿放在我姐姐的身体上。埃弗的身子躺得笔直，连呼吸都小心翼翼，生怕稿纸掉落。最后，我终于表示我要去五楼看看蒂娜，为她们送去星巴克咖啡。埃弗点了点头，可是听到我说到“星巴克”，她翻了个白眼。“这地方只有星巴克的咖啡。”我说着收走了放在埃弗腹部的稿子。埃弗微笑着摸了摸我的头。她的手在我脑袋上停留了几秒钟，我突然意识到自己忘了带保湿霜。我明白埃弗想让我向蒂娜阿姨转达她的爱与关怀。我对埃弗说我会代为转达，她听了点了点头。我真想说：想象一下，妈妈也许要失去她的姐妹。真可怕，不是吗？不过这其实也没那么可悲，不过是另一场事件。见过精神科医生、心脏病医生和门诺教传教士后，我再也没有力气发表什么高谈阔论了。

去星巴克的路上，我在大厅内接到了芬巴打来的电话。他问我究竟在说什么。“你想要杀死你姐姐?”他说，“看在上帝的分上，我可是个律师。别把这种事告诉我。”“不，我没有。”我说，“可我在考虑我是否要做这种事。”“尤兰蒂。”芬巴说，“你累坏了，也许过于紧张乏力。你不能杀害自己的姐姐。除了现在正在做的，你不可以对她做任何事。”我告诉芬巴我目前还没有对埃弗做其他事，可他说我产生这种想法已经是危险的。芬巴想知道他能否为我做些什么，我请他到我在多伦多的公寓，替我看看诺拉和威尔是否还活着，如果可以的话，他最好敲敲门，问问孩子们是否安好，再问问诺拉为什么不肯接电话。不过我知道她为什么不接电话。她给威尔下了毒，将他的尸体拖到衣橱里，然后和她那十五岁的瑞典小男友满屋子做爱，还不肯用任何保护措施。在此期间，她没有时间，也无意和自己满腹牢骚的老妈说话。“包在我身上。”芬巴向我保证，他晚些时候会再次打电话给我。

发生了一件出乎意料的事，我在心脏病房遇见了东村的故人。再次见到这家人时，他们正在病房内看电视。他们问我在这里干什么，我说我的阿姨生病了，就住在这里。“是蒂娜·洛温吗?”他们问，“可她不是住在温哥华吗?”“她正巧来这儿拜访。”我说，“蒂娜阿姨之所以进医院是因为冠心病。”

我们寒暄了几句。他们告诉我女主人的哥哥要做一场瓣膜置换手术。简单干脆。出院后不出一周，他就能继续他的例行慢跑，每天跑上三英里。

他们对医生很有信心。他们相信印第安人的祈雨舞，相信上帝会怜悯芸芸众生。也许吧。为他们的哥哥做手术的医生是城里最好的医生。他们家最大的儿子，一个和我差不多年纪的男人刚刚获得了牛津大学经济学博士学位。“酷。哇哦。”我感叹道。我记得他们的儿子，哈雷德。我小学一年级尿裤子的时候，他对我进行了无情的嘲笑。因为我和朱莉在课间休息时手牵着手，他把我们俩叫作“蕾丝边”。他还在自己的牛仔裤和笔记本上画满纳粹符号。“他正在伦敦。”哈雷德的母亲说，“做政策分析师。人们花钱让他思考。每当他发表演讲，总会有大学争着为他提供奖学金。”老妇人笑道，“奖学金固然很具诱惑力，可他必须考虑自己的妻子和孩子们。他的妻子是忙碌的女强人。她是泰特现代美术馆的馆长，还是卢旺达大使。孩子们念的都是很好的学校，交往的都是皇室成员，他们不愿意离开。”

我本想感叹一句。

“哈雷德在伦敦的交响乐团听过你姐姐埃弗瑞达的演奏，说这是他听过的最美妙的音乐。谢天谢地，教堂最终还是做出了让步，准许你姐姐弹奏乐器。顺便提一句，我们一直都很支持她弹钢琴。我和你母亲以前偶尔会在邮局碰面，笑着谈到你家的秘密钢琴，而我一直劝她把钢琴藏好，劝她继续为埃弗瑞达的钢琴课付费，我知道埃弗瑞达是个有天赋的好孩子。就算长者们不允许，上帝也一定会允许。这样想想，从某种意义而言，我也算是促成了她今日的成功呢！我觉得雷哈德从前暗恋过埃弗瑞达。是不是呀，亲爱的？”她对她的丈夫说。

“嗯？什么？”

她翻了个白眼。“你最近在忙什么呢？”她向我问道。

“噢，我也不清楚。”我说，“没做什么。我在学习怎样做一个合格的失败者。”

就在这时，妈妈走进了房间，像是拖着一副将死的躯壳。妈妈友好而谨慎地和大家打招呼。他们用低地语聊了一小会儿。这家人对蒂娜的病表示了遗憾。“多谢。”母亲说，“她会好起来的（母亲又抛出一句低地语，房间内的东村人都欣赏地点了点头）。医生们认为她不需要做手术，也许只要服用某些治疗心脏病的药物就好。”

这时尼克进了房间。他刚刚听说了蒂娜的事。尼克穿着一件涤棉混纺衫，他的胳膊下透出一大块汗渍。他的下巴上沾着一些要么是番茄酱，要么是血的红色污渍。他的半个领子都翻了上来，就像一个坚持自己穿衣服的小孩。

“天哪。”尼克给每个人献上拥抱，“她怎么样?”母亲又把蒂娜阿姨的情况解释了一遍。“哎呀!”尼克说，“我真为她难过。”“埃弗还躺在重症监护室内。”母亲说。“是啊，”尼克叹道，“我才到医院不久。”“等等?”东村人捕捉到了这个信息，“埃弗瑞达在重症监护室里?她怎么了?”

“割腕，喝毒药。”母亲说。我和尼克听了不由得瞪着母亲。“她的喉咙闭合了，可她还活着。”母亲继续道，“还死不了。她有一天或许能够好起来。所有人最终都能活下去。你呢?今天晚上怎么会出现在这里?”

我和尼克让这段表演继续了一两分钟，然后打断了对话。“好了好了，是时候回家了。你需要休息。”尽管这番话是从我嘴里说出口的，可我心里清楚母亲一定不会回家。母亲身在一个如地狱般冷酷而狂暴的地方，所有的希望和善意都被吞灭。“我不累。”母亲说。“可您也许需要休息。”我们劝道。她是那么任性，随时准备好拥抱巨大挑战。

尼克想去和蒂娜阿姨打个招呼，打过招呼后，他要再陪一陪埃弗，为她读读书，或者安静地弹一会儿吉他。“医生那边有没有什么消息?”尼克问。“真是难倒我了。”母亲说，“我可以给他打个电话，可我认为橡树高尔夫俱乐部一定没有信号。”

“她的喉咙不对劲。”我说。尼克表示他也留意到了这个问题，问我知不知道这意味着什么。“我也不清楚。”我说，“不过她的喉咙也许感染了，说话会让她痛苦。”我们陷入了沉默，只得不停地舞动着双手，以此填补空白。“我们要给蒂娜的孩子们打电话。”母亲说。“好的。那就先吃饭，等回了家再打电话。”我说，“她的状态很稳定，对吗？护士是这样说的吗？”

“是的。”妈妈回答，“他们让蒂娜留院一日，只是为了稍作观察。”尼克表示埃弗如果出现任何新情况，他都会打电话告诉我。我像个四岁的孩子一样拉扯着妈妈的袖子。“拜托了。我们走吧。”我又重温了一遍这种感觉。

我向那帮成功人士挥手道别，让他们替我向他们的儿子问好。而那帮人在母亲身后喊道：“我们衷心祝福蒂娜和埃弗。”

母亲没听清他们喊的是什么，于是回应道：“咱们下次再见时，大家可都要好好的！”

诺拉终于给我发了条短信：一个穿西装的男人敲了我们家的门，问我是否无恙。他自称是你的朋友。你现在属于耶和华的见证人[①]了？埃弗怎么样了？

我们沿着牧童大道去往母亲的公寓。“你最近怎么样？”母亲问。“我很好，很好。”我回答。我多想对她说我感觉自己就要死于愤怒，多想说我为这一切感到愧疚。当我还是个孩子的时候，每天早晨都能

① 宗教团体，其教义主张和传统的基督宗教相比有诸多差异。因信仰而坚守的中立主义是其典型的特征之一。——译者注。

唱着歌起床，每天都等不及要跳下床，冲到我小小世界的魔法王国。阳光下的尘埃让我感到由衷的快乐，我那带有香蕉座和U型靠背的金色自行车让我兴奋得无法呼吸。多么好的自行车啊，它可是属于我的。这个世界上再也没有比九岁时的我更加无拘无束的人了。可是现在，每次起床时，我总会想到如今的事态已不在我的掌控范围之内，我需要不停地深呼吸，从一数到十，以此驱赶深藏于心的恐惧，防止我的手在睡梦中掐住我的脖子。诺拉又发了条短信：食木蚁进了我们家。我给她回短信：太棒了。它们可以帮我们重塑那些已经坏掉的门。妈妈拍了拍我的腿："亲爱的，开车的时候不要发短信。"我没有回话，而母亲又说了些诸如"这一切都会过去的"之类的话。听了这话，我真想把车开进滚滚的车流之中。"您接下来还要说什么？"我问，"那些打不倒我的困难只会让我更坚强？"

"是啊。"母亲笑道，"我知道你打心眼里讨厌所谓的格言警句，但这句话是有道理的，不是吗？"

"不是。"我说，"一切到了最后都会好起来，如果它没有好起来，那就证明还没有到最后的时候。"

"这是一则格言？"母亲问。

"是的，是一则格言，但我的复述不一定完全正确。还有，您这是什么意思，'打心眼里讨厌'？是的，我天生讨厌这些东西，和后天的生长环境什么的都没关系。"

"好吧。"母亲说，"虽说不喜欢，可你仍然相信那些话，不是吗？"

"也许吧。您知道吗，当人们不再努力追求快乐时，他们反而能更快乐一些。这一结论是经过研究得出的。"

“好吧，同样的话，我早就和你说过。”

我的手机嗡嗡地响个不停，各种短信蜂拥而至，它们来自一个想要离婚的男人，还有三千公里之外欲求我宽恕的孩子。孩子们想让我宽恕他们过早的性行为，原谅他们造成了屋子里的虫灾。

“竞技女孩朗达这回又遇见什么新鲜事了?”母亲问，“她是不是……仍只有十四岁?”

“不，我这次写的是一本真正的书。”

“好吧！当然了。这本书写的是什么?”

“噢，我不知道。”我说，“您没必要假装感兴趣，我知道您已经累坏了。”

“不，尤兰。”母亲说，“我的确很感兴趣。任何能驱赶我烦心事的事，哪怕只能驱赶一两分钟，我都很有兴趣。”

“这本书讲的是一位港务官。”

“什么？一位什么?”母亲说，“我以为这是一本讲述姐妹情的书。”

“是的，里面提到了姐妹情，不过主要还是港务官。他，也有可能是她。不过在这本书里，这位港务官是个男人。这个男人的工作是将巨轮驶出港口。确认船只安全出海后，他会沿着一条绳梯爬到一艘小船上，驾驶着这艘小船回家。不过在我的故事里，这艘船遇见了极其恶劣的天气，港务官没办法爬进小船中。船长不让港务官冒这个险。在那样恶劣的天气下，绳梯过于脆弱、危险。他们对这场风暴进行了错误的估计，港务官因此只能随船前往鹿特丹市，那是这艘船的第一个停靠港。”

“噢，”母亲说，“真有意思。”

“好吧，这故事其实一点意思也没有。”我说，“您明白吗？我只想希望这本书别再以比赛为结尾了。”

“哦，可你的竞技故事写得很刺激。”

“我这次不会再写少年竞技故事了，妈妈。我已经受够了刺激。”

“那么他离开海港后发生了什么？”

“那天晚上，他错过了一场重要的会见，所有的计划都被打乱了。”

“可是他难道不能给自己要见的人打个电话，重新安排见面时间吗？”

“我不确定，但我承认，这个部分确实难以让人信服。可我若是真那样写，危机也就不存在了，这本书也不存在了。”

“好吧。”妈妈说，“他也许忘了带手机。”

“这样写依然不妥，整条船上有那么多船员和通信设备。”

“好吧，这位港务官也许给自己要见的人打了电话，可那个人没能及时接电话？总之，他们终归没能联系上。”

“这样说似乎更合理一些。可我更喜欢的是：这个男人没办法下船，也完全没有预料到自己会去鹿特丹。”

“好吧，”母亲说，“那关于姐妹情的部分呢？他在船上遇见了自己的姐姐或妹妹？”

“没有。”我回答，“姐妹情的部分存在于那个男人的想象中，他坐在甲板上凝望大海，不由得想到了自己的姐妹。”

“噢！好吧……关于姐妹的记忆。”

“大概吧。他想到了——嘿，您听见了吗？”

“听见什么？”

“叮当声。等等。”

我把车停靠在一座名为“大理石板”（老天呐!）的火葬场边，熄灭了引擎。我下车检查车子的状况，像是在观赏达米恩·赫斯特的艺术作品，完全不知道我要看些什么。我回到车内，试着再次发动引擎。毫无反应，引擎就是无法启动。“真奇怪。”母亲感叹道。“别担心。”我安慰道。我想象着法国作家阿纳托尔·法朗士，他愤怒地对情人说：“我把自己的拳头咬出血。”我又试了一遍，仍然无济于事。

“这辆车坏了。”我宣布。

母亲摇着脑袋微笑，这微笑最后变成了大笑。我望着她，抬起她的手，把已经没用的车钥匙塞进她的手里。我微笑着，母亲大笑着，这一幕持续了一小会儿。

“噢，老天。”母亲一边摇晃身体一边说，“事情变得越来越有意思了。”

母亲建议我们下车，步行到克里斯蒂娜希腊餐厅。“好的。”我赞同道，“好主意，我尤其喜欢步行这个部分。”

在餐厅内，我和母亲展开了一段极其欢快的对话，谈论男人、性爱、内疚和孩子们。除了这些，还能有什么话题？我们喝完了一整瓶红酒。我们还谈到了尼克。“您认为尼克目前的状态还好吗？”我问妈妈。“这取决于你所指的‘还好’是什么。”母亲回答，“他仍在坚持。”

“是啊。”我说，“可我就是不知道要怎么做。”

“怎么做？”母亲问，“你是说，你不知道你是怎样坚持下去的？”

“大概是吧。”我又问了一句，“您又是怎样坚持下去的？”

我们大笑了几声，又很快停下。呼吸、能量、情绪、自控，这些对于我们而言弥足珍贵，实在不能浪费。我的手机响了起来，妈妈接过手机，抢先说："我们有什么可以帮到你的？"（她大概已微醺）是杰森打来的电话，他是母亲的汽车修理工。杰森表示他已把母亲的车拖到车库，会尽快弄明白这辆车的问题。

我们手牵着手，一同走回妈妈的公寓。妈妈教我怎样走军队队列。"这是小跳。瞧见没？"母亲向我展示了一个动作，"当我们的步子不同步的时候，你就做一个小跳。"她让我试了一次。回到母亲的公寓后，母亲在电话内向众人告知埃弗和蒂娜的情况（是的，她们都在医院里。没错，在同一家医院）。在此期间，我继续在网上搜索耐波他的相关信息——如果你点击了"清除历史记录"，警察是否就无法追踪你的搜索记录了？

杰森又给我打了个电话，说车的传送系统出现了致命的大问题，这部车已经没有了修理的价值。杰森提到了一个名为"边缘青少年"的社会团体，这个社会团体旨在帮助青少年就业，减少犯罪。他建议我们以五十美元的价格把车卖给这个团体。我请他稍等一会儿，问妈妈是否准备好和她的车永别。妈妈正在打电话，于是耸耸肩，点头说，"好吧。我无所谓。"我答应了杰森的请求，让他留着那些钱。杰森请我先将车内的东西取走，此后他才能给那些问题青年打电话。

我捧着笔记本电脑坐在阳台上，了解耐波他药物的几种具体品牌。这些药物可用作动物麻醉剂，而且只能在墨西哥买到。不过你可别去提纳华这样的边境城市，当地警方已经对这些"死亡游客"有了一定的警觉。你必须深入墨西哥内部，前往无人之境，找到最近的宠物医院，管他们要这种药。有意思的是，有些人在网上写下了他们买药的过程，并警告读者远离危险的墨西哥后巷。我想知道在那些地方能发生的最坏的事会是什么？被杀吗？

一剂耐波他需要三十美元，你得准备两只两百毫升的试剂，以确保死亡的速度。在服药之前，你还得吃一些抗恶心的、防晕车的药物，以防你在服下耐波他后出现呕吐。这种防呕吐的药物可以在任何药店买到。服下耐波他后，你的生命将在半个小时之内终结，不过你若是个大块头，你的生命也许能持续四十五分钟到一个小时。整个过程全无痛苦。你很快便会睡着，没时间说话，也没时间将全部的药物喝完。

我在网上读到，真正的问题并非买药，而是怎样把药带回国。这样看来，我最好还是把埃弗带去墨西哥，而不是把药从墨西哥带回来。还有，哪怕是为埃弗打开药瓶，我都犯了一般杀人罪。一些匿名人士表示，你若是对一个有求死之心的人提出哪怕一丁点的相关意见，都有可能被控协助杀人。

我关上电脑，轻合双目。我听着奥斯本桥下的汽笛声，想象自己在一片沙滩上。这片沙滩上有一座茅草屋，棕榈树在加勒比海的微风下温柔地摇摆。我的姐姐终于得偿所愿，而尼克、母亲（甚至包括父亲。虽说父亲早已去世，不过这是我的想象，只要我愿意，就能够把已去世的人囊括进来）、我和我的孩子们拥抱着埃弗，抚摩着她，微笑，亲吻，道别，对埃弗说："亲爱的，你有一段不同于任何人的人生。你用快乐填满了我们的人生，为我们保守秘密，让我们开怀大笑。我们将永远地思念你。别了！再见了！"埃弗将会在一片爱织成的柔软云朵下平静地离去。

我给尼克打了个电话，然而电话接通的瞬间，我便失去了全部的勇气。我本打算问尼克有没有兴趣和我去一趟墨西哥，我们要在那里杀死他的妻子，可我没敢将这些话说出口，而是告诉他妈妈的车彻底报废了，我们能不能借他的车开几天。尼克表示我们愿意借多长时间都行，他其实更喜欢骑自行车。我问尼克是否还在医院，他回答“是的”。

“然后呢?”我问。

“还是老样子。”尼克回答，“她吃了些晚饭。她的喉咙好了一些。蒂娜正在她的病房内睡觉。西线一片宁静。”他问我是否还好，这时我突然打了一个大大的嗝。“尤兰?”尼克紧张地问。“我很好。”我说，“抱歉。”

尼克说他曾经计划去一趟西班牙。我根本不知道他有过这样的计划。尼克说他一直以来都不确定要不要取消行程，可他现在不得不离开，明天就要启程。

“明天？可真够快的。”

“我知道。”尼克说，“埃弗说我应该去，她说我必须去。因为……你知道的。”

“不，你应该……”

“我现在已经没办法退票了。我要和我父亲一同去，这次旅程，他已经计划了好几年……”

“你要去多长时间?”

“十天。”

“好吧……”

“我知道，选在这时候外出很奇怪，可那是我父亲的梦想，而且医生明确表示过，埃弗没那么快回家。”

“好吧……”

“你至少会在这里待十天，对吗，尤兰？我的意思是，你会待在——”

“是的。我会留下。你应该去西班牙。上帝知道，你真的需要休息。”

“你也是。每个人都需要休息，可是……”

“不，你走吧！一定要走！一定。”

“不过一想到我在巴塞罗那拍摄西班牙建筑，埃弗却躺在医院里，这感觉实在太荒唐。”

“我知道。可这个世界就是荒唐的。如果你不让自己放松一段时间，你很快就会垮掉，我的朋友。”

“也许吧。”

“我的意思是，这不仅仅是为了你，也是为了我们。”我继续道，“比如遇到空难时，我们需要让自己吸饱氧气，再把氧气递给孩子们。”

“我想……”

“你必须离开，这和我们逼着我妈妈参加游轮旅行是一个道理。我们必须时不时让自己喘口气，这样才不会落得和埃弗一起躺在精神病房的结局。”

“我倒是巴不得这样。”尼克说，“你看了今天的报纸吗？报纸的艺术版上写到埃弗退出巡演是由于过度劳累，而她的家人表示她需要一定的私人空间。”

“我们有说过吗?”我问,“是谁对媒体说的?”

“媒体？不，据我所知没人说过。媒体关系一直都是克罗蒂奥在打理，应该是他对媒体放出的风。”

“他必须对媒体做出一定的解释。尼克，你真的应该去西班牙。说实话，你必须去。”

“可是有个家伙，一个住在温尼伯的斯洛伐克双簧管演奏家，叫丹尼洛夫什么的。他……他昨天来医院看望了埃弗。”

“噢，看来每个人都知道了。”我说，“他有和埃弗说话吗?”

“这倒不重要。”尼克说，“我想说的是，事实就是事实。我只想……我只不过想要保护她。”

“你已经保护得很好了。”我说，“你一直是埃弗的守护者，一直庇护着她。”他开始哭泣，像个男人一样，隐忍地哭泣。

“没关系的。”我努力控制自己的泪水，“我们总会有失意的时候。没关系的。”泪水终究还是没能忍住。

“我可以去任何地方。”尼克说，“我并不在乎什么西班牙。我可以去美国的蒙大拿州，或任何地方。有时候，我真希望自己还是四岁的孩子，和我的妈妈一同走在布里斯托尔的大街上。”

听到这句话，我同样陷入了沉思。我们最后没有道别就挂断了电话。

杰森建议我在修车铺关门前，也就是晚上九点之前去一趟。我与尚在打电话的母亲挥手道别，她给我送来一个飞吻。我走了三个街区，来到修车铺，发现一个正朝我母亲的车内张望的男人。我只能看见他弯曲的后背和他头顶上稀疏的粽发。听见我说“你好”，那个男人站了起来。他穿了一件印有杰克·凯鲁亚克《地下人》的T恤。我意识到这个杰森正是我在马尼托巴大学念一年级时认识的杰森，这家伙是我加拿大文学课的同学，总管我借笔记本。他总爱穿黄色灯芯绒制的衣服，会给我大麻，作为我借他笔记的报酬。我们管他叫“悲伤杰森”，因为他那时候刚和女朋友分手，打不起精神干任何事。

“听到电话那头的人自称‘尤兰蒂’，我就想着这个尤兰蒂会不会就是你。要知道，附近可没有多少名为尤兰蒂的女人。”

一时间，我的脑子里全都是年轻时候的自己。我是怎样从当初的我变成现在的样子：一个四十多岁，即将离婚，要离开丈夫的妇人；

一个反应迟钝的情人；一个会因为老母亲使用格言而唠叨的成年女儿；一个因为无法拯救自己姐姐的性命，因此动念要将她杀死的妹妹；一个假装了解海运运费和“死亡之旅”的作家。我在忧伤杰森的车库内啜泣，而他谨慎地站在我身旁，用沾了机油的胳膊搂住我，对我说：“嘿，没关系的，别哭了。这只不过是一辆车。”

杰森与他的妻子正准备离婚。杰森的妻子对他已经没了感情，而杰森现在正和卡加利牛仔节的一名小丑约会，她的工作是把公牛引开，避免失误的牛仔们受伤。我对杰森说我本人和竞技比赛也沾些关系，我同样离了婚，好吧，快要离婚。我表示自己现在住在多伦多，来温尼伯是为了探望家人，我目前的状态算不上好，明天也未可知。杰森建议我收拾好东西，和他一同去泄洪道看涨水和北极光。据加拿大广播电台的预报，温尼伯市郊今夜将出现极光。“当然了，其他地方也会出现极光。”杰森表示，“不过为了更好地观赏它，我们需要避开城市的光源。”

多年前上文学课时，我和杰森绝对想不到自己会变成今天的样子。我们真年迈。我的本能和理智尖叫着“不要”！可我却说：“好的，听上去不错。”在杰森的车内，我问他是否还在抽大麻，他回答：“不，已经不常抽了。因为感情的事，但也不全是因为此。”在夜幕中，我们把车开到马尼托巴省的边界。

我们在泄洪道旁停车，在星空下，边喝啤酒边畅聊过去。“过去真是折磨人。”杰森说，“是啊。”我附和道。我们没能见到北极光。我坐在副驾驶位上，闭着眼，双腿架在仪表盘上。杰森的车内有香草的味道，他不知在车内喷了多少空气清新剂。杰森抱歉地说他的车里到处

都是狗毛。窗外一片漆黑。我们没有开音乐。杰森凝视着窗外，将他的手放在大腿上。他把窗户摇了下来，又问我是否会感觉太冷。我问杰森是否去过诸如鹿特丹之类的港口城市，杰森表示是的，他曾经去过，在那些地方度过了许多美好的时光。

我为自己的古怪问题道歉。杰森表示没关系，我在他的记忆中本就是古灵精怪的。他在我的两颊留下极其温柔的吻，我闭着眼微笑。我捧着杰森的脑袋，把它放在我的腿上。杰森问到了我的丈夫，男朋友什么的。他抚摩着我的腿。“和你一样。”我说，“这算不了什么。”杰森停止了抚摸和亲吻。我睁开眼，再次为自己说错了话而道歉。我表示自己很愿意和他交谈。杰森只是点点头，没有回答。我开始吻他，而他并没有制止。我问杰森是否记得他曾经带着一箱子刀具来到我位于奥斯本村的小公寓。“哦，我当时想要把你切成两半吗?”“不，你带刀具是为了烹饪。”“哦。”杰森急了起来。我们的动作干脆而笨拙。我坐在杰森的大腿上，将座位一旁的控制杆向上推，杰森迅速平躺了下去，月光照在他脸部的一角。“对不起，对不起。”我连连道歉。我以为我们还是那么年轻、饥渴而快乐。

事后，杰森问我怎么会提到鹿特丹，我告诉他，我正打算写一本书，书中将会提到鹿特丹。书的结尾，一位主人公孤立无援，被困在海上，另一个主人公则痛苦而愤怒地留在岸上。杰森表示这本书听起来很棒，非常有意思。我对他的捧场表示了感谢。此后我们开车回到城里，细想之后，杰森又问:“无异冒犯，但他为什么不能对她解释，说自己被困在了船上？要知道现在可是个科技的时代。他难道不能发一条短信，或想想其他办法吗?”“我知道，”我说，“不过出于某种原因，他不能这样做。”“好吧，”杰森说，“可究竟是什么原因呢?”我告诉杰森我的作品存在一些结构性问题，但杰森称赞我的作品结构非常棒，完全不存在问题。我只得干笑几声：“你也是。”（噢，我的天!）

“我认为最主要的问题在于，”杰森说，“它应该做到真正的震撼。”

“你指的是什么?”

“你的故事。”杰森回答，“你应该加快故事节奏，快到让读者没有喘息时间，这样才能避免无聊。再说了，写作是一件非常难的事，对吗？你想要赶紧写下去，把工作完成，趁早搞定，这就和我当年为雷尼清扫化粪池一样。”

我仔细考虑了杰森的话，这是我多年以来收到的最棒的写作指导。下车时，杰森问我们还能不能再见一面，一起喝杯咖啡，看一场电影什么的。我不确定自己会在城里待多长时间。我没把埃弗的事告诉杰森。“好吧，”杰森说，“我们就保持联系吧。”我们又亲吻了一次。我走进大厅，隔着彩色玻璃窗对杰森挥手道别。我微笑着，终于轻声对自己说出了那个单音节的警告语：停。

我三步并作两步地上楼，回到妈妈的公寓。一边走，一边重复我的咒语——停，停，停。我想起多伦多的一位朋友最近对我说的话：十年间，我们的羞愧将会转变为愤怒，我们宣泄自己的羞愧，对它进行解析，最终抛却羞愧。关于这个问题，我们有过一小段争论。我对他说他的想法是荒唐的，人们不可能这样轻易地从羞愧中走出来。我表示羞愧是人类必备的情感，这种情感能帮助人们继续做值得羞愧的事，让我们说出“对不起”，努力求得宽恕，这种情感让我们对人类怀有同理心，由此感受到自我厌恶带来的痛苦。受到“羞愧”的影响，某些人也许愿意将他们徒劳的赎罪撰写成文。我对我那朋友说，羞愧同样能够摧毁恋情，而被摧毁的恋情是众多书籍、电影和戏剧的强大生活动力，我们可以抛弃“羞愧”这一情感，但这意味着我们同样与艺术说再见了。而现在，我一边上楼，一边嗅着自己的胳膊和手指，确保它们没有因为性爱沾染上气味或机油，此时的我多么渴望一段没有羞愧感的人生。

妈妈正和一个网名为“杀人者”的罗马尼亚女人玩网上拼字游戏。这游戏是计时的，妈妈必须确保在最短的时间内完成拼写。“尤尤，”我刚从她身边走过，母亲便说，“尼克明天就要去西班牙了。”我点了点头，对她说我早就知道。

我进了自己的房间，在谷歌上输入“在西班牙购买耐波他”，弹出的网站却只有注射伟哥信息。我又输入了“针对精神病人的安乐死”，发现在瑞士，帮助精神病人安乐死是合法的。虽说这种案例不常见，却并不违法，只要这其中不含有任何自私的动机。就算不是瑞士人也没关系。啊哈！怪不得埃弗一直求我带她去瑞士。

我再次权衡了我眼下面临的选择。真难选择。我可以带埃弗去墨西哥，在一个游人鲜少，让人昏昏欲睡的小镇找一家宠物医院，买一些耐波他。我必须确保埃弗自己打开瓶盖，证实我没有从任何方面鼓励她。不过在那样的情景下，“鼓励”一词实在是难以定义。我还得让尼克和妈妈同意这个方案。除了前往墨西哥，我还有另一种选择，把埃弗带去瑞士的苏黎世，在完全合法的情况下搞定这一切。不过万一医生判定埃弗的痛苦还未到需要执行安乐死的地步，这一切就得泡汤。当然了，若要实行这个计划，我同样需要征求尼克和妈妈的同意。突然间，我似乎充满了希望。我不知道自己是否应该多下几注，对埃弗说我打算带她去瑞士或墨西哥，同时继续鼓励她莫放弃求生的勇气。我若是将耐波他的计划告诉了埃弗，她一定满脑子都是这件事，就算她还怀着阿米巴原虫一样小的希望，那点求生的欲望也会因为新的可能性迅速消失。不过事实上，任何人都无法阻止埃弗。一旦伤愈出院，埃弗便可以自行前往瑞士或墨西哥。不过这样的话，埃弗将会孤独地走过她生命的最后一程。万一尼克不赞同埃弗的想法，又注意到户头上的钱不见了，一定会想方设法阻止她。那埃弗又该怎么做呢？

我听见母亲电脑内传来的游戏胜利提示音，以及母亲合上电脑的声音。她走到我的门口。“亲爱的，你感觉怎么样？”母亲问，“你在忙什么呢？”我在忙什么？和你的修车工进行无保护的性交，研究杀死你女儿的方法。“没什么。”我回答，“我取回了您车内的东西。”

母亲和我聊起了位于洪都拉斯的加拿大矿山，嘲笑其中的荒诞。

今夜，妈妈找到了一个小小的愤怒宣泄口。她的宣泄口明天可能会换成信奉伊斯兰教的奥瓦沙园丁们——他们未经审判便被关进了关塔那摩监狱，因为单独禁闭而凋零。“采矿业正在摧毁这些村庄。”母亲说，“毁灭当地的社区，剥夺那片土地所有的资源。哈勃首相曾经谴责过这种行为，但富裕的矿主们对此全然不理会，只知道坐着他们的直升机满世界寻欢作乐。”“我知道。”我说，“真是难以置信。太可怕了。”

“可不是吗！”母亲说，“我们所缴纳的税款被用作对洪都拉斯人的制裁和系统性的破坏，却没有人——”

“我知道。”我打断了她的话，“这真是……真是太可怕了。”我感觉自己的右眼皮在抽搐。我躺在床上，轻合双目，迅速在脑中过滤我抑郁症的症状。我曾读到过印在公交车后端的，有关抑郁症的信息。人们之所以将这些信息印在公交车上，大概是为了向国民传递有关精神类疾病的基本信息吧。“这种感觉太不真实。”我暗想着，“没错。”

“对不起，亲爱的。我知道你已经很累了。”

“您也累了，不是吗？”

“大概吧。”

我拾起床边的一本书，心不在焉地翻阅。“嘿，听听这个。”我说，“你有没有听说过一个叫作费尔南多·佩索亚的西班牙人？”

“他是某个乐队的成员吗？”

“不。他是一位诗人，这就是他的作品。不过他现在已经去世了。是自杀。”

“噢，老天！”母亲感叹道，“还有谁不是自杀的？”

“可您听听这个：日暮西垂的夜晚，我站在四楼的窗边，等待星星升起。我望着窗外的无垠，我的梦飘到了遥远的未知国度，到那幻想不可至的地方。”

“好吧，他要说的是什么？或长或短的旅行吗？”妈妈换了个话题，告诉我埃弗的笑容和我父亲一模一样，“真叫人讶异，我偶尔会忘记这一点，又突然惊讶地回想起这些。”

“我知道，”我说，“她有着让人惊讶的笑容。”

“尤兰。”母亲说。

“怎么了？”我用胳膊绕着她。母亲在啜泣，突然间一边颤抖一边哭泣。这是一种我从未听到过的恸哭。我紧紧地拥抱着她，温柔地亲吻母亲灰白的头发。

“她可是个人啊。”母亲轻声说。我对她的话表示了赞同：“是啊。”母亲终于平复了呼吸。母亲说她无法忍受埃弗待在精神病院内。“那就是一座监狱。”母亲说，“他们什么也不干。埃弗若是不吃药，他们便拒绝与她说话。他们静心等待，纠缠不休，继续等待，又伺机纠缠。”母亲又开始哭泣，这回是无声地饮泣。“她可是个人啊。”她重复了一遍，“噢，埃弗瑞达，我的埃弗瑞达。”

我们坐在沙发上。我牵着母亲的手，挣扎着想要说些宽慰的话。我起身，给我和母亲各倒一杯茶。烧好开水后，我带着两杯柑橘茶回到客厅。母亲躺在沙发上，她的胸口上盖着一本侦探小说。“妈妈，”我轻声说，“您得睡觉了。到了明天，医院的天又会亮起来。蒂娜阿姨明天就要被释放了，不是吗？”

母亲睁大了眼睛说：“那叫‘出院’。是的，她明天就能出院了。”

“与其说是出院，倒不如说是被释放。”我表示。

“这倒是事实，听起来更准确一些。”

我躺在床上思考。我给诺拉回了一条短信：他是我的朋友，名叫芬巴，我请他替我看看你的状况。我不是耶和华的见证人。我又给前夫回了一条短信：好吧，明天不在医院的时候，我会找时间把离婚协议签了。剩下的都看你了。我又给诺拉发了一条短信：记得及时清理柜台上的饼干屑。细想之后，我给威尔发了条短信：那个瑞典人如果想要在我们家过夜，没问题。心中真正想要的东西，其他人想拦也拦不住。威尔回短信称：您喝醉了吗？我听见浴室内的水洒得到处都是。

“记得买浴帘。”我对自己说，“记得买浴帘，买浴帘。”我重复着，昏昏沉沉地睡去。

那天夜里，我梦见自己在一座名叫“艰难”的小镇里，不知为何，我承担起了为这座小镇编曲的工作。我被召唤至艰难小镇的一对老夫妇家，他们请我坐在一架老海兹曼钢琴边，对我说：“好吧，那就开始吧。”我对他们说：“不，编曲人不该是我，应该是我姐姐。”老夫妇微笑着拍了拍我的后背。他们为我准备了一罐冰水和一个玻璃杯。镇上垒着许多干草堆，这些干草堆构成了小镇的围墙，让艰难小镇的居民更加安全。然而当我提到这不过是一些干草堆时，那对在房间内踱步的老夫妇却让我别担心，只要关注我的曲子就好。我问我们究竟在什么地方，哪个国家，他们没有回答，指着钢琴，提醒我好好工作，表示我们没时间聊天。

第二天一大早，我便接到了尼克打来的电话。他想知道我是否能开车送他去机场，再把车开回来给母亲用。尼克说他通常会乘坐公交，但今天时间稍不宽裕，再说他也无法确定是否真要离开。如果我不把尼克送走，他可能会带着一袋子植物种子回到床上，默默流泪，直到他很不容易地睡着。

我找到尼克。尼克说他驾驶位的车门出了问题，不能打开，司机必须越过驾驶杆，从副驾驶的位置爬到驾驶位上。我表示我会把车门修好，因为母亲可能没办法每次都这样折腾。前往机场的路上，尼克揉着自己的脸，大声问自己究竟在干什么。他将双腿放在中控台上，手肘撑着膝盖，闭上眼，把脑袋放在手上。

“你一定能玩得开心。”我说，“能见到你的父亲，对你而言是件好事。你们打算在蒙特利尔碰头吗？”

“我不可能玩得开心。”尼克说，“不过这将是一段休息时间。不，我们会在马德里碰头。真希望埃弗和我一起去。”

“可不是嘛。”我说，“你需要休息。旅行期间，你会查看电子邮箱的，对吗？”

“每分每秒都会查。万一有任何变动……”

“是的，我一定会通知你。别担心。护士昨天说什么了？”

“没说什么，只是告诉我埃弗还要在医院里住一段时间。”

我们在车内无言地坐了一会儿。

“尼克，”我最终打破了沉默，“她有没有向你提到过瑞士？”

“这是什么意思？”尼克回答，“不，她没有提到过。为什么要这样问？”

“埃弗有没有说过她想去瑞士？”

“没有。从未说过。她想要去巴黎。”

“你是说，她想要和你在巴黎定居？”我问。

“我可以在巴黎找份工作。”尼克说，“我们都能讲法语……”

“那真是太棒了。埃弗是这样说的？等她恢复了一些，她想要去巴黎？”

“她常常说。”尼克回答，“我不知道我们什么时候能去，可我们愿意谈论这个话题。她必须熬过这段时间。埃弗需要接受正确的治疗，也许要花几个月的时间才能弄明白正确的用药量和用药方式。”

“也许要花几年呢。”我说，“假设她愿意服药的话。”

“但埃弗大多数时候都不肯服药。”尼克说。

“是啊，她大多数时候都不肯服药。”我附和道。

尼克从包里掏出一本书，在一张纸上写了些东西。

“你最近在读什么？”

“托马斯·伯恩哈德的《失败者》。”

“尼克，这一点也不好笑。”

“我知道，可我确实在读这本书。尤兰蒂，能帮我把这个交给埃弗吗？”尼克打开背包，把一叠纸交给我。这都是乐迷们和朋友们传给埃弗的邮件，克罗蒂奥把邮件转给了尼克。尼克扭头望向窗外。我们驶过工业区、没有窗户的男士俱乐部和一个个大坑洞，朝机场驶去。

“难道没有人愿意管管这座城市吗？”我说。尼克没有回答。我们到达机场，再次因大家为埃弗做出的努力感谢彼此。我们拥抱、道别。尼克只带了一个看上去半空着的背包。除了伯恩哈德和他最爱的中国作家的作品，尼克大概不会在收拾行李上费什么心思。“你要去几天来着？”我在他身后喊道。尼克已经走到了旋转门边，他举起双手，像要被人逮捕。“十天。”

我把车开到妈妈公寓外的访客停车场，小跑着上了楼。“准备出发了吗？”我问。“尼克已经走了？”母亲问。“是的，他将在十天后回来。”我回答，“他的车门坏了，我打算在今天下午修好它。”我突然记起我要在今天下午签署离婚协议。能不能等一天再签？我们连六年都等下来了。

回到医院后，我们没能找到埃弗。重症监护室的护士说埃弗已被转移至精神科2号病房，那幢楼位于医院园区的另一边。我们来到五楼看望蒂娜阿姨。蒂娜还未醒来，连接在她身上的机器比昨天还要多。她的脸色是那么苍白，睡觉时，嘴巴也没能闭上。护士表示蒂娜阿姨的情况看上去似乎不如昨天。蒂娜阿姨的石膏上写了一排小字，似乎是她的备忘录——“取消读书会。取消太极。取消美发预约”。她今天反正也回不了家。

护士想知道蒂娜阿姨的子女是否正在从温哥华赶来的路上，母亲回答：“是的，孩子们和蒂娜的丈夫都在来的路上。不过究竟发生了什么？”

护士表示，为了避免大规模心肌梗死，蒂娜阿姨需要在一到两天之内接受手术。医院已经做好了一切术前准备，外科医生随时待命，蒂娜阿姨也接受了镇定类药物的注射。护士对这场手术十分放松。“这种事常会发生。”她对母亲说，“您的姐姐很强壮，也比较健康，手术一定能顺利完成。几周后，她也许就能独自开车回温哥华了呢。”

我们没有打扰蒂娜阿姨，让她继续睡一小会儿。离开蒂娜阿姨后，我们决定寻找埃弗。我们乘电梯来到地下室，却迷惑而愤怒地来到另一条隧道。母亲累坏了，可她还想继续对我说洪都拉斯矿山的事。每走一步对母亲而言都是痛苦的折磨，可这附近并没有可供休息的地方。这是一条空洞的大隧道，就像某个饿极了的人空荡荡的肠道。我走在母亲前面，像热锅上的蚂蚁，一心想找到能将我们领至精神病房的医生。我喊了句“妈妈”，这声呼唤反复回荡在隧道中。母亲双手叉腰站在隧道中央，远远地望去，她只有一英寸那么大。隧道顶部挂着一排故障灯，灯光将隧道内的一切都变成了橙色的。我慢跑到母亲身边，问她是否撑得住。母亲点头微笑，深吸了一大口气。

“我还没有告诉你，他们用了多少水呢。”母亲喘着气说。她所指的“他们”是洪都拉斯的矿产公司。

“我真的不知道出口在什么地方。”我说。母亲又微笑着点了点头，她像是一位受了致命伤的战地指挥官，向他的士兵们传递无声而勇敢的信号，鼓励他们在失去指挥官的情况下继续战斗。就像英国诗人叶芝的墓志铭所写的：冷眼一瞥/生与死/骑者/且前行！我们只能缓慢地朝远方某个看起来像一扇门的物体前进。

我们停停走走，让母亲调整呼吸。我很快就不再讲话。尽管母亲已经上气不接下气，喘气声大得像是出膛的炮弹，可她总会热情地回应我的话。我们终于看见一扇写着“出口”的门。我推开门，和母亲躲进一个楼梯井内。我们向上走了几步，终于走出地下室，来到最近的电梯。这电梯将把我们领至四楼的精神科 2 号病房，到达埃弗身边。

电梯门在 4 楼打开的时候，我居然看见了狄拉克！狄拉克背着一架小提琴，像是背着一只水下氧气罐。我问他在这里做什么。“我来这儿是想看望埃弗瑞达，”狄拉克说，“我必须告诉她，她的钢琴对我而言是多么重要。”

“哦，”我说，“我会带你转达的。谢谢。”

狄拉克望着我母亲。“我是狄拉克。”他说着伸出了手。母亲表示很高兴见到他，随后进了病房，留我们二人单独相处。“有传言称你的姐姐住在精神科病房内。”狄拉克说，“似乎很严重。是因为自杀。”

“谁告诉你的?”我问。

“我只想见见她。”他表示，“不过现在已过了探望时间。”他把手放在我的肩头，问我是否安好。

“有那么一瞬间，我以为你来这儿是为了找我。”我说，“可我忘了你已经向前迈步了。”

“向前迈步的那个人难道不是你吗?”

“你想要为她弹一首小夜曲吗?”我问。我挤出一个微笑，想要以此掩盖内心的小阴暗，隐藏这问题中隐藏的妒忌。

“我只希望她恢复健康。我想要谢谢她。”

“我知道。”我说，“明白了。我会替你转达的。”

“那你近来怎么样?”狄拉克问。

“我很好。”

“是吗？这一定不是真的。”

“我必须离开了。我真的很抱歉，因为……因为一切。”我说。

“你的日子总会来到的。”狄拉克说。

“这是什么意思?”我边走边问。

“我是说，你总会得到幸福的。”

“噢，好吧，刚才那话听上去像是一句威胁。”我说，“不过无论如何，谢谢你。对不起。”

“我也是。”

我转身与狄拉克握手，“我相信你的歌剧一定会大获成功。”

“你那本关于船的书也是。关于船……还是竞技比赛?”

“船。”

“啊哈。没错。船。”

我们彼此微笑，互相道别。

妈妈在埃弗的房间外，坐在护士台附近的一张椅子上，正调整情绪和呼吸，想要变得轻松欢快、信心满满。我进屋坐在埃弗床边，对她说：“嘿，我来了。”除了两张床，两张配了椅子的小桌子，这间房里什么也没有。这就是一间带窗户的小笼子，笼子上方有两扇窗户，门边挂着耶稣受难像。埃弗面朝着墙壁，一言不发，一动不动地躺在床上。她看上去也那么瘦小。我像是夜晚的恋人，将手放在埃弗瘦骨嶙峋的臀部。她喃喃地说了句“你好”，却没有回头看我。“是你吗，旋转脑袋?”虽说埃弗早已知道，可我还是对她说尼克今天早上已经动身前往西班牙，我还告诉她妈妈正在屋外调整呼吸，蒂娜阿姨的状况恶化了一些，需要做手术。我问埃弗今天感觉怎样。她没有回答。“我这儿有一些乐迷来信。”我说着将那叠纸放在她空荡荡的桌上。埃弗没有回应。

“埃弗，”我说，“尼克知不知道你想要去瑞典?”

她缓缓地扭头望着我，对我摇了摇头。“他不会让我去的。”埃弗轻声说，“也不会带我去。别告诉他。”

“好吧，可我实在是……我不知道要怎么做。”

“你不肯带我去吗?”埃弗问，“尤兰，拜托了。”她的目光像子弹，那么严肃决绝。我摇了摇头，“不。我不确定。那妈妈呢？你有没有告诉她?”埃弗再次摇头，同时抓住了我的胳膊。

“尤兰蒂，”她说，“听我说。仔细听，好吗?这件事不能让尼克和妈妈知道。他们不会放我走的。尼克依然认为医学能够治愈我。而妈妈相信……我不知道她相信什么，也许是上帝、概率，我不确定，可我确定她永远都不会放弃。我在恳求你，尤兰。你是唯一一个懂我的人。对吗?”

“你认为我会偷偷摸摸地溜去苏黎世?”我问，“就你和我?这根本不可能行得通。”

“怎么不可能了?”

“因为必须有医生证明你疯了。”

“我就是疯了啊。”埃弗说，“这么说，你已经查阅了相关信息?”

“我搜索过。”

“这个计划是有道理的，不是吗?”

“我不知道。”我无法直视我的姐姐。她有一对巨大的眼睛，她的指甲快要陷进我的肉里。

“尤兰，”姐姐说，“我害怕一个人孤独地死去。”

“那不如不要死。”

“尤兰。求你了。”

“好吧。但你若是不见了，用不了五分钟就会被尼克发现，他一定会找到你，会从某些文件中查找到蛛丝马迹，从此对我心怀仇恨。妈妈可能会突发心脏病，甚至有可能挺不过去。你的计划根本行不通，埃弗，这也太荒唐了。你不可能趁着夜色溜去苏黎世，那又不是邻居家后院的池塘——”

“尤兰，如果你真的爱——”

“我当然爱你！看在上帝的分上！”

埃弗的门外传来母亲冷静而坚定的声音。她正对护士说，医生已经有很多天没来看过埃弗了。护士对母亲说医生非常忙。母亲把昨天夜里对我说过的话又对护士说了一遍——埃弗是个有血有肉的人。这护士不是贾尼丝，母亲问贾尼丝上哪儿去了，而那位不是贾尼丝的护士说她同意母亲的观点，但埃弗同样是医院的病人，病人应该合作。“为什么？”母亲问道，“合作与她的病有什么关系？莫非‘合作’也是心理疾病所考察的症状之一？你们是不是不管怎样都要控制病人，无论是通过药物治疗还是通过恫吓？像你一样，她想吃东西的时候自然会吃东西，用不着听别人说。就算她不愿意说话，那又怎么样呢？我女儿比这所医院里的所有人都要聪明——”

“妈妈！”我喊道，“快进屋吧。”母亲走进病房，护士则赶紧逃回自己的岗位。

“我的甜心。”母亲俯身吻上埃弗的眉。埃弗微笑着和母亲打招呼，问她是否安好，并表示蒂娜阿姨需要做手术的消息让她深感震惊。

“噢，我好极了。”妈妈说，“蒂娜一定会好起来。还记得吗？我也做过同样的手术，在一次狩猎旅行之后。你感觉怎么样？”埃弗耸了耸肩，用敬畏的眼光环视这恶心的房间，好像把它当成了全欧洲最了不起的大教堂。

“那首诗是怎么说来着？”我向母亲问道。

“什么？什么诗？”

“庞德的诗。您最爱的那一首。”

“噢！你指的是《地铁站》?”

“是的。”我说，“您为什么那么爱这首诗?”

“我不知道。”妈妈笑道，“这是一首短诗。你怎么会问起这个?”

“我不知道。”我说，“没有原因，只是好奇——我今天下午就要签署离婚文件了。”

“在拉斯维加斯注册的婚姻真是合法的?”埃弗说完又转向我们的母亲，“您知道庞德是有法西斯倾向的，对吗?”

“亲爱的，护士们希望你至少吃一点东西。”妈妈说，“我不知道他是法西斯主义者!”

“孩子们怎么样?”埃弗问。

母亲把目光投向了我。

“还不错吧。”我说，“威尔今天在某个政治家的办公室里，参与对某项犯罪议案的抗议活动。你可以在网上看到直播。他和诺拉在一起。”

“什么意思?”妈妈问。

“如果你愿意的话，可以在计算机上观看抗议活动的直播。”

“天哪!”妈妈惊呼道，“哪个频道?”

埃弗淡淡一笑，让我替她转达对孩子们的问候，并问我上次观看抗议直播时看见了什么。“亲爱的，这段日子对你而言是不是很难熬?”母亲问。我和埃弗一同看着她。“到处都是气球，还有人躺在睡袋里。”我说，“警察来了又走。谁知道呢？威尔说如果警察要求他们离开，他们便会乖乖散去。”“什么犯罪议案?”母亲问。“与监狱和警察系统有关。”我回答，“他现在是个无政府主义者了。”

“威尔吗?”母亲惊叹道，“噢，不!”

“不，不。我是在开玩笑的。”我改口道，“我不确定他是不是。”——我一时间忘记了母亲和俄罗斯那帮无政府主义的谋杀者之间的联系。母亲起身进了卫生间，我趁此机会轻声对埃弗说：“让我好好想一想行吗？你自己也要好好考虑，慎重考虑！”

“尤兰，我当然慎重考虑过。”埃弗说，“我一直都在仔细思考。我的努力难道还不够明显吗？”

“我知道。”我说，“可你难道不能想得更长远一些吗？要不，你干脆别再思考，而是用心观察周围的一切。尼克若是不在身边，我绝不会参与那件事，绝对不会。这太疯狂了。这可不是——”

“为什么不能？”埃弗反驳道，“我又不是他的孩子，没有他的允许，我也能去任何地方。我当然希望尼克陪在我身边，可他绝不会赞同我的决定。我们可以趁着他不在国内的时候离开。”

“没门儿。”

“你说的‘观察’是什么意思？人们不可能停止思考。哪怕是最简单肤浅的人也不可能没有思维活动——”

“我知道。”我打断了她的话，“可你难道不想让他——”

“嘿，我还是从餐馆内打包一些午餐来这儿吧。”妈妈说——我们没注意到她已经从洗手间出来了。“我们就在这儿吃午饭，三个人一起吃！回来的路上，我再去看看蒂娜。”

“他们不会允许您这样做的。”埃弗说，“我本应该每到了饭点就自觉到食堂去。”

“我会把食物藏好的。”妈妈说，“把它们偷偷带进来。”

“还是让我去吧。”我自告奋勇，“您这会儿连喘气都困难。别到时候连您也住院了。我正好有一个可以用来藏食物的背包。”

一位护士捧着一大束花进了病房。“这是给你的。”护士说，“是不是很漂亮?”

“噢，这花真漂亮!”母亲叹道。“哇哦!”我点点头，俯身去嗅那花朵。

“这花是乔安娜和艾克送来的。艾克是乔安娜的丈夫吗?”我问。埃弗点点头。护士说她会尽量找一个能装得下这束花的大花瓶。我为她的慷慨道谢，希望她至少能对我们这帮怪胎中的一人保留好感。

“这束花对于这间房间可是非常不错的点缀。你难道不这样看吗，埃弗?”母亲说，“他们可真体贴!”

“看看这几朵蓝色的花，”我说，“这种蓝色的花是上哪儿找来的?”

“亲爱的，”母亲说，“自然界中的确存在蓝色的花朵。在诗歌中，蓝色的花朵似乎具备某种象征意义。”

“哦，是吗?”

“它们象征的可能是灵感，也可能是无限。”母亲说，“凋零的蓝色花朵。”

“你能把它拿出去吗?”埃弗说，“能把它拿走吗?”

我溜进蒂娜阿姨的房间，把花束放在她窗边的桌上。蒂娜阿姨大笑着感叹:“我的上帝啊！我真是太高兴了!”

“这是埃弗送的。”我说。我对她日渐恶化的健康状况表示了遗憾。我对她说我和妈妈会吃一顿简短的晚餐，晚餐后，我们都会回到这里拜访她。阿姨潇洒地挥了挥手。“放松。如果你的妈妈能挺过去，我也能。”她哈哈一笑。蒂娜阿姨指的是她的手术。她抬起那只打了石膏的胳膊，抱怨这石膏真是麻烦，问我想不想在上面写点什么。我在她的石膏上写下：我爱你，蒂娜阿姨！她低头看了一眼，对我说她也爱我。蒂娜阿姨让我帮她找一支笔或一根能伸进石膏里的棍子，她想要挠痒痒。“这些数字是什么？”我问。蒂娜阿姨说这是茜拉和以斯帖的电话号码。茜拉和以斯帖是蒂娜阿姨的女儿，我的表姐。她们同样是逝去的雷尼的姐姐，小时候照顾我和雷尼时，她们总会给我们塞一大袋扭扭糖，然后偷溜出去与男友私会。她们出门后，我和雷尼也会溜出家门，一同在镇上游荡，直到我们吃光了扭扭糖，消防站响起睡前警铃。蒂娜请我帮她带一杯星巴克咖啡，嘱咐我千万别让护士知道。“偷偷带进来就好。我要一小杯清咖啡。”

“没问题。我本来就打算偷偷带一些东西。放心好了。”

我来到护士台，询问蒂娜阿姨的手术时间。护士对我说手术将于明天早晨六点钟开始，主刀医生是凯沃尔基安医生。我至少还挺喜欢这个名字。我回到蒂娜阿姨的窗边。“这么看来，手术就在明天了！”即便在我自己听来，我的声音都有些歇斯底里。

“是啊，”蒂娜阿姨说，“就要做手术了。他们已经在我的身上画好了线，把动刀的地方都标注好了，到时候顺着画好的线动刀就行，真有意思。”

我问到了我的表姐们，也就是蒂娜阿姨的孩子们，她们都会来医院。

“茜拉给我打了电话，”蒂娜阿姨说，“她和弗兰克今天下午就能到。”

我迅速给茜拉发了一条邮件，请她将她的航班信息告诉我，我会到机场接机。弗兰克是我的姨夫，他是一位忠诚而有趣的丈夫。由于糖尿病，弗兰克几乎无法行走，可他仍然冒险长途跋涉，就为了守在蒂娜阿姨的一旁。我亲吻了蒂娜，而她紧紧地抱住了我。对于一个即将接受开心手术的病人而言，她的力气可真大。蒂娜阿姨凝望着我的眼睛。“尤兰蒂，告诉埃弗瑞达，我爱她。告诉她，我爱她，我知道她也爱我。她需要听到这些。”

我保证一定会转达。

“还有！”阿姨对已经转身离开的我喊道，“我们都是洛温家人！（洛温是母亲和蒂娜的娘家姓）我们都是狮子！”

我微笑着点点头。我小声对从我身边经过的护士说：“我的阿姨是丛林之王，请你们小心地对待她。”护士大笑着捏了捏我的胳膊。心脏科的护士远比精神科护士友好、有趣。

如果你最终不得不进医院，关注让你头疼的事，倒不如关注心脏的疼。

第13章

“机场，车门，买浴帘，离婚。”我大声对自己说。我猛捶电梯按钮，直到这该死的门终于打开。“机场，车门，买浴帘，离婚。”我一定忘了某些事。我给朱莉发短信，想知道一小时之后，我们能不能在烧烤吧碰面，一起喝几杯龙舌兰。心脏科病房的《女主人》杂志上说离婚之后，与其感到羞愧、自责和懊恼，倒不如好好庆祝一场。庆祝完过后，朱莉还能陪着我继续跑腿。朱莉回短信称她正和其他邮递员在一起聚会，早已经喝上了，不过只要我愿意的话，她随时都乐意陪我。

我买了几个鸡蛋三明治，一个火腿三明治，几个苹果，一包薯片（虽说我们都不吃薯片），一大瓶水和一小杯星巴克清咖啡。采购完毕后，我乘电梯回到心脏科病房。我靠在电梯壁上，脸抵着冰凉的铁壁。我突然想到我应该找一找本尼森·兹蒂那·莫洛雷斯，告诉他我想要杀死我姐姐，听听他的意见。我需要有个人告诉我究竟该怎么做。

本尼森·兹蒂那·莫洛雷斯是我以前的哲学教授。我上过他的生物伦理学课，也正是在这段时间的加拿大文学课上认识了修车工杰森。本尼森·兹蒂那·莫洛雷斯是这方面的专家，他常常获邀参加加拿大广播公司的节目，讨论安乐死以及选择死亡的权利。他是牛津大学毕业的。本尼森曾经谈到过一位和他一起在牛津学习的门诺教徒。他说.那人在获得自由后，根本不知该如何生活，终日与药物相伴，最终横死。他事实上就是我的表亲，是我四千位表亲之一。小时候，妈妈曾对我讲到过他的不幸。本尼森·兹蒂那·莫洛雷斯则用他的故事讲述从一个极端到另一个极端是多么的艰难。我们认为他八成是死于药物过量，可大家对此都无法断言。他的父母伤心过度，不愿意接受解剖，只想尽快把他的尸体运回家，回到真正属于他的地方，埋在我们的门诺教乡村小公墓里。此刻的我绝望地渴望着本尼森·兹蒂那·莫洛雷斯的建议。上过他的课后，我在温尼伯几次同他偶遇，他总会在同一时间遛狗、读书。他如果不遛狗，就会在凯文高中附近溜达。他总是在读书，嘴里也常常叼着一支笔。“好吧，机场，修车门，离婚文件，本尼森·兹蒂那·莫洛雷斯，浴帘!”

我到达了五楼，把咖啡递给蒂娜。我再次亲吻了蒂娜，与她击掌，和她玩笑似的聊起生命的不可预测以及生活的荒诞可笑。蒂娜阿姨用等腰三角形做比喻：无论从哪个角度来看，生活都是类似的。

我回到了精神病科 2 号病房。

我们在埃弗的房间内进行了一场秘密午餐。母亲冷静而淡定。我一边吃东西一遍踱步。埃弗随意在三明治上咬了一小口，一边咀嚼，一边用眼神对我开火。她紧锁眉头，头发乱得像一个鸟巢。我和妈妈不在的这段时间，东村门诺教堂的某个牧师到了埃弗的病房。他不知用什么方法骗过了护士。牧师得知埃弗进了医院，这个消息也许是心脏病科的那家幸福的东村人透露的。他对埃弗说，埃弗若是甘愿把自己的生命奉献给上帝，便会燃起求生的希望，否认这一点就是罪大恶极。牧师想知道，他们能不能一同为了她的灵魂祈福。

“噢，我的上帝!”我惊呼道，“这他妈是在干什么!”

“埃弗气坏了。”母亲的目光直勾勾地落在姐姐身上，“对吗?”阳光透过铁窗落在地上，而母亲所坐的位置，阳光正好被铁栏杆阻隔，形成一道金色的光晕。她想要看到埃弗的愤怒，想用她惊人的语言技巧挑明一切，尽管牧师已经离开。

“那你是怎样对他的?”我向埃弗问道，“我希望你让他滚蛋。你应该尖叫着说他在强奸。”

“尤兰!”母亲制止道。

“我是认真的。”我表示。

“我引用了一首诗。”埃弗说。

“什么？一首诗？你应该用你的内裤勒死他。”

“菲利普·拉金的诗。”埃弗继续道，“再说我也没有内裤，他们早就把我的内裤收走了。”

“亲爱的，你能告诉我们你引用的是哪一句吗?”妈妈问。埃弗呜咽一声，痛苦地摇了摇头。

“拜托，埃弗。”我说，“我想要听。那人知道谁是拉金吗?”

“你疯了吗?”妈妈制止道。

“拜托了，埃弗，把那首诗念给我们听。”

“日子是用来干什么的?”埃弗问道。

“什么?”我不解地问。

“日子是我们生活的地方。”

“什么?”我的脑子仍然一片空白。

“尤兰,”妈妈说,“嘘，这就是那首诗。让她说完吧。”

“它们来，一次又一次地/将我们唤醒/我们要快乐地度日/除了日子，我们还能活在哪里?”

“太棒了，埃弗。”我说,“我喜欢这首诗。”

“尤兰,”妈妈说,“看在上帝的分上，埃弗还没有念完呢。埃弗，你继续。”

“啊，为了解答这个问题/来了牧师和医生/他们穿着长袍/在田野上奔跑。”

“太棒了。”我赞叹道,“他听后说了什么?”

“什么也没说。”

“告诉她，他为什么不肯说话。”妈妈像从前一样摇着头，用手掩住嘴巴。

“因为念到最后，我把衣服脱光了。”埃弗说。

“他逃得可快了。”母亲说。

“这真是疯狂!”我感叹道,“噢，我的上帝啊，这也太不可思议了!”

“我想要像你一样。”埃弗说,“就是这样。”

“别说了。”我感叹道,“你就是你自己。你是个让人难以置信的可人儿，简直太棒了！”

“尤兰。”妈妈说，“够了。老天呀，这究竟算什么？我总算知道威尔和诺拉是在学谁了。”

“一场伴着拉金诗词的脱衣舞表演。”我继续称赞，“绝顶聪明！”

母亲终于对我说，我是时候离开，去做一些必须做的事了。噢，对了，我还要签署离婚协议呢。母亲说她还要在医院多待一会儿，到时候会自己乘出租车回家。出门时，我找到了埃弗的护士。

“请不要让除了家人以外的人见埃弗。”我嘱咐道，“还有，你能不能让埃弗快一点出院？”

“不，我当然不能！”护士说，“综合考量，她还需要在医院待一阵子。还有，之前那个家伙的确有些怪异。他自称是埃弗瑞达的牧师，想要把她引回正途。对不起。”

“噢，我的上帝。”我在心中感叹，“这个护士真应该道歉。”然而从我嘴里说出的话却是：“没问题。埃弗已经搞定了。请你不要让她单独出门，好吗？”

“我们不会让她单独出门的。别担心。”护士的眼神温柔而坚定，这样一对眼睛，我可以盯着它们看一个下午，看一辈子。

“好的。谢谢你。”我说，“因为这段时间，她的家里没有人。她的丈夫这会儿正在西班牙，因此没人在家。”

这一幕总会在我家重复上演。我总会恳求医院不要放走我的家人。在东村的时候，我和埃弗一次次地恳求，请医院不要放走我的父亲。

然而他们最终允许父亲出院，也让他永远地离开了我们。我们只不过是病人家属。医生们恨不得在一天之内处理完所有病人，好挤出时间参加比利牛斯山的自行车之旅。护士对我再三保证，说尼克已经找她谈过，她知道他去了西班牙，也保证埃弗瑞达哪儿也不会去。我好不容易才克制住自己，没有上前拥抱她，对她说我爱她。

走出医院的路上，我查看了手机的短信箱。丹因为诺拉大发脾气。诺拉显然侵入了丹的邮箱，给他的联系人群发了一条邮件，宣布自己是男同性恋，并感叹自己终于说出了事实，希望求得人们的理解，也希望这次出柜不会破坏自己与大家的关系。不知为何，我的前夫在短信中暗示，正是因为我的原因，我们的女儿才会和朋友们一同喝醉，做出这种“糟糕的选择”。

“那可是我全部的联系人。”丹写道，“我的工作伙伴。所有人。而她只是哈哈大笑，完全不肯道歉。真是有其母必有其女。”

我给他回了一条短信：可你真的是同性恋吗？

丹回复：你还是十三岁的小姑娘吗？

我：还有，什么工作伙伴？你在做什么工作？

丹：我的工作和竞技比赛一点关系也没有，也就是说，根本不在你的理解范围之内。

我：她之所以生气，也许是因为你总是待在婆罗洲？冲浪好玩吗？发完这条短信，我迅速关掉了手机。

我尝试着搜索“人们会不会因为写小说而死”？却找不到任何有用的信息。我飞车前往律师办公室。我的律师极富个性，像个嬉皮士。他穿了耳洞，留着山羊胡，住在沃尔斯利大道，与朱莉住在同一个社区。我一时忘了驾驶座的车门是坏的，咒骂一声后，只得从副驾驶位爬出来，再跑进律师办公室。我有四分钟时间签署文件。我需要在三份文件上签名，这世界上再也没有比这更让我开心的事了。我抽出银行卡，对事务所的工作人员说："赶紧收钱，把这件事搞定吧。我想这就是我为自由付出的代价了！"律师的秘书哈哈一笑，但我听得出她对我的同情。我简直要疯了。我跑回车内，还是没能打开驾驶室的车门。我重重地敲了一下车窗，在大风中咒骂。这风可真不小，也许变成了密史脱拉西北风。这种干冷的大风简直能让你发疯，据说在法国，刮密史脱拉风的时候，就算你杀了人也能被判无罪。我跑到车的另一边，从副驾驶座滑进驾驶座，把车开到技工杰森，也是我昨夜的男友那儿。我径直把车开进了修理铺的停车场，再次忘记车门已坏，意志消沉地跌倒在座椅上。

杰森从一辆 SUV 的引擎盖下冒出头来，为我打开副驾驶室的门。我像个新生儿一样，脑袋向外地滑了出来，被杰森一把接住。我对他说了驾驶门的事，对他说我必须在十二分钟之内赶到机场，去接我的表姐谢拉和姨夫弗兰克。他们的母亲和妻子，也就是我的阿姨突发心脏病，需要接受手术。我还告诉杰森我已经离了婚。杰森为我按摩后背，对我说，与家人离世一样，离婚也是人生中最大的压力源，因为离婚与死亡是那么相似。杰森表示，我如果想哭的话，不妨痛快地哭一场。他借给我一辆车，让我到机场接亲戚。"别担心，我今天下午就能免费帮你把这扇门修好。"

我把朱莉给忘了，于是飞车去找她。借来的车内回荡着可怕的音乐，可我不知道要怎样关掉音响。朱莉坐在路旁等我。她已酩酊大醉，手里还抱着一捆冻鱼排。朱莉钻进车后，我对她说我离婚了。“我早就知道了呀。”朱莉说。“不，我说的是今天。我刚刚签了离婚协议。一切都结束了。”“那可要恭喜了。”她一边说，一边尝试着关掉音响。

“你感觉怎么样?”

“正式离婚吗?”

“正式离婚。这个词真可怕。这个词根本不应该存在于世上。”

“昨天晚上，我梦见一个男人对我说，‘永恒的爱等同于用花岗岩雕刻的小狗’。”

“这话我也听过。”朱莉说，“埃弗怎么样了?”

“老样子。”

“你还想着杀死她吗?”

“我不想杀害她，我想要帮助她。”

“我知道。”朱莉说，“可你现在还抱着这样的想法吗?”

“别告诉任何人。”我嘱咐道，“埃弗从未对尼克和我妈妈提到过这件事。她只想请我带她去瑞士。就我们两人。”

“噢，天哪。”朱莉感叹道，“你会带她去吗?嘿，你的眼睛怎么回事?”

我表示自己想要联系我从前的哲学教授，本尼森·兹蒂那·莫洛雷斯。

“这名字听上去像是波兰诺的小说人物。”朱莉说，“你有他的邮箱或电话号码吗?”她握住了我的手。我摇摇头，说我也许能在凯文高中附近找到他。

“今晚，”朱莉说，“你应该来我家，吃我做的牛排。我还有一些红酒。你真需要好好补充蛋白质了。”

“我不能去。”我说，“明天早上六点，蒂娜阿姨做手术时，我必须把我的妈妈、表姐和姨夫送去医院。大伙儿今天夜里都住在我妈妈家。”

“那我们就约在明晚吧。”蒂娜说，“我认为你不该去瑞士。”

“我也不知道。”我说。

“合法的事不一定就是正确的事。”

“好吧好吧。不过问题的关键在于，安乐死能够最大程度地保障人们的自主权，同时将他们的痛苦减至最低。这难道不是意见正确的事?”

“你发烧了吗?”朱莉用冻鱼排抵着我的前额。

我们把车开到机场。我去接表姐和姨夫的时候，朱莉怀抱着鱼排在车内小睡。

在机场，我们相互拥抱，除了一句“哈利路亚”，再也说不出其他。我们曾经都经历过这一切。我们深爱着彼此，为彼此而奋斗。世界崩塌了，将我们一同掩埋在碎石之中，可我们最终爬出了石坑，庆祝劫后余生。我们没怎么谈到埃弗和蒂娜，而是直奔医院。我们在车内交谈。茜拉谈到了山峰和疫苗接种，她是一名登山爱好者和护士；弗兰克姨父谈到了他腿上硬币大小的洞以及高压氧舱，因为他是个糖尿病人；朱莉谈到她怎么赢得这块鱼排，而我说起了摩洛哥的汽车集会。我想参加一场只为女性举办的汽车集会，我们可以从塞内加尔的首都出发，把车开到某个未知的地方，与骆驼和向导一起睡在沙漠里。这场旅途可能要耗费两个月，而朱莉将是我旅行的好伙伴。我还没有将这个计划告诉她。“什么？我们要和流浪的向导住在一起？”朱莉惊讶地问。“她负责导航。”我说，“而我负责开车。出发之前，我们可以先向杰森学一点修理技术，加拿大邮政将会是我们的赞助者。多好的计划。”姨夫表示考虑到我此时的驾驶技术，我真的很有可能赢得比赛，不出两个月就能走完全程。

我把大家送到医院，告诉他们母亲正在精神科病房陪伴埃弗，蒂娜则在心脏科病房等着他们。几个小时后，我会给妈妈打电话，接大家一同吃晚饭。

“好吧，老大。”弗兰克姨夫一边说，一边蹒跚地朝病房走去。茜拉则像她母亲一样，紧紧地拽着我的胳膊，对我说我们一定能挺过去，能战胜一切。我有五十六位表兄弟姐妹，其中大多数都是表兄弟，他们有着各自的伴侣和孩子。茜拉是所有人中最坚强的一个——你若是在野外掉进了陷阱，她可以轻而易举地锯掉你的胳膊，帮助你逃生。在一次登山中，茜拉曾意外坠落。她拖着一条断腿躺了一天一夜，直到直升机驾驶员终于想出法子把绳梯扔进狭小的裂缝中。茜拉对驾驶员说，为了保持清醒，她默念出每一位表兄弟姐妹的名字，对想象的听众分别描述每一个人。茜拉说她把我分在了S这一栏，因为“旋转脑袋”的首字母就是S。茜拉家和我家都属于穷亲戚。我们当然也有富裕的亲戚，他们从我们的外曾祖父那儿继承了庞大的家业。这是门诺教家庭的继承法则。儿子通常是财产继承人，去世之后又把家业传给他们的儿子，女儿则什么也分不到。穷亲戚们不在乎这些，除非我们落魄到领救济、破产、饿肚子，没办法为我们的孩子买炫酷的高帮鞋，付不起他们的大学学费。我们可没办法在带有停机坪的私人小岛上购买自己的第四套房产。可无论怎样，作为女儿们的后代，我们虽然没有庞大的财产和华丽的住宅，可我们至少拥有我们的暴怒。而先生们，等着看看我们怎样在暴怒之上建造自己的帝国吧。

朱莉和我一起去了凯文中学，可我们没见到本尼森·兹蒂那·莫洛雷斯，只看见偷偷溜出来抽烟，还假装冷静从容的学生们。“你今天什么时候接孩子？”我问朱莉。

“今天用不着。”她回答，“孩子们今天和麦克在一起，这也是我允许自己今天下午找点乐子的原因。”

“那我们一起去垃圾山吧。”

垃圾山从前就是个垃圾堆。后来人们在上面种上草，把这地方改造成了夏日的消暑之地和冬季的滑雪胜地。人们甚至在这地方竖了一块巨大的牌子，上面写着“严禁滑雪”。这地方曾经有过几个不错的名字，却没人记得。“严禁滑雪”的警示牌也被人画满了涂鸦。大家都管这个地方叫“垃圾山”，甚至连市长也这样叫。不过这位市长大人根本不像个市长，而像是一位拍卖商，将城市的土地一块又一块地卖给出价最高的竞标人。这座山并没有多高，其实算不上什么山，不过却是温尼伯市的最高点。每当我感觉自己需要到离上帝最近的地方，我都会去那里。不过我也不知道自己为何想要靠近上帝，不知我究竟是想祈求他的怜悯还是想捣碎他的头骨。“也许是为了感谢上帝呢。”蒂娜阿姨这样解释。那时的我刚刚失去了父亲。蒂娜阿姨说，如果我不能全心全意地相信上帝的存在，那我最好闭上眼睛，在心中列举出我所感激的一切。

我和朱莉盘腿坐在山顶，身下是扎人的黄褐色枯草。这场景让我想起了我们仿佛是几百年前拍的一张照片，那时的我们还是自鸣得意的女高中生。

“你累不累?”朱莉问。

“我正在脑子里列清单呢。”我说。

“列什么清单?”

“列举我所感激的事物。”

“我算不算其中之一?”

“当然算了!”

朱莉也闭上眼，开始列她自己的清单。

“我发现我准备给孩子做早餐的面包没有发霉，这算不算?”朱莉问。

“当然算。”我回答。我仍然没有睁眼。“这一秒，我正因为旋转瓶盖这个小物件感激上帝。”

“噢，这真是不错。”朱莉说，“还要感谢他赐给我们善于抓握的手指。”

“你还醉着吗?”我问。

“我没有。”

“我在网上做了些搜索，而我——”

“你搜索了什么?”

“苏黎世的瑞士诊所。”

“噢！好吧。”

“我搜索了相关信息，得知这场‘手术’需要花五千两百六十三元十六分，另需支付九千两百一十五元五十分的其他费用。”

“其他费用指的是什么?”

“医疗成本、官方费用和葬礼费。”

“但你不会在瑞士举办葬礼，不是吗?”

“的确不会。我要把尸体运回来。”

“那火葬呢?”朱莉继续问。

“是啊，当然要进行火葬。我想这大概也要花钱吧。”

“要花多少钱?”

“不知道。”

“我仍觉得你不该做这种事。”朱莉说，“我以为安乐死只适用于患了不治之症的垂死之人。”

“不，”我解释道，“它同样适用于精神病患者，也叫‘厌世者’。根据瑞士法律，这些人与其他求死之人享有同样的权利。你也可以把埃弗看作垂死的人。可以肯定的是，她已经厌倦了生命。”

我们望着城市、天空，和我们自己。朱莉微笑着唤我的名字，我也轻声说出她的名字。“我也不确定。”朱莉说。

“我也不希望她死。”我说，“可她一直在求我，情真意切地恳求。我要怎么做才好?”

朱莉摇摇头，说她也不知道。她建议我再等一段时间，看看治疗和药物这次能不能起作用。“我愿意等。”我赞同道，“但我害怕医院同意埃弗出院。那样的话，她就会永远地离开了。”

“可你那个苏黎世计划听起来根本难以实现。”朱莉表示。

“我知道，但事实并不像你说的。这个计划其实有可能实现，我也愿意为埃弗做这些。我应该为她做这些。”

“不是这样的。”朱莉说，“还是等一等吧，看看会发生什么。”

“瑞士医院中，有些病人的身体并无大碍，他们只是厌倦了人世，这一比例高达21%。”

“做了这种事以后，你还能原谅你自己吗?”朱莉问。

“不做这件事，我又能原谅自己吗?”

“真难办。”

我必须驾车回医院接众人，和大家一起在城里搜寻合适的餐厅。无论如何，我们终归还得吃饭。“吃饭”这一小小的行为此刻却显得那样荒唐、让人脸红。朱莉也是时候去见她的荣格学派心理医生了。“别把我们的谈话告诉她。”我嘱咐道。“别担心。”朱莉承诺，“你的一切在我这儿都是机密。”“我是认真的。”我仍有些不放心，“他们万一在你的言行中发现了可能存在的犯罪什么的，这些人可以将你的话报告给警察的。”朱莉拥抱了我，保证不会将我们的谈话泄露给任何人，包括她的心理医生。“你在发抖呢。”朱莉说，“我感觉你的心都要从胸腔中跳出来了。”我们听见远方传来一阵声响。一个女人说：“好吧，你猜怎么着？去你的!”此后一个男人说：“噢，去你的!”女人又说：“你知道我花了多少钱吗?”男人回应：“你又知道我花了多少钱?”

“哇哦。”朱莉无不讽刺地说，“我真希望这个家伙加入我的辩论队。真是无可挑剔的辩论，伙计。”

就在这时，一个飞盘从我们头顶飞过，正好掠过朱莉的头发。

“噢，我的天!”朱莉惊呼道，“刚刚那句‘伙计’差点就成了我在这世上说的最后一个词。为了我的面子，你能不能别对其他人说，我的遗言是一句‘伙计’?”

“我不会说的，放心好了。那你喜欢哪个词?”

“噢，我也不知道。”朱莉说，“意大利语的‘若隐若现’?”

“就是你一会儿看见了我，一会儿又没看见?”

“是的。”

“好吧。”我说，“那我就告诉你的孩子和父母，你最后的遗言是意大利语的‘若隐若现’。”

“多谢。”

我们在医院旁粮草大道的一家小咖啡馆吃晚饭。晚饭完毕后，我们都回到妈妈的公寓，玩门诺教徒可以玩的荷兰闪电战卡牌游戏，胜利者将喊出“闪电战”这个词。妈妈和弗兰克姨夫用的是门诺低地语。大伙儿玩得太尽兴，可母亲需要停下来调整呼吸，弗兰克姨夫也得注射胰岛素。游戏结束后，我为茜拉和姨夫准备了干净的床上用品，对所有人说了晚安。我一直睡在橡胶气垫上，没有铺过床。明天早上五点，我们将全员集合。入睡前，我坐在茜拉床上，与她讨论我们的姐妹，雷尼和埃弗。我们聊到了她们的无尽的忧愁，聊到了我们的母亲罗蒂和蒂娜，谈到她们永不熄灭的乐观。“你的腿现在怎么样了?”我问。“用螺钉、螺母、金属和钢丝固定着呢。”茜拉回答。她给我看了腿上的伤疤，那条巨大的伤疤自上而下延伸至她的整条腿。茜拉带了一盒巧克力，我们每人吃了两块。“我确定你妈妈一定能康复的。”我对茜拉说，“她有着超乎常人的坚强意志。”“这倒是真的。在那帮门诺教老太太中，我母亲可算得上朋克教父易基·波普了。”我们每人又吃了两块巧克力，吃完巧克力，我精神饱满地回医院看望埃弗。

我从地下室的仓库内找到了爸爸当年的旧自行车。我骑着这车，沿着涨水的河道飞速前进。到了医院后，我懒得给车上锁，把它随手丢在医院前门旁的草地上。我好像回到了童年，急急忙忙地赶着观看下午六点的《迪士尼奇妙世界》。执勤的护士对我说现在太晚，已过探病时间，而我表示我有一些不能等到明天的重大消息。护士显然不信我的话，可她仍然放我进了病房。她正沉浸于《达·芬奇密码》的最后一个章节，而且现在也没有后援能帮助她与我争论。

埃弗面朝着墙壁，正在睡觉。我抬起被子，爬到埃弗身边。埃弗背对着我，脑袋枕在肩膀上，像是拥抱着自己入睡。我碰了碰她的肩膀，轻轻地捏了捏它。这样柔软瘦弱的手臂居然能创造出那么强有力的音乐，真是难以置信。我调整呼吸，与埃弗的呼吸保持一致，缓慢而稳定。我合上眼睑，与埃弗同睡了一段时间，也许有一两个小时，也许只有二十分钟。

小时候，埃弗总会梦游、说梦话。爸爸妈妈不得不在门上安一些小陷阱，防止埃弗在梦中走出家门。我哼唱了一首歌，这首歌讲的是一群在大海里游泳的小鸭子，是小时候埃弗教我唱的。这首歌传递的是勇敢，讲的是如何做一个异类。埃弗仍在睡着，应该没被我吵醒。我不想离开，却不得不离开。离开时，护士请我下次遵守探访时间，而我保证自己下次一定遵守。爸爸的自行车仍在那里，被草叶上的露水打湿了。我扶起自行车。它似乎比从前更轻了，我不得不仔细查看，

确保这就是同一辆车。它的确是爸爸的车。怎么可能会有两台一样的自行车呢？这又不是什么自行车游行。我跳上车，驶进了后半夜。

大伙儿在妈妈的公寓内，都已经入睡，等待着明日的到来。我躺在客厅地板的充气床垫上。我的身边有一个蓝色的书架，其中一排的架子上摆着我的朗达竞技故事集，妈妈把它们摆得整整齐齐，为其倾注了满满的爱与感激。故事集旁边摆着一系列推理小说，这排小说都被仔细地阅读过。其中一些较厚的作品被切成两段甚至三段，又用橡皮筋固定好。妈妈不喜欢带着厚厚的大部头出门，可妈妈若是不在她的棕色手提包里装上一本书，她便不肯出门。侦探小说旁摆着基本上妈妈都认识的人写的书：朋友们的儿女，教堂里认识的教友。除了这些，书架上还摆着一些经典文学作品——埃弗的前男友柯勒律治的诗集。我取出诗集，翻阅了几首诗，以下便是其中的一首：

幻想中①

你偷偷地来到亲爱的姐姐的床边。

脚步无声，朦胧地望着她，

用喜爱与关怀抚平每一阵痛苦，

温柔的言语是爱的良药。

我同样有一个姐姐，唯一的姐姐——

---

① 引自柯勒律治 1794 年的诗歌《致友人》。——译者注

她深爱着我，我宠溺着她！

我为她倾尽了所有的小忧愁

（如同躺在护士怀中的病人）

而这隐藏的病态

即便在朋友的眼中都是羞耻

噢！我在夜半时分惊醒，啜泣，

因为她怎会是羞耻？……

我找到了埃弗的柯勒律治诗歌！她就是因为这首诗才想出 AMPS 的签名，我所有的小忧愁。我躺在气垫床上，陷入了睡眠，却又没能完全入睡。我睡得不够沉，介于半梦半醒之间，我突然间生出了一个清晰的构想：埃弗出院后，我要邀请她和我一同去多伦多，我要带她一同回家，我们可以一起散步、聊天、休息，抛却一切压力。我在家工作，因此我总会陪伴在她身边，诺拉也可以陪着她。那时候，我们将认真考虑去苏黎世的事，如果埃弗仍然坚持，从多伦多动身也远比从温尼伯出发更容易。不到最后，人们绝不会发现我们的计划。等到埃弗离世之后，我才有必要考虑如何应对所有人。

第二天早晨，我们爬下床，像一群雏鸟一样挤在餐桌旁拨弄我们的食物，上蹿下跳地寻找果酱、盐、奶油，强打精神安慰彼此。杰森已将尼克的车修好，把车停在访客车位，钥匙藏在垫子下。驾驶舱的车门总算能打开了。大家纷纷钻进车内，一同前往我们最新的俱乐部——圣奥迪勒医院。现在还未到精神科的探访时间，我们聚在蒂娜阿姨的床边，拥抱她，亲吻她，对她说这场手术就是打个小盹儿，是一阵清风，是公园内的一段悠闲的散步。“好啦好啦，我知道了。”蒂娜阿姨说，“老天啊，别再说这些病态的鼓励的话了，让我们开始行动吧。”茜拉为蒂娜阿姨温柔地按摩手臂和双腿。母亲牵着她姐姐的手。弗兰克姨夫表示他已经为妻子备好了星巴克咖啡，一旦手术结束，她就可以好好地喝一杯咖啡。“看在上帝的分上，你们赶紧找个地方好好休息吧。”蒂娜阿姨说。麻醉剂开始生效，蒂娜阿姨的目光渐渐变得呆滞，语速也开始放缓。她的脸上浮现出一个神秘的表情。人们把蒂娜阿姨推进手术室。我们站在荧光灯下，也许是在祈祷，也许并没有。

蒂娜阿姨仍在手术中，医生从她腿上取出一段静脉，把它安进她的胸膛。手术室内传出话来，一切顺利。妈妈、我、茜拉表姐和弗兰克姨夫长途跋涉，到精神科病房和埃弗打招呼。我们想要为姨夫找一辆轮椅。他不肯坐轮椅，却架不住我们的坚持，还是在轮椅上坐了一小会儿。我们排成一排，来到精神科的护士台，像是一列吃了败仗的可悲的士兵。其中一位护士惊呼道：“噢，你们来了多少人？”母亲回答所有人都到齐了。“可是，”那位护士说，“病房里不允许一次性进去这么多人。”“我们知道。”妈妈虽说这样回答，却没有放慢脚步。我们跟在我们的指挥官后面，坚定地迈着步子（除了坐在轮椅上的弗兰克姨夫），前进，再前进。

埃弗正坐在床上写东西。我看了一眼她的写字板，看到她将“痛苦”这个词写了不下五十遍。我拿起那块写字板。“这是你的购物清单吗?”我故意将那张纸翻过一面，不想让其他人看见。我和埃弗用眼神传递着无声的信号。我们天南地北地聊着，上帝才知道究竟聊了些什么。茜拉对我们说她曾经见到一位患了肺结核的年轻母亲。“她怀孕的时候太年轻。”茜拉说，“除了肺结核，人们还在她身上发现了水痘。她实在太小，决定嫁给孩子的父亲时，她只有十二岁，刚刚掉落一颗臼齿。”

埃弗从她的写字板上撕下一张白纸，在上面写了一行字，把纸张叠好，请弗兰克姨夫在阿姨手术结束后代为转交。弗兰克姨夫给了埃弗一个拥抱，对她说：“愿上帝保佑你。”埃弗说她很抱歉，还得麻烦他来看自己。“不，”姨夫赶紧宽慰道，“我们没有必要因为疾病、人性和疲倦（弗兰克姨夫显然没做过女人）而道歉。”“无论如何，我仍然心怀愧疚。”埃弗表示。通常而言，埃弗都算得上是无神论者，然而近来就算人们提到上帝，她也不会感到抵触。我、母亲和茜拉故意抬高音量。埃弗和姨夫以为他们的谈话未被人听见，因此放心地谈论忧愁、放弃与力量。

我们谈到了蓝冠鸟棒球队的春训。一阵闲聊过后，大家手牵着手，在弗兰克姨夫的带领下开始了一段祈祷。妈妈又开始唱那首《你》。“你，你，你永远在我心里；你，你，你让我深感痛苦；你，你，你不知我有多爱你。”母亲和弗兰克姨夫用门诺低地语唱这首歌，这门语言是烙印在他们心底的语言。我、茜拉和埃弗只知道“你，你，你”这一段，可我们仍然满怀热情地唱出这个部分。我们还唱了一首《他的祝福》。门诺教徒们总爱用歌唱应对紧张的局势。在尖叫与发疯被禁止的状况下，歌唱也就变成了合理的应对方式。当人们离开埃弗的房间，查看蒂娜阿姨的状况时，我故意逗留了一小会儿，在我姐姐的耳边轻声说：“是时候奋起一搏了。”“尤兰蒂。”姐姐说，“我已经为此奋斗了三十年。”“这么说，你要留我独自在这世上奋斗？”我问。姐姐没有回答。

我拾起她的手说：“埃弗，我想出了一个主意。”

第14章

我阿姨的手术结束了，一同结束的还有她的生命。手术原本很顺利，甚至可以说异常顺利。手术结束后，情况似乎还很乐观。医生走出手术室，摘掉口罩，微笑着与大家握手，表示他为蒂娜阿姨感到高兴。然而她的器官很快开始衰竭，一个接一个地出现了问题，虽说医生和护士想尽办法要救她的性命，可我们最终仍然失去了蒂娜。

我们坐在等候室的长椅上，用手抱着脑袋，呆呆地望着地板。没人能预料到这样的结果。我们无声饮泣，轻声交谈。蒂娜阿姨的离世对于所有人而言都是意想不到的打击。弗兰克姨夫悲伤得连话也说不出来。我们甚至忘记为他注射胰岛素。茜拉告诉我们，近来一直是蒂娜阿姨打电话提醒姨夫注射。母亲失去了她最后的姐妹，也是她最亲的姐姐。她起身离开了房间，我紧随其后，她来到走廊上，脑袋抵着冰冷的水泥墙。

心脏科护士将一只印有“圣欧迪勒医院财产”的塑料袋交给茜拉。

袋子里装着蒂娜阿姨的毛绒拖鞋、数独小册子、凯西·莱克斯小说、眼镜、牙刷、保湿霜、紫色羊毛运动衣和白色锐步高帮鞋。

我们开了个紧急家庭会议。茜拉将乘坐出租车，把弗兰克姨夫送回母亲的公寓，她还要通过电话确认把蒂娜阿姨的骨灰运回温哥华的方法。我要把事情的进展告诉埃弗，再去买些杂货，尤其要多买一些咖啡。我要买妈妈钟爱的黑珍珠咖啡，才不要什么星巴克。母亲将开着尼克的车前往主街道的火葬场，和她的朋友——门诺教徒赫尔曼聊一聊，看看他能不能在骨灰盒和火葬方面提供帮助。

我坐在阿西尼波河岸边的椅子上，用手机给尼克发电子邮件。我告诉他，五到六天后，我和妈妈就要去温哥华参加蒂娜阿姨的葬礼，想知道他能不能重新安排行程，早一点从西班牙返程陪伴埃弗。我给孩子们打电话，将最新情况告诉他们。孩子们没有回答，都不肯相信这个消息。电话那头不断传来音乐声。我等待孩子们开口。我们互相道别，挂断了电话。天空突然变成了深紫色，电闪雷鸣，狂风在河中掀起波澜。这是典型的热带风暴。这片土地被迫忍受了那么长时间的干涸，风暴即是土地愤怒的回应。我蜷缩在长椅下，就地躺倒，一动也不动，听着巨大的冰雹砸在我头顶的木头上。我看见了椅子底下的口香糖和涂鸦：首字母缩写、心形和脏话。我想象着母亲和阿姨骑着自行车钻进卡车底部，哈哈大笑，毫发无损地从另一头钻出来。这种感觉一定很不可思议。

我总算学到了一课。越是难办的事，就越应该迅速而热情地切入，然后赶紧抽身。这和思考、写作与生活是一个道理。杰森那套清洗化粪池的理论说得没错。蒂娜阿姨来到温尼伯是为了帮助妈妈，而她却不幸离世。妈妈坐在阳台上，在月光下为自己的姐姐写悼词。城市笼罩在一片静谧的黑暗中，在大雨和冰雹之后恢复了宁静。空气依然湿热，像一个沐浴在爱河中的女人。母亲常常受邀撰写悼词，她的悼词如同一阵清风，轻松活泼且内容丰富，往往能让人们对逝者的离去感到切肤之痛。我负责准备晚餐，煮了一大锅面食。晚餐之后，我和茜拉一同散步，坐在公寓外的马路上。茜拉正和她的妹妹打电话，她妹妹此时正在温哥华，悲伤地等待着她母亲的骨灰。“我能说些什么？”茜拉对着电话那头的人说，“我能说些什么？”我们好不容易重新回到屋内。茜拉对母亲聊着蒂娜阿姨的往事，她们聊了好长一段时间，直到半夜，茜拉才返回卧室。我敲了敲她的门，又给了她一些巧克力。茜拉接过巧克力，我拥抱着茜拉，学着她母亲的样子，对她说“晚安，亲爱的”。我们相拥而泣，我从另一个房间为她拿来纸巾。我发现母亲还待在她房间外的阳台上，于是劝她早些休息。“不，我还需要写一点东西。”母亲拒绝道，“我不介意一个人待一段时间。”

“您会不会写得太长了？”我问道。“就快写完了。”母亲微笑着回答。于是我退出阳台，留她独自撰写悼文。

我进了屋，发现弗兰克姨夫独自坐在客厅的沙发上，一盏灯都没有打开。我从未见过弗兰克姨夫流泪。他告诉我，蒂娜阿姨的年纪比他更大，灵魂却远比他年轻。

“是吗？”我问，“您娶了一位比您年长的夫人？”

“是的。”弗兰克回答。我想知道他为何要对我说这些，还来不及问，姨夫又对我说蒂娜去得很快，这倒算是件好事。“久病拖延是最糟糕的。”弗兰克姨夫说，“你的外祖父，蒂娜和罗蒂的父亲在床上躺了九年。在此之前，他曾是我见过的最有活力的人。他曾经是个非常独立的男人，却不幸遭遇了中风。在床上躺的时间太长，他的胳膊都陷进身体里，皮肤也长在了一块儿。大家都不知道该怎样处理，也只好听之任之。”

“是吗?”

“是的！最后还得多谢你妈妈拔掉了插头。好吧，并不是真正的‘拔掉插头’。可是那一天，是你妈妈决定放手的。”

“什么?”

“他饱受肺部积液之苦，我们轮流陪他抽取积液，包括你母亲蒂娜，所有的孩子和他们各自的伴侣。到了最后的时候，你外祖父已进入弥留之际。积液塞满了他的肺部，大家轮流陪伴他抽取积液。你知道是怎样操作的吗?”

“我不知道。可我能想象得到。”

“他在床上躺了整整九年，而在此之前，这个男人是那么生龙活虎、生气勃勃!”弗兰克姨夫用低地语咒骂了一句，“那天，轮到你妈妈陪他，病房内只有他们两人。那天已经很晚了。你的外祖父呼喊着他逝去的妻子，也就是你外祖母的名字，‘海伦娜，海伦娜，我就要来了，我就要来了——’”

“等等——什么？他以为他看见了外祖母?”

“是的。不是以为，他真的看见了她！在那样的情况下，你母亲做了一个紧急决定。这真像她会做的事，不是吗？洛温家的女儿们总能迅速而果断地做出决定。她不再为自己的父亲抽取积液。你母亲当时是个护士，接受过专业训练，她当然可以采取急救，却选择不那样做。你外祖父的肺部迅速被积液填满，你母亲握着他的手，说了我们当时常常会说的话，放任他离开。这是她能为自己的父亲做的最好的事。这选择很艰难，尤兰（他抬头望着天花板，用低地语说了几句话，陷入了沉思和回忆），可她最终还是做出了选择。”

我的姨夫是个大块头。他坐在母亲的印花沙发上，为他的狮心蒂娜，他的小火花哭泣。我坐在姨夫身边，把手放在他的大腿上。

我和母亲坐在飞机上。离开温尼伯之前，我已和埃弗聊过。她根本不愿意说话。我对她说一切都会好起来，对她说我需要她，理解她，爱她，也会想念她。我会回到她身边，我们可以一同在多伦多待一段时间。这感觉一定很棒，诺拉也期待着她的到来。我明白就算她不想活，也不意味着她一定就想死。死亡只是一种解决方式，她想要体面而优雅地离去。可我想要她更耐心一点，斗争得更久一些，坚持住。我希望埃弗明白自己是被人们爱着的，明白我想要帮助她，会努力提供帮助，可我还有些事要做。我和妈妈要去温哥华参加蒂娜阿姨的葬礼，可我还会回来。在此之后，我将邀请她和我在多伦多待一小段时间。那将是一段完全的放松。尼克已经回到了温尼伯，每天都会来看她。我必须要离开了，可是我需要确保在我离开的这段时间，她一切都好。我对她的痛苦充满尊敬与同情。我相信她能掌控自己的人生，她的痛苦不是肉体，而是精神上的，这世界上最让她渴望的就是永久的安眠。她以为自己的生命可能走到了尽头，但是对我来说，一切仍没有结束。基于这一点，我会尽量拯救她，虽说“拯救”这个概念是我们所不认同的。我们若是确定再也没有其他出路，我愿意为她做任何事。只要能帮她找到出路，我愿意使出全身解数，哪怕粉身碎骨也在所不惜。“你会吃东西吗?”我问，“你肯说话吗?”

埃弗像刚刚结束午睡要被抱起来的小宝宝一样抬起胳膊。我跌入她的怀抱，放声大哭。

走出精神科病房时，我在护士台前停了下来。我把双手放在台上，手掌朝上，像是被钉在了胶木中。我开始祈求。“拜托了，”我恳求道，“求你们不要放她走。”两位穿着天蓝色制服，梳着马尾辫的护士把目光从电脑上挪开，齐刷刷地望向了我。“求你们不要放她走。”我重复了一遍。

“抱歉，”离我近一些的护士说，“您指的是放谁走?”

“我的姐姐，”我回答，“埃弗瑞达·梵·里森。”

“我们为什么要放她走?”护士问，“她已经可以出院了吗?”

“不，”我回答。“她还不可以。我只是请你不要相信她的话。她可能会说自己已经康复，而你们也许会认为她的话很有信服力，会想着‘好吧，那就把这张床腾出来吧，让这个病人出院吧’。可我求你们不要那样做。”

“抱歉。”那位护士又问了一遍，“您是?”

“我是她的妹妹!”

“哦，没错。您刚刚已经提到了。”她看了一眼档案。另一个护士的目光早就回到了她的电脑屏幕上。“我们为什么要放她走?”那护士又问了一遍，“医生说她可以出院了吗?”

“不，”我说，我像《生死狂澜》中的那个家伙，死死地拽着导诊台，“医生没有过这样的指示。我只想要得到确认。而我之所以担心你们放她出院，是因为她一定会提出这一请求，还会表现得非常理智、正常。”

“我想这是由医生决定的。”护士说。

“好吧，”我说，“事实上，我的姐姐有强烈的自杀倾向。你们若是放走了她，我担心她会自杀，尽管她信誓旦旦地保证自己不会那样做。”我能感觉到自己的心在狂跳。我低下头，大伙儿都竖起了耳朵，没人能听清我究竟在说些什么。

“抱歉，您能重复一遍吗?”护士问，“我认为她是否可以出院这个问题应该由医生来决定。”

就在这时，贾尼丝从一旁的休息室内走了出来。我们四目相对，“噢，贾尼丝！贾尼丝！我正在恳求大家暂时不要放埃弗出院。等我回来以后，我会带她回多伦多，到我家里住几周或几个月。我想要——”

我开始咳嗽，再也说不出话。贾尼丝抱着一把吉他。她把吉他放在护士台边，来到我身旁。贾尼丝把她的手放在我的手上，直勾勾地凝视着我的眼睛。

“别担心，”她对我说，“考虑到她当前的状态和过往行为，医院没理由在短时间内，在没有后续应对措施的情况下让她回家。我们还不知道要建立长期的后续措施和门诊病人就诊体系需要多长时间，可我们保证，除非有了后续的护理服务，我们绝不会让她回家。”

“好的。”我说，“好的。”我碰了碰吉他光黄的金色表面。

“尤兰，”贾尼丝说，“我认为让埃弗到多伦多待一段时间是个好主意。”我向她道谢。她放开了我的手，而这种感觉就像是从高台上坠落，却也不完全如此。

我小睡了一会儿，醒来时，正飞行在柔软的云端。母亲的头枕在我的肩膀上，我的包是打开的，里面的东西都落在了我的大腿上。我摸了摸自己的额头，摸到了一层薄薄的汗水。血液、汗水和泪水从我的身体渗透而出，像是疯狂大减价，无论如何也拦不住。连我包里的杂物都落了出来，我真是什么也留不住，守不住。母亲醒了，呆呆地盯着前方。她说了句“哈”，扭头望着我，像是要尽量记起她在什么地方，而我又是谁。“噢，就这样吧，别记起来。就这样吧。”我在心中感叹。可她突然清醒了过来：“嘿，尤兰。有时候，我们必须勇敢起来。”母亲在儿童急救中心当过一段时间社工，她曾经将一个婴儿从一位脑子不清醒的十六岁少女妈妈身边夺走。

那个女孩在妈妈的办公室内袭击了她，打坏了妈妈的眼镜，在她的鼻子上留下了一道深深的伤痕。妈妈晒黑之后，那道参差不齐的伤疤显得异常耀眼。我抚摩着那道小小的伤疤，母亲把我的手从她的鼻子上拿走，握在了她的手中。

“我同意。可我们要做到多么勇敢才行？”我问。

“至少像亚历山大·伊萨耶维奇·索尔仁尼琴[①]一样。”

“可是妈妈……”

“怎么了，尤兰?”她微笑着，用她的脑袋抵着我的脑袋，仔细听我的话。

“我认为埃弗出院后，最好能去多伦多和我待一阵子。”

“噢!”妈妈感叹道，“太好了!”

“我一直都待在家里，诺拉也经常在家。这能帮埃弗换个环境，消除她的压力。这方案值得一试，不是吗？如果她想要弹琴，我可以租一架钢琴。我们甚至可以弄一艘船什么的。”

“一艘船?”

“因为我住在湖边。我们可以弄一艘小船，如果埃弗愿意的话，我们可以在湖上泛舟。”

我们安静地思考了一小会儿。后排的两个少女谈论着学校、排球队、男孩、青春痘。一个听上去像是喝醉了的女人突然插嘴道：“听着，我可以给你们一百美元……每人一百美元……如果你们两个在接下来的旅途中别再说‘就像’这个词了。”姑娘们停止了交谈，那女人说：“成交吗?”“你的意思是，每人一百美元?”每个听见这段对话的人都不由得露出了微笑。过道边的一个男人突然抱怨谁家的小孩趁他起身够行李架的时候咬了他的屁股。他说得没错。我正好见证了这一幕，一个三岁的孩子在过道上走来走去，大约是感到无聊，她突然间抬头对着那个男人的屁股，张大了嘴，用力咬了下去。那个男人大声尖叫，

① 俄罗斯作家，1970年诺贝尔文学奖获得者。——译者注

不知道自己是被什么给咬了。小女孩的妈妈操着一口漂亮的英式口音，连连道歉，让孩子说“对不起”。可那孩子架着胳膊坚持道：“我不说。”她的口音也非常可爱。那位母亲说“你要说”，女孩回答：“我就不说。”二人几度交锋，都不肯让步。那个被咬的男人终于说这没什么大不了的，只是把他吓了一跳，不如就这样算了。可那位母亲仍然不肯罢休，坚持让她的孩子道歉。“你要道歉，一定要道歉。”到最后，从 14A 到 26C 的乘客一齐高喊：“她不会道歉的！”

“这个主意听上去棒极了，尤兰。”妈妈说，“埃弗是怎样想的？”

“她愿意去多伦多。”我说，“我已经让小诺为她腾出了房间。小诺愿意睡在客厅的蒲团上，一点问题也没有。我反正也要留在家里完成我的小说。我们可以一同散步、吃饭、睡觉，做埃弗想做的一切。值得一试，不是吗？”

“我喜欢船的部分。”母亲说，“那尼克呢？你和他说过了吗？”

“还没有。可我相信他一定没问题的。”我回答，“他自然会想念埃弗，但这种想念不会沦为永久的思念。”

“可你为什么觉得你能做到呢？”母亲问。“我们不知道埃弗会做什么。永远都不知道。”

“我知道。”我说，“但那又怎样呢？无论她是否在多伦多，我们都不可能不担心。一点小小的改变也许是最好的选择，不是吗？巡演已经被叫停了，她也许不用再记挂那件事。任何事。”

“好吧。”母亲听起来仍然没那么确定，“这也许是件好事。不是吗？”

葬礼过后，大家一起坐在教堂的大餐厅内，一边吃火腿、芝士三明治，一边回忆蒂娜阿姨。弗兰克姨夫弓着背，无论谁开口，他都会把身子凑近那人，热切地倾听他们的表述，一个词也不愿意错过。他时不时便会点点头。弗兰克姨夫似乎认为，他若能将人们对他的爱妻的每一句话听进脑子，将每一个词和每个音节埋藏在身体的深处，他便能将她留得更久一些。弗兰克姨夫像是要将他的性命寄托在这些话语中，让我感动不已。

葬礼在一座门诺派教堂内举行，一些永远持有反对意见的人（他们从不休息，甚至不愿意为了葬礼而休息）挤在一个角落里，偶尔用目光向我们开火。可我们早已习惯了这些人的神神叨叨，因此绝不会迎上他们的目光。入殓仪式开始前，我们进入了教堂。妈妈叹了口气，惊呼道："噢，我的上帝!"在她的面前，上百个身着黑色西装的男人已经就座。我知道她是什么意思。"别太在意。"我在她耳边轻声说。母亲捏了捏我的手，和我一起走到我们家族的女人的前排。暴力是永恒的，与水一样，形状会因环境而变。

在永恒的暴力面前，一个不能"直接"反击的和平主义者要怎么做？我们同唱了一曲四重奏。弗兰克姨夫坐在男士宾客的一边，与我们一起唱《基督是我们的好朋友》。他扭过身子，对我和母亲竖起两只拇指。我们也对他竖起大拇指。

葬礼过后，大家来到餐厅内。我再次听见母亲对汉斯表哥说："她来温尼伯帮助我，没承想却不幸去世!"早些时候，也就是葬礼开始前，我和几个表兄弟姐妹一同去了雷尼的墓地。她的墓碑上写着"在基督的怀抱中”。蒂娜阿姨的骨灰将被埋在山下，离雷尼墓地稍北一些的地方。这块墓地又小又旧，绿荫葱葱，让我想起外祖父母，海伦娜与科尼利厄斯在东村的坟墓。他们的后面排着六座小墓，那是他们的六个宝宝。海伦娜生了十六个孩子，最终却只有十个长大成人。我真不知道海伦娜是怎样挺过那段悲伤的。夜幕降临的时候，当她完成了一日的劳作，在柔和的夜色中，海伦娜也有一两分钟时间用来哭泣和思考。我很好奇，想知道海伦娜是否知道自己为谁，又是为何而哭泣。不知我的外祖母有没有对她的丈夫说过，“噢，亲爱的，不，今晚不行。我们已经有十四五个孩子了，多到连我自己都记不清了。而这十四五个孩子里，亲爱的，我已经埋葬了其中的六个。我实在太累了”。而现在，她的女儿蒂娜也离开了人世，这世上就只剩下罗蒂一人孤军奋战。就这么回事。

葬礼过后，人们纷纷走上一个小讲台，讲述和蒂娜有关的故事，分享他们对蒂娜的回忆，这是门诺教的一项传统。我见到了一些多年不曾见面的亲戚。茜拉曾经是个欢乐的仪式主持人，而这一次，她的丈夫高登不得不即兴说上几句话，以填补茜拉在麦克风前泣不成声的这段时间。高登对大家的到场表示了感谢。他表示蒂娜是那么狂热的派对动物，却不能出席今日的聚会，真是可惜。茜拉翻了个白眼，这会儿似乎镇定了一些。她从高登手上拿走麦克风，对众人说：“大伙儿，我的母亲从不会灰心丧气，那颗炽热的心从未停止过跳动……直至现在。”她继续说了几件事，为大家打开了话题。茜拉身旁有一张桌子，桌上摆满了蒂娜阿姨各个时期的相片。我最爱的一张是她十七岁时拍下的，她把身子探出外祖父的车窗，挥手与大家告别。她的脸上挂着一个大大的微笑——“回见了，拓荒者们！我要到城市里去了！”

麦克风旁的地板上摆着一个漂亮的骨灰盒，像一个小小的许愿池，里面盛放着蒂娜的骨灰。我有五十六位表亲，其中一人的妻子正谈论着蒂娜阿姨当年飞车躲避警察的故事。她那正在学步的小儿子爬到讲台上，到骨灰盒旁边。他顺势坐下，朝骨灰盒上撞了几下。他的母亲还在诉说着蒂娜阿姨的往事，夸赞她的勇敢、温柔、对生命的热诚等等。这孩子不知怎的把骨灰盒的盖子取了下来。大家目瞪口呆地看着那孩子把蒂娜阿姨的骨灰撒在地上，抛到天上，望着他欢乐地把自己祖母的骨灰当作玩具。他那小小的白色衬衫和短裤因为沾上骨灰一点点变黑，同样变黑的还有他的小脸蛋。他举起脏兮兮的小手，把一团骨灰塞进嘴里。这时所有人都注意到了这一幕，那孩子的爸爸上台抱起了他。很多人都开始大笑（只有那几个永恒的反对者满脸惊恐地看着这一切）。孩子的母亲不再说话，转头望着她的丈夫搞定这一切：扫掉了儿子身上的灰，把他的脸擦干净，将骨灰盒的盖子盖了回去，最后把孩子带回桌边。那位母亲，也是我的表嫂，冷静地回到麦克风旁，继续说她那未说完的故事。虽说故事主人公的骨灰被人吃掉，可这并不意味着这个故事就说不下去了。

我站在教堂的休息室内，小声与电话那头的诺拉聊天。诺拉在她朋友妈妈的跑步机上做了些怪异的动作，可能因此弄断了脚趾。她现在心烦意乱，认为自己这下肯定不能参加一个星期内就要开场的独舞表演了。威尔已回到纽约打暑假工，而诺拉的爸爸此时还在婆罗洲。

这孩子在电话中哭了起来。“我回家之前，你能不能去佐伊的家里待几天?”我问道。“不能。”诺拉回答，“佐伊的爸爸妈妈打算带她去丘吉尔河看北极熊什么的。”“那安德尔斯呢?”我问，“他在我们家待的时间已经够长了。”“那也太奇怪了。”小诺说，“你就不能回家吗?”

第15章

我回到了多伦多，在一张棕色的大椅子上静坐了三个多小时，呆呆地望着墙面。诺拉的脚趾只不过是扭伤，根本没有断，也就是说她能够参加毕业会演。诺拉把脚浸泡在热水中。她总要踮着一只脚，再用另一只脚摆出某些让人难以想象的扭曲姿势。诺拉想知道她爸爸什么时候能从婆罗洲回家。“我不知道，甜心。”话音未落，我便看到小诺整个人都枯萎了一些，拉耸着肩膀，眼神也黯淡了下去。“您觉得他会赶回来观看我的毕业演出吗?”

蚂蚁已经不见了。威尔已将屋子清扫干净，我们订了三份外卖中餐，一同看了会儿世界杯比赛。关掉电视后，诺拉和安德尔斯不知去了什么地方。我载着威尔去了机场。我在机场拥抱着我的儿子，迟迟不肯放手。在威尔看来，拥抱的时间也许太长了，可他没有挣脱我的怀抱。“你还好吗?”他喃喃问道。“还不错。马马虎虎。”“我爱你。”威尔突然说，“你是个好妈妈。”“噢，我的上帝。”泪水瞬间充盈了我的眼眶，“谢谢你！你也是个好儿子!”我们松开彼此，微笑着凝望彼此。我说了句“抱歉”，威尔大方地挥了挥手。他托住我的手，握了几秒钟。“你还是个好哥哥。”我又补充道。“好了，妈妈。”威尔说，“我必须离开了。我们过一个月左右再见。我今天晚上会给你打电话。”我望着他缓步穿过安检。他和站在传送带一旁的家伙闲聊了几句，把自己的行李送去安检，解下腰带，把它放进一只小箱子里。这一系列动作是那么冷静沉着，一丝不乱，至少表面看来如此。他现在已经是个男子汉了吗?

尼克和我母亲每天大多数时间都在医院陪伴埃弗。我们之间的对话往往很短，像人们上厕所时的短暂交流，简单直接。“我们都还活着吗?”“我们都还活着。”“情况有任何变化吗?”“没有变化。”我们都有些恍惚敏感、疑心重重。我花了几小时搜索与瑞士计划相关的内容，想要弄清楚自己究竟该怎么做。我去了银行，请银行小房间里的一个男人为我提供两万美元的贷款。这笔钱足够支付我和埃弗前往瑞士，以及我独自返程的旅费、“治疗费用”、住宿费，甚至还能涵盖火葬和骨灰盒的费用。他问我是否有抵押物。我把一堆朗达竞技小说码在他的桌上。“没有，我什么也没有。”我对他说我就快获得下一本竞技小说的版税，到时候就能还钱了。那个男人让我下周再来一次，带上我的图书合同，和另一个人聊一聊。“我还没有拿到合同，我的经纪人正在处理合同的问题，除此之外，我手上还有另一部待完成的作品。”我对那人说。我不小心提到了“船”这个字眼儿，讲到我可能会买一艘小船。然而不等我说完，那个男人就表示，无论是书稿还是船，没有合同就意味着没有进账，他不可能给我贷款。

埃弗是有存款的，但她的钱存进了与尼克的联名账户，这么一大笔钱不翼而飞，尼克不可能注意不到。我给尼克打电话，想知道埃弗有没有提过她想来多伦多。“她没有提过。”尼克说，“但她如果想去多伦多，那又有什么关系？有何不可？”我对他说了船的事。我最近迷上了和船有关的一切。然而尼克表示，据他所知，埃弗对划船没那么感兴趣。但是试一试又何妨呢？

我给我的出版商发了一条邮件，告诉他朗达竞技系列的第十册不出一个月就会出现在他的桌面上。我因为港务局长那本书得到了一些补助金，现在还剩一些，此外我还剩下一丁点的卖房款。我每天都会给尼克和妈妈打电话，随时掌握最新动态。尼克通常每天去两次医院，他对我说情况几乎没什么改变，还是老样子。埃弗的精神科医生总是没空和大家谈话。母亲已减少了去医院的次数，她无法忍受这一切。日子一天天过去，护士们总会因为埃弗的不配合呵斥她，用威胁和严母之道劝说我的母亲，想要对我姐姐使用休克疗法，给她的脑子进行电击。我给护士站打电话，恳求她们不要放走埃弗，可事实上，埃弗却在医院内一点点枯萎，死去。护士对我说她们不会放走埃弗。她们让我给自己倒些茶，冷静下来。我想要和埃弗说话，但护士们表示，除非埃弗自己走到休息区接电话，否则她们也无能为力。我偶尔会在深夜打电话到护士站，问埃弗瑞达是否还在医院。护士们有一次对我说：“是的，她还在这儿，你需要回去睡觉了。”我想要对电话那头的护士说别对我说什么回去睡觉，可我控制住了自己，最终没说出这句话，而是向他们道歉。

我和尼克约好，让他在看望埃弗时给我打电话，把手机放在埃弗的耳边。我对埃弗说了我们的计划，告诉她我仍然在考虑这一切，还在思考要怎样做。无论如何，我很快就会去看她，我还有一些待完成的小事，搞定这些事后，我就会回温尼伯。说这话时，埃弗没有回应，传进我耳中的只有她的呼吸声。然而有一次当我给她打电话时，她突然开口对我说话，声音清晰而有力。

“你什么时候来接我，尤兰?”

这些天，我经常躺在床上创作我的朗达小说。我想知道去墨西哥会不会是个更好的选择，墨西哥也许是个迎接死亡的好地方，那里也更便宜一些。我想象出一张如摇篮般温柔摇晃的吊床，想象我们回到婴儿时期，回到虚空的状态，最终化作虚无。在我的脑中，墨西哥比瑞士更有死亡气息。那是个更有尘世感，更加神秘混沌的地方。这个国家设立了庆祝死亡的节日，那一天还会在公墓里举办派对。瑞士能让我想起的则是锋利的军刀、精准的手表和永远的中立国身份。诺拉为我们做了冰沙，我们遵从诺拉的新减肥食谱，像两个穴居人，吃了非常原始的一餐。她的毕业会演优雅动人。会演结束后回家的路上，她和安德尔斯弄洒了杯子里的冰沙，他们总是拿不住手中的东西，爬上车后座时，还笨拙地撞到彼此身上。威尔若像我父亲说的，“摸到了真男人的岸边”，诺拉就是仍在公海上乘着“青春期”的大浪，几乎还看不见海岸。我们的公寓热得吓人，屋外的树被削去的枝叶又长了回来，绿色再次把我们吞没。我们的时间渐渐变慢，我们也走进了黑暗中。

我不分日夜，不知疲倦地给医院打电话。“她还在吗?”“她还在。”“她还在吗?”“还在。”“你不会放她走?”“我们不会放走她。”

第16章

我给埃弗打电话，对她说我很快就能筹到去苏黎世的资金。我会动用信用卡。然而第二天早晨，妈妈却打电话告诉我，医院打算给埃弗放一天假，让她回家庆祝生日。在当下的情况下，这种想法还挺奇怪的。也许埃弗并没有因为自己的出生感到遗憾吧。

我一心想要确保埃弗留在医院，直到我凑足带她去苏黎世的钱。我的心思全在这件事上，以至于忘记了埃弗的生日。母亲说尼克正在前往医院接埃弗的路上，她打算定一个外送蛋糕，带香槟和鲜花去他们的屋子。母亲说今天一定会过得很棒。她的语气是那么肯定，像是一位能够未卜先知的预言人。母亲决意要过上美好的一天。我挂断母亲的电话，坐在塑料椅上。这张椅子是诺拉在某个人的车库里找到并扔回家的，椅子的边缘已经有了一些霉斑。

上午晚些时间，诺拉回了家。我告诉她，为了庆祝生日，埃弗将出院一天。“那太好了。”诺拉说，“不过人们恐怕很难再让她回到医院了吧。”“太艰难了。”我赞同道。我又给母亲的公寓打了个电话，不过已无人接听。诺拉问我想不想和她一起打网球。我们穿着破破烂烂的运动短裤、T 恤，拿着球拍和网球在公寓附近游荡，最终在几个街区外找到一个球网松动的球场。我们玩了很久，跑了很长的距离，几乎没打着一个球。我们像小姑娘一样道歉，大口喘气，大概玩了五到六轮才差不多尽兴。我们坐在人行道上，.伴着冰激凌车上传来的《小小世界》的乐声，一起吃从车上买来的冰激凌。我绞尽脑汁想要回忆这首曲子的歌词。这是个怎样的世界？我的手机突然铃声大作，是丹打来的电话。“噢，”我在心中感叹，“别现在打来。”我接通电话，丹问我是否无恙，在什么地方，在做些什么。我准确地回答了他的所有问题。“你不是在婆罗洲吗？”我问。“是的，我在婆罗洲。”丹回答，“不过尼克慌慌张张地打电话给我，说他联系不到你。尤兰蒂，我有个坏消息。”

“母亲知不知道这些？”我问。

“我不知道，”丹回答，“尼克拨打了她家的电话以及她的手机，但是没人接听。”

“她出去买蛋糕了。”我说。

“啊哈，”丹说，“好吧。尼克一直在给你打电话，同样无人接听。”

“是啊，那是因为网球……”

“尤尤……”

我没等他说完，把电话递给了诺拉。“请帮我拿着这个。”我说，“我不想听。”

我和诺拉走回公寓。诺拉一只手拿着网球和球拍，另一只手牵着我。真奇怪，我居然能够听见地铁在地下驶过的隆隆声。可我很快意识到这隆隆声不过是思想在我的脑中激烈碰撞，产生新点子的声音。

医院给我打过几次电话。一开始我忙着预定回温尼伯的机票，不停地给妈妈打电话，也就没有理会医院那边。当我终于接起他们的电话时，却发现电话那头是一个我从未听说过的人。她问我是否收到了消息。我回答“收到了”。她对我说她很抱歉。我挂断了电话。那女人又把电话打了回来，想要和我再聊一聊，想要对我解释。我对她说我很清楚究竟发生了什么。她的语调轻盈而温柔，十分专业，没有停顿、间隙和争辩。我望着在房间里来回走动的诺拉，她正忙着收拾前往温尼伯的行李。那个女人问我现在是否孤身一人，我回答“不是”。我对她说：“抱歉，可我现在必须挂电话了。我还需要做一系列安排，而且我至今没能联系上我的母亲。”那女人对我说她能够理解，但有些事是她必须解释的。

“我本没有恶意。”

“你们每日每夜对我保证不会放她走，现在为什么做不到？我们是在玩游戏吗？我难道不应该相信你吗？”

那女人问我能不能稍等几秒钟，她这会儿接到了警察局打来的电话，警察要向她通报我姐姐的情况。“情况？”我喃喃地重复。我坐在地板上，等了许久许久。我一遍又一遍地听着电话内传来的罗纳尔多·里奇的《钟爱一生》，到最后，传到我耳中的歌词都渐渐变得模糊。我好不容易意识到我没必要等在电话这头，没必要做那个行政主管要求我做的任何事。就是这样。我挂断了电话，起身帮诺拉收拾行李。

我给威尔打电话，不过没人接听。我又给他住在曼哈顿的父亲打电话，向他解释了情况，问他能不能联络上威尔，并立即为他买一张回温尼伯的机票。我承诺会把机票钱还给他。威尔的父亲对我说他很抱歉，他愿意支付机票钱，还说他现在就去找威尔。威尔这会儿可能在皇后区忙他的景观美化工作。我和威尔的父亲已经多年未说过话。他当然认识埃弗，许久以前就认识。他在电话那头啜泣。我等待了一会儿。“对不起。”他暂时恢复了镇定，“她是个偶像破坏者，勇敢打破旧俗桎梏。她对我很友好，对这世上的一切都那么热情。”我谢过了他，与他道别。挂断电话后，我又拨通了朱莉的手机，把最新情况告诉她，请她到我母亲的公寓等着她。我还给母亲的两位朋友打电话，也请她们到我母亲的公寓等她。我仍然打不通尼克的电话。我又给母亲打了一次电话，没想到她已经到家了。

“家里有很多人吗？”我问。

“没有。为什么这样说？”母亲回答，“我一个人待着呢。”

“大伙儿都在路上。”我说。母亲问我究竟发生了什么。

“快告诉我。”

第17章

那天夜里晚些时候，大伙儿都聚集到尼克和埃弗家的客厅里。我和诺拉还穿着打网球时穿的衣服。“我们还有别的衣服吗?”我向诺拉问道。“有。”她回答，“还有内衣和参加葬礼时的衣服。”威尔从机场搭出租车赶来。他此时正在浴室内，像许多小伙子和老妇人爱做的一样，一个人躲着哭了好长时间。

尼克告诉我们，从医院接埃弗回家后，埃弗请他去图书馆为她借书。“我们先吃午饭吧。”尼克说。埃弗同意了他的提议。尼克说那顿午饭好极了，简直再正常不过，他们就像从前一样坐在桌子的两边。午饭后，尼克按照埃弗的吩咐去了图书馆。图书馆离他们的家很近，尼克只花了二十分钟，然而等他回家时，屋子已经空了。

“她想要看哪本书?”威尔问。他这会儿已经从浴室内出来了。“她想看她从前看过的书”尼克说，“那些书从某种意义而言改变了她的人生，让她……让她感觉自己是个活生生的人。我也不明白……”他渐渐没了声音。“比如呢？”威尔问。“比如D·H·劳伦斯，雪莱，华兹华斯。书都在这儿了。”

尼克把手挥向电脑桌旁的一堆书，很快又将目光挪开。我们都无法直视那堆书。大家安静地坐在这间黄颜色的客厅内，我的儿子和女儿各坐在他们外祖母的一边，像哨兵一样守护着她。他们用胳膊揽住我母亲的胳膊，像是害怕她像气球一样飞走，消失不见。

威尔请母亲坐下，可她只是不停地重复一句话——“这不是真的。”诺拉拥抱着母亲，对她说埃弗再也不会痛苦了，可母亲仍然回答：“这不是真的。”尼克感谢母亲，谢谢她给了埃弗生命，将他的终身挚爱送到了人世间。母亲说的还是“这不是真的”。“现在怎么办呢？”她又问道。大伙儿齐刷刷地回答：“深呼吸。”

这曾经是一幢漂亮的房子。我望着埃弗的钢琴，一叠琴谱整齐地码放在钢琴上。我又望向他们的书架，书架的顶部摆放着埃弗多年来收集的玻璃制品。“噢，埃弗。”我在心中叹道，“你真是太聪明了。以借书为借口将尼克支去图书馆，让他把你单独留在家里。他当然会上你的当。书籍是用来拯救人类的，也是用来摧毁人类的。图书馆。当然了。埃弗，你真是让人难以置信！”我几乎要笑出声。她从前是怎样评价图书馆和人类文明的？“你做出了承诺。”埃弗曾这样说，“你承诺会归还所借阅的图书，承诺将回到图书馆。这世上难道还有比图书馆更讲信誉的组织吗？尤？”

门铃响了。大伙儿都一动不动。那门铃又响了两次。“噢。”尼克想要起身。“等等。”我制止道，“还是我去吧。”按门铃的是蛋糕店的家伙，他送来了母亲为埃弗订的生日蛋糕。我谢过了他，把蛋糕拎进屋给大伙儿看。这是一个精巧的白色蛋糕，新鲜柔软。蛋糕上写了一行给埃弗的祝福语。我们都吃了一小块。尼克小心翼翼地把蛋糕切开，把它们装在埃弗收集的纯白的上等瓷器里。我们一边吃蛋糕，一边望着折射在蓝色玻璃碗上的夕阳。

夜深了，蛋糕已被分尽，最后一点夕阳也不见了。大家纷纷告辞。尼克站在前门目送大家离开。尼克穿着他周末穿的休闲服，一条卡其色短裤和一件旧T恤。这衣服本意味着休闲和舒适。母亲问他是否挺得住，他张开双臂拥抱了我的母亲，把脑袋深埋在她的肩膀下。威尔想知道他是否有必要留下来陪着尼克。“不，不。”尼克挥手拒绝了这个提议，可他还是谢过了威尔。他的父母、兄弟和朋友都不在这座城市，他们会在几天后赶来。尼克今夜将独自过夜。

回到母亲的公寓后，我打开尼克交给我的小包裹。里面装着埃弗写的一个故事。我从未听说她也想写书。埃弗管这个故事叫“八月的意大利”。我随意翻阅了其中的几页，读了一小段。故事的主角对意大利倾注了无限的热情。埃弗想要去意大利，因为那是她“小说中的姐妹”所在的地方。她列举出几位“小说中的姐妹”，以及这些人物曾经出现在哪些作品中，她们又是怎样保护她，把她从困境、愤怒和对“活着”的愤怒中拉出来。啊哈，原来埃弗还有别的姐妹。有那么一瞬间，我感到妒忌。别的姐妹为埃弗提供了帮助，我却没有。她爱极了这些书，书本也回报了她的爱。然而我的嫉妒很快便烟消云散。我怀揣着某种奇怪的情感，感觉自己的内疚感能被冲淡一些，能够分散到这些女人——我们的姐妹身上，即便这帮姐妹里只有我才是真实存在的。我把埃弗的故事从头到尾翻阅了一遍。

虽说作者通常不会在书的结尾处和读者道别，但我感觉我若是不和你说一句“再见”，便不能结束这个故事。事实证明这是一本关于告别的书。我觉得自己有必要在结尾处与读者道别，分析道别的原因，并更好地理解它们。一直以来，你都是我这趟旅途中的旅伴，是我真诚的观众，也是我写下这个故事的主要原因。我发现自己突然间没办法再去想与你分开的场景。你的确比我更厉害，你洞悉我的生活，我却对你一无所知，我只能写一些泛泛而论的祝福，祝你好运安康。再会，再会。写下这段文字时，我的眼中若有泪水，这泪也是为你而流。再会了。

那天晚上，威尔睡在客厅的沙发上，诺拉、母亲和我一同睡在母亲的大床上。母亲把原本堆在床上的物件都扫在地板上：侦探小说、衣服、眼镜、日程表、笔记本电脑。我们没睡多长时间。三个女人一直聊到深夜，到第二天凌晨。我们聊的是埃弗，聊她无可复制的个人风格，聊她的过去，她的一切，唯独不聊她的未来。未来是死亡的领地。这一天正值六月，朝阳早早地升起。过去的六周内，我从这座城市飞到另一座城市，从东边到西边，再从西边到东边。

“这是我参加过的最奇怪的睡衣派对。”诺拉表示。

“这不是真的。”母亲说。

我们在电视上看了会儿世界杯比赛，这球赛似乎进行了一个月，好像永远也不会结束。我们与失败者一同啜泣，看他们如何防御，怎样应对失败。我们对胜利者一点兴趣也没有。诺拉突然想到我们应该像比赛结束后的运动员一样，彼此交换上衣。于是到最后，母亲穿上了一件汗津津的小T恤（网球比赛后的汗渍还没有洗干净），诺拉穿着我那印着“混凝土内在”的，沾有汗渍的旧T恤，而我则穿上了母亲柔软并且有些磨损的睡衣。这件睡衣是父亲当年送给母亲的礼物。我想象着他徘徊在搬运与纪念大道的街角，在哈德森港湾小店为母亲挑选睡衣时的场景。每年圣诞节，父亲都会为母亲买一件睡袍，这是我们家的传统。不过父亲大多数时候会买一盏台灯。台灯是人们抵抗黑夜的装备，它可以帮助你早一些入眠，也可以让你一直醒着，像药物一样管用。我和埃弗有时候会帮爸爸挑选睡衣。我们有时会挑选甜美而端庄的法兰绒睡衣，有时又会挑又短又薄的。我从未细想过父亲挑选睡衣时的心理活动。我和埃弗多年前对内衣的挑选也许正是多年后我们成为女人后的选择。

我躺在床上，回忆埃弗那一小段文字中究竟用到了多少次“告别”——四次，还有三次是用英语之外的语言告别。好吧，埃弗，好吧。在熹微的晨光下，诺拉和母亲终于睡着了。她们脸对着脸，手拉着手，四只手像一卷羊毛，像求偶的袜带蛇一样缠绕在一起。躲在她们俩中间一定非常安全。

多年前的一个晚上，我还是个小女孩，埃弗则正值豆蔻之年。我们那时还待在我们的门诺教的小镇里。晚餐时，埃弗来到餐桌旁，用鼻子哼了一声，对大伙儿说："嘿，抱歉，是谁把米奇老鼠放在桌上的？"这是爸爸留在餐桌上的。妈妈气坏了，她才对爸爸回顾了刚刚过去的一年。在这一年里，女性和其他各类人群的权利都得到了突破性的跃升。除了生自己的气，父亲极少对他人生气。然而他这次有些怒气冲冲。父亲声称自己努力想要做一个现代化的男人，帮着母亲收拾桌子，没想到却遭到这番嘲笑。早知如此，他又何必要费这心思。

母亲坚持要在火葬前看埃弗一眼，我也是这时候看见了埃弗破碎的脸，"是谁把米奇老鼠放在桌上的？"这句话瞬间冲进了我的脑子。和父亲当年一样，埃弗选择了卧轨，火车撞碎了她的脸。埃弗没有等太长时间，她完美地预测了时机。暴力若不是直接回到我们的血液和骨髓，还能去往何处？我、尼克和母亲走在通往殡仪馆休息室的小道上，我和尼克分别走在母亲两旁，紧紧地揽着她的胳膊，像是要表演一段俄罗斯传统舞蹈。葬礼主持问母亲是否要看一看我姐姐的遗体，并建议母亲还是看看姐姐的手就好。姐姐躺在一副木棺里，只露出一只苍白消瘦的手。母亲不肯听那人的意见。"我要看我女儿的脸。"她坚定地说。于是我们都见到了埃弗的仪容。人们将她脑袋上的大洞缝了起来，她的脑袋像是一个破碎的棒球。而那一刻我所想的是："是谁的米奇老鼠将我姐姐的脸缝起来的？"我们盯着她看了约一分钟，盼着她能够眨眼，睁眼，因这荒唐的一幕放声大笑。可我很快便打消了这个念头，一阵强大的、潮水般的情感涌入我的体内，让我对丧礼承办人充满感激。我感谢他努力想要恢复姐姐的美丽，只为了让她的母亲看她最后一眼。

埃弗把我定为她的保险受益人。她为我留下了一笔钱，未来两年内，我每个月都能收到两千美元。这笔钱足够我待在家里，躲在自己的房间内写作。她留了张字条给我，字条上写着："拿着，旋转脑袋。"埃弗为我的孩子设立了信托基金，给母亲留了一笔钱，足够她好好地旅行一趟，买一副强劲助听器，她还给尼克买了一部炫目的新车。

母亲要搬来多伦多，与我和诺拉同住。

"我可以吗?"她在电话那头问道。

"请您务必要来。"我说。

这事无可争辩，无须讨论。我们是时候严阵以待了。我们失去了几位亲人，钱也花得差不多，是时候迎接寒冬了。

多亏了埃弗，我才能买下这间破旧的屋子，我、母亲和诺拉三个女人才能住在一起。

第18章

空屋子的正中央摆着一个充气床垫，我躺在床垫上，漫不经心地听尼尔森对我说他的宝宝。一个宝宝在多伦多，另一个宝宝则留在牙买加。尼尔森对我抱怨这两个宝宝的两位妈妈，控诉这两个女人给他造成了怎样的伤害，称这也正是他必须没日没夜工作的原因。尼尔森站在四脚梯的顶端为我粉刷天花板。我和尼尔森没有上过床。他是我雇佣的粉刷匠。我处在半梦半醒之间，极力想要记起我和埃弗多年前的一段谈话。谈话的内容大概是：

“嘿，你耳朵里有什么？”

“我的耳朵？什么也没有。”

“不，你的耳朵里有东西，尤兰。好像是精液什么的……”

“才没有。”

“绝对有！我肯定。是的，你的耳朵里有精液。”

“那是洗发香波。”

“不是洗发香波，你看。”

“住嘴!”

“说真的，快来让我看看。”

“不。”

“那这是什么？你尝尝看。”

“是洗发水。我刚刚洗过澡。”

“你怎么知道？快尝尝看。”

“埃弗瑞达，我才不会尝我耳朵里的东西，不论它是什么。这就是香波。而它之所以不是精液，是因为我从来没有——”

“哈！上帝啊，你真是个小撒谎精……放松。就算你耳朵里有精液也没关系。”

尼尔森一边给破损的墙面刷白漆，一边对我说他的妻子。根据房产经纪人的说法，我的房子虽说破破烂烂，却有着良好的骨架。恐怕她说的骨架其实是真正的尸骨。我昨天在厨房的碗柜里找到一本名为《连环杀手A到Z》的书，是这屋子的上一任古怪主人留下的。房产经纪人根本不愿意带我参观这套房子，这房子污秽肮脏，让她叫苦不迭。不过我对她说我们的时间已经所剩无多，我母亲就要到了。

这屋子坐落在一座污染严重的湖边，被夹在一座火葬场、一家精神病院和一座屠宰场中间。我把这屋子的状况形容给母亲听，而她在电话那头说：“这几样东西恰恰是我们每个人都需要的。”屋子的墙面都裂开了，地板和每一级台阶都是破碎的。脱落的墙面蜕变成了红色的粉末，像火山灰一样漂浮在整座房子里，飘进你的眼睛和嘴巴。这房子的屋顶必须更换，地基上全是破洞，院子里野草蔓延，露台下面还藏着臭鼬窝。有一天晚上，我遇见一位妓女（已经读大二的威尔表示，我应该把这些人称作“性工作者”），这位妓女和她的客人以我的后篱笆为掩护从事性交易。“哦，伙计。”我学着父亲可能使用的语调感叹。那妓女的鼻尖有一块硬币大小的红色疤痕。她似乎本打算离开我的院子，却又突然改变了主意，回这里卖淫。每天早晨我都能捡到用过的安全套和针管，把它们丢进后门附近的一个蓝色垃圾桶里。有一扇门安装的方向也不对劲，我每天能撞上好几次。等门边的蓝桶满了，我就要……好吧，我也不知道自己要怎么做。那所谓的院子其实只有一块泥地、一个车库，院子里的泥土早就被周边工厂内排放的铅物质污染了。

母亲四周后便会乘坐联合搬家公司的怪物卡车来这里。我要趁这段时间将这座臭水沟改造得有几分样子。诺拉将会住在楼顶的小阁楼里，与松鼠为伴。我将住在二楼，与老鼠为伴。母亲住在一楼，靠近臭鼬窝。我们要打开破旧的纱门，到达不同的楼层，像波西米亚人一样歌唱。这就是我们自愈的方法。我们的屋子后面有一座落满灰尘的废弃摩托车配件厂。这座废弃工厂遮住了西边大半的天空，除非我们到达三楼的屋顶，否则根本看不见另一半天空。不过我们可以在屋顶上遥望多伦多市。

废弃工厂旁是一条污泥沉积的河流，人们将垃圾、婴儿车、坏掉的网球拍、电脑、脏内衣裤、闹钟扔进河里。到了晚上，总有两个穿着防水长筒靴的神秘男人一言不发地站在河泥里，把泥沙往外抽，使得这有毒的棕色河水能够顺着后巷旁的河道流向阿德莱德街，流经国王街，最终到达安大略湖。我雇了个人，请他在我屋子的后面搭一间宽敞、明亮、温暖的卧室。有朝一日，住在这里的人也许能在这间卧室内看到满地繁花的后院、碧蓝的天空，能在这里放飞希望和梦想。这间屋子是为我的母亲准备的。

某个为我修理屋子的家伙似乎想要邀请我和他约会。他邀请我和他一同参加酗酒者儿女的互助会。我对他说我的父母没有酗酒问题，可他表示没关系，我们每个人都有自己的麻烦事。还有个曾经在布加勒斯特做哲学教授的家伙，他在我家的前门尿尿，还想让其他人一起学着做。那人说人类的尿液能够驱散臭鼬。湿热的白天终于过去，每当夜幕降临，我都可以暂时用不着讨价还价，不向干各种活的男人们支付现金。每当这时，我都会来到大屋外，躺在空房间的充气床垫上，听尼尔森用美妙的声音谈到他那在牙买加出生的宝宝、女人和工作。

由于已到八月，我的右眼似乎就快要爆炸。我的眼睛鼓胀得厉害，黑眼圈也深得吓人。我对秋季过敏。我讨厌缩短的日照时间和延长的黑夜，也讨厌死亡。我今天和一个朋友吵了一架。她怂恿我走出家门，说我需要新鲜空气，得换个环境，需要继续前进，像刚刚学习走路的小宝宝一样，勇敢地迈出这一步。

这真是个错误。

我们到达邓达士街，来到一家名为“拯救优雅”的咖啡馆。那位朋友说她为我感到担心，我所遭遇的一切实在太可怕，在她看来“亲手结果自己的性命”可以说是触犯了上帝的原罪，这种行为会给生者带来莫大的痛苦。我忍不住反问：“那你告诉我，那些活着却给其他人带来痛苦的混蛋呢？那些混蛋是否连活着也成了罪孽呢？”

“好吧，”她回应道，“就算我们一开始没有选择被生出来，但我们终归活在这个世界上。为了那些把我们养大的人，为了那些深爱着我们的人，所有人身上都承担着各式各样的责任。我的意思是，每个人都有自己的情绪和愤怒。虽说亲手结果自己的性命这种行为看似是要回归神的怀抱，可这在我眼中就是最大的虚荣。这种行为自私得让人不敢相信。”

“你可以别再用‘亲手结果自己的性命’这种字眼吗？”我忍不住问。

“那我该说什么？”

“自杀！当某个人被人谋杀，你难道不说‘谋杀’，而是说‘被他人结果了性命’吗？这又不是什么《基度山伯爵》。”

“我只是觉得这样说更有文采一些。”

“还有，”我继续道，“你说什么来着？自私？这怎么能叫自私？除非你亲眼见到她受到的折磨，你有什么资格这样判断？”

“好吧，”她仍然不肯罢休，“可你的姐姐若能考虑到这件事给你带来的影响——”

“给我带来的影响？”我打断了她的话，“不好意思。”——所有人的目光此时都落在了我身上。“听着，”我继续道，“我不认为你能够明白。这样说可能会有些不讲理，但你怎么可能明白另一个人的自杀究竟意味着什么？”我那位朋友请服务员再给我们上一些咖啡。“事实上，”我说，“现在我开始用敢不敢自杀这件事来衡量一个人的特质和气节。”

“你这是什么意思?”我的朋友问，“听着，我不认为……”

“比如杰瑞米·艾恩斯[①]，我打赌他一定有这个勇气。”我说，“弗拉基米尔·普金？他才不敢呢。”我说了几个大家耳熟能详的人名，判断他们有没有自杀的勇气。最后我说到了那位朋友的名字，不由得住了口。我用那只鼓胀的眼睛瞪着她，而那位朋友说她不想要再谈论“自杀”这个话题，它必然会造成我们友谊的破裂。我对她说这个话题将伴我们一生，无论如何也逃不掉。“你若不希望自己乘坐的飞机坠毁，”我说，“那就要在脑子里反复预料飞机坠毁的各种可能性。”那女人说我在愤怒管理方面可能有些问题，而我对她说：“噢，读心者，你他妈真是这样想的?”

我试着道歉，想要缓解这紧张的气氛，却不知要说些什么。我学着妈妈的样子，引用歌德《我的生活》中的句子——“自杀是人类的天性。在言语和行为上对这一天性表示尊敬，是人们同情心的所在，也是每个时代都会被重新讨论的话题。”然而在我说这句话的时候，我的朋友只是不停地查看手机，故意不听我的话。我冒犯了她。我不怪她。我也想要回到正轨。我不知从什么地方读到“动物”是一个绝妙的中立话题，于是问道：“你有没有养过宠物?”“你很清楚我没有养过。”这位朋友回答。我和她聊起了“小左”，一只德国牧羊犬。“你知道吗，我的孩子还小的时候，会和他们的小伙伴在我家后院玩耍。每隔一段时间

① 英国影视演员，1991年凭借《命运的逆转》获得第63届奥斯卡最佳男主角奖。

我都要看看这些孩子们的状况。有一次我透过窗户看了看他们，发现这些孩子都挤在院子的一角。他们玩得很开心，全然不在意那空间的狭小。你知道为什么吗？因为小左是德国牧羊犬，放牧是她的天性。那帮小孩都被挤到院子的角落里，小左遵从了她的天性。无可选择，小左必须放牧。听了这段话，你能明白我生气的原因吗？”

这次聚会后，我用龙舌兰酒把自己灌醉。酒瓶上印着两支交叉的手枪，枪头指向天空和上帝。我给我的朋友打电话，在她的语音信箱中轻声留下另一段道歉的话。我想要告诉这位朋友，我的确想象过她会用什么方法自杀，可我很快掐灭了这个想法，开始思考她为什么能够忍受一切。

我给朱莉打电话，但朱莉的儿子告诉我，他母亲和贾德森去了电影院，他和妹妹此时正由外祖母照料。

“告诉她，我爱她。”我说，“我也爱你，还有你的妹妹，你的外祖母。我爱你们所有人。”

第19章

母亲来到了多伦多，我们母女三人都住进了这所房子。母亲第一次见到这所房子是在几周前一个雷电交加的夜晚。那天夜里暴雨滂沱，雨点像小球一样滚落，一道道闪电像是插入地球的尖刀，把夜空映成了深紫色。我把车停在车道内。诺拉和她的几个同学坐在车后座。母亲从车内出来，想要打开雨伞，却被狂风吹得打转。大家透过车窗看着她，像是在观看一场哑剧表演。她最终不得不放弃，抱怨了几句，把雨伞扔到空中，让狂风把它吹走。雨伞被卷到空中，又垂直落下，朝我母亲的脑袋砸去。好在母亲闪避及时，雨伞最终只是落在车上。我们全都下了车，只要在这雨中站上一秒钟就足以全身湿透。母亲想办法抓住了雨伞，带着它朝河岸走去，走向那条环绕着废弃汽车配件厂的、遍布垃圾的毒水河。母亲把雨伞扔进河里。“真是自欺欺人。”母亲说。这话似乎是在说：我们真是一群傻瓜，居然自以为能战胜气象。大伙儿在暴风雨中捧腹大笑，望着那无用的雨伞沉入烂泥中。过了今晚，我得提醒母亲，我们最好把垃圾扔进蓝色垃圾桶，而不是臭水池里。母亲将会对我说：“哦，对了。我忘了你相信‘垃圾回收’那套理论。你知道所有的垃圾最后都会汇聚到同一处。垃圾回收只是政府的一项阴谋，为的就是让我们自以为在拯救地球，好让他们为了一点蝇头小利和矿产公司达成秘密交易。”我们好不容易进了屋。尼尔森正站在梯子上对我母亲的天花板做最后的修补。屋子里飘荡着饶舌音乐和令人陶醉的芳草气味。

母亲微笑着，缓慢而仔细地查看了屋子的每一处。雨水从母亲的鼻尖落下来，她不住地叹息，用手抚摩楼梯栏杆和墙面。见到某些物件时，母亲忍不住会点头，这些物件能让她回忆起自己的童年。她后退一步，像是在欣赏法国罗浮宫，最后表示我的房子还是挺有格调的，她喜欢这地方奇怪的魅力、温暖的气息，已然能想象大家在这所房子内幸福生活的情景。“棒极了！”母亲对所有人称赞道，包括我、诺拉、她的同学，甚至包括刚刚爬下梯子，随我们一同参观房子的尼尔森。母亲与每个人击掌，一一拥抱了大家。

我从冰箱里拿出四罐啤酒。母亲、我以及尼尔森共同举杯，为了未来，未知的一切，过去，各自的回忆，甚至为了这座某种意义上可被称作避难所的地方举杯。雨已经停了，大家来到二楼。这层楼的天花板上悬着已经破损的圣诞灯饰，整个二楼呈现出一副凋敝破落之态。我们在此处仰望夜空。尼尔森对我们说了些有关飓风和风眼的谜语。姑娘们被逗得花枝乱颤，她们都认为尼尔森是个性感火辣的男人。母亲手握着栏杆背对我们，安静地遥望西边的天际。她突然转过身，背诵起了她最爱的华兹华斯的诗歌。我并非第一次听母亲背诵这首诗，这一次却感到撕心裂肺。

这美妙的夜晚，静谧而惬意。
这神圣的时刻，沉静且安宁，
宛如屏息膜拜的修女。
恢宏的太阳沉于宁谧，
天堂的柔和笼罩着海洋：
听啊！那全能的力量正在苏醒，
将他那永恒的动力开启，
那咆哮若雷霆——声声永不息。
亲爱的孩子，亲爱的女儿，请与我同行于此，
就算你不曾为这肃穆的思想打动，
也无损神赐予你们的天性：
你们常年躺在亚伯拉罕的怀抱里，
在神庙的神龛前顶礼告祈，
神与我们同在，尽管我们不曾留意。

“哇哦，”尼尔森对女孩们感叹道，“你们听见了吗？听见奶奶说了什么吗？”女孩们拍手问母亲这是不是歌词。我举起酒瓶说：“让我们饮尽生命之杯。”这句话也是母亲经常引用的，出自于丁尼生的《尤利西斯》。这句话被印在了母亲的高中年鉴上，就在她的照片底下——“罗蒂饮尽了生命之杯！”她对我眨了眨眼。

“什么？”诺拉没听清我的话。

女孩们必须小解，我建议她们用杯子接住，再把那杯子扔到前门处驱散臭鼬。“别担心我妈妈。”诺拉对她的朋友们说，“她是个嬉皮士。她小时候除了与风玩耍，什么玩具也没有。你们不用尿在杯子里，我们有厕所的。”

尼尔森和母亲简单地聊了几句，谈到了诗歌和海洋的强大，讨论了洪涛、暗流和海洋无形的力量。女孩们终于肯回家了，消失在了黑夜中。我下了楼，想要再看一眼母亲的屋子。她想要拆掉窗户上的护栏，可我的翻修小组坚决不同意，他们需要为母亲的安全考虑。“我才不要住在监狱里。”母亲坚称，“一定要把这东西拆掉。”我回到母亲的客厅，从背包里抽出一支铅笔，爬上尼尔森的梯子，在他就要粉刷的天花板上写下 AMPS。我爬下梯子，对母亲抱怨说我们必须睡上一会儿。搬家公司的卡车明天就会从温尼伯开来，我们必须留意搬家这事儿，指挥搬运工把东西放进相应的房间，教他们如何组装。完成这一系列工作后，我们就能在这个地方幸福地生活下去了。

母亲的一只眼睛上戴着眼罩。房间内坐着一群老年人，他们的一只眼上都罩着眼罩。我来这儿接母亲回家。一个男人领我进入这个海盗集会。每个人都罩住了自己的左眼。我们在多伦多圣乔瑟夫健康中心的一间房内。我的母亲正和一对穿着情侣夹克衫的夫妇热聊。她招手让我上前去，分别介绍了大家。母亲说白内障医生这周只做左眼手术，下周则会做右眼手术。医院给她开了六瓶附带说明书的小瓶眼药水。

接下来的几周内，我和诺拉轮流帮妈妈滴眼药水，生活规律也被打乱了一些。每滴一次眼药水，我们都得等上几分钟，等母亲吸收之后再换另一种。等待期间，我们会在钢琴上表演疯狂二重奏。我们弹得飞快。我们有时会弹母亲最爱的小调，比如《天父的孩子》，可我们会用最快的速度弹奏它，惹得母亲捧腹大笑。诺拉能在十秒钟之内弹完《彩虹的一边》，甚至能以更快的速度弹完《亨德尔的萨拉班德》。

母亲需要滴六种不同的药水，每次滴两滴、四滴或六滴，换药水期间需要等三分钟，每天重复四次！我们拿着小药瓶来到母亲身边。她顺从地摘下眼镜，仰起脑袋，把她的银发从眼睛周围拨开。滴完眼药水后，她会一边流泪一边在电脑上玩网络拼字游戏，最后往往满脸都是泪水。

“不可战胜的宁静。”我对她说。

“不可战胜的宁静。”母亲重复道。

“你一定能战胜一切。”我说。

“你一定能战胜一切。”

几天前，母亲出门散步，带着一个让她雀跃的消息回家。

“我发现了一些东西。”她说，“我去了街角的火葬场，发现我能被烧成一千四百个小块——这就是全部的我。他们还有门对门服务，取走我的尸体，把它装在罐子里运回来。”

她向我展示了她在皇后西大道买的新鞋，这是一双质量上乘的免鞋带黑色皮鞋。母亲不是嬉皮士，也并非时尚专家。她只是个又矮又胖的七十四岁的老妇人，一生中大多数时间都待在这个国家最保守的门诺派小镇上。母亲一生受尽了命运的折磨，她突然想要拥有一颗时髦的心，决定搬到这个国家最大的城市。在多伦多，母亲一个人也不认识，可她喜欢多伦多蓝鸟队，母亲通过它认识了各种各样的陌生人。母亲有着惊人的适应能力和了不起的运动家精神。

我列出一张“皇后西大道最讨厌店铺”的清单。为母亲服务时，这些商店对母亲的态度显然不如对年轻人以及更有魅力的顾客那样好。母亲甚至没有意识到这些。她是个充满好奇，天性欢快，对狂妄无礼视而不见的人。母亲的耳朵不算灵敏，因此也许会有些吵闹。她很爱笑，对一切充满好奇且不惧提问。她不明白自己为什么不能每天晚上和一群电影学院的学生一起参加派对。母亲和皇后西大道的众人完全相反。她可以自在地穿着 XXL 号的粉红色棉质上衣和她在罗德岛拼字锦标赛上赢来的 T 恤。她愿意和那些苍白消瘦的零售店店员交谈，愿意听他们的故事。她想知道他们贩卖的商品是从哪里来的，他们又是怎样挑选商品，想知道某种衣服要怎样穿，怎样清洗。母亲想要对自己的新家多一点了解，想熟悉这个新世界。正因为如此，人们对母亲投去的冷眼更让我感到心碎。我将永远抵制这些店铺，诺拉也是。虽说这种做法会给诺拉带去一些痛苦：她是那么年轻、光彩、时尚，的确应该时不时逛一逛这些店铺。但是管它呢，我们会把你们碾碎，势利鬼们！

母亲已经和国王街的几位干洗店员工交上了朋友，在这些人眼中，我的身份就是罗蒂的女儿。母亲每天早晨都会和街对面的一个家伙聊天，甚至把我的沙发椅送给了他和他的儿子们。那可是三个大块头的男人，其中一人的鼻子上还新添了一个伤口。今天早晨，那个家伙上门对我说："罗蒂说你这儿有一张可以送给我们的沙发椅。""不。"我拒绝道，"我没有。这是个误会。"

"您能不能别把我的东西送给别人？"我问道。

一个家伙从我们的屋子前走过。他穿着衬衫，打了领带，披着夹克衫，穿着鞋和袜子，却没有穿裤子和内裤。母亲一见到这人就跑回卧室，把自己的运动套装送给他。那人谢过了母亲，把裤子像围巾一样绕在脖子上。"好吧，这样也行。"母亲说。我问母亲会不会舍不得这套舒适的运动衣，母亲却说她现在不能把我的东西送给别人，可她可以随意处置自己的东西。

她还加入了一个门诺教堂，人们邀请她成为教堂的长者。"这是什么正式的任免状吗？"我问，"您不是早就是长者了吗？您已经很老了。"母亲说教堂内一共只有三位长者，人们的邀请让她感到非常荣幸。在东村，一个女人永远不可能成为教堂的长者。人们除了让女人们闭上嘴、张开腿，绝不会请（或者要求）她们做任何事。母亲表示自己需要考虑一段时间。母亲总会去拜访那些无法出门的教徒，为他们唱圣歌，帮他们做饭，逗笑这些人，总之一定要贡献一己之力。教堂的教徒们总会来我家，在我们可怕的前院内种些东西：花朵、灌木、抗寒植物、装饰岩石等等。我们隔壁的邻居亚历山大也开始在院子里撒下木屑，我们的房子由此变成了某种让人叹为观止的社区项目。

我们不会提到瑞士，也不去讨论我当时是否应该把我姐姐带去瑞士，帮助她结束生命。我相信埃弗永远不会对母亲提到瑞士计划，我也没胆子去问。一天晚上，母亲好不容易结束了当日的布施，给自己倒了一大杯红酒，看她挚爱的蓝鸟队再次一败涂地。在二楼和三楼的我和诺拉都能听见母亲在一楼对着电视大喊："把他送回老家去吧！赶紧呀！"我们早就习惯了这一幕。母亲一直以来都是蓝鸟队的支持者，她清楚每一个选手背后的故事和统计数字。好吧，这个家伙肩关节的旋转套被撞碎了，那个家伙的投球惨不忍睹，另一个小子也许还不错，他因为腹股沟受伤上了伤员名单。他们刚刚进了 3A 联盟！

几周前，母亲疑似进行了一场约会。母亲说她想要和那老家伙（我猜他大概比我母亲年轻十岁）找个地方喝点小酒。喝酒的习惯是她来多伦多后不久染上的。母亲要去看蓝鸟队的比赛，还特意买了一瓶贴有"敢不敢挑战?"的梅鹿汁葡萄酒。她邀请我一同去观看比赛，我却一直在和母亲的约会对象聊天。我发现他对棒球其实没什么兴趣，还发现这家伙每天都要抽两支大麻，以此缓解关节炎带来的疼痛。"您的约会对象是个瘾君子。"我对母亲说。然而母亲无意听我的话，像个童子军一样注视着比赛的全部进程。她弓着背，用锐利的目光记录下一切：击球、未击中的球、奔跑过程和失误。当那个家伙想和母亲聊天，问她是否想要吃热狗或其他食物时，母亲说的却是："裁判，拜托了！醒醒吧！你在做什么呢，施耐德？两个人下场了，球要上垒了！"比赛结束后，我把母亲的约会对象送回城市最东边的某个地方。那人下车后，我问母亲究竟知不知道他是做什么的，母亲说她不太清楚，不过那个男人买了部手机，应该不会再用公共电话给她打电话了。

"他常常会去多伦多大学。"母亲说。

"很好。去那里干什么?"我问。

"去洗澡。"

昨天夜里，我下楼和母亲打招呼，却发现她不在楼下。桌子上有一张便条，上面写着："尤兰，我要去听一场关于厄立特里亚的演讲。冰箱里有食物。"我拨通了母亲的电话，她好不容易接了电话后，我听见电话那头传来喧闹的噪音和喊叫声。"您在什么地方?"我问，"已经十一点多了。""等会儿，"母亲说，"嘿，伙计们，我现在在哪儿?"我听见某个家伙回答了母亲的问题。"我在皇后大道的摩托车酒馆里，"母亲告诉我，"边吃汉堡包边看比赛呢。现在是加时赛。""您一个人吗?"我问。"不，不，这儿还有一大堆人呢。"我听见更多的笑声和尖叫声，最后完全听不清母亲在说什么。

我坐在沙发上，这张沙发正是母亲想要送给邻居的那张。我的眼泪刺痛了眼睛。当你的运气处于最低谷时，连眼泪都能伤害到你。我已经拜访过隔壁的邻居。她的名字叫艾米，刚生了小宝宝。我几乎每天都能见着她，她总会带宝宝出门散步。一个月前，艾米在人行道上发现一只受伤的燕八哥，于是把它带回家照顾。她用树枝和飞盘搭建了一个鸟巢，把它放在卧室里。艾米把活蚯蚓放在装有泥土的小碗里，用婴儿食物和沾了苹果酱的小棍子给小鸟喂食。她找来了燕八哥鸣叫的音频，教那只小鸟怎样用自己的语言歌唱。三周的悉心照料，艾米认为这只鸟已到了离巢的时候，已可以独自生活，于是打开了鸟巢的门。这只燕八哥跳到艾米的肩膀上，艾米顶着小鸟走到走廊上，下楼，沿着楼下的走廊来到敞开的后门。突然间，小鸟看到自己的机会到了，冲着门外的光线飞去，飞离了艾米家。艾米把她的手机递给我，问我想不想看小鸟飞走时的视频。“是我丈夫拍的。”我看见一个模糊不清的黑影飞在半空中，消失在门缝外的矩形光线中。它飞得真快。看着这段短视频，我心中某样东西似乎瞬间崩塌了。燕八哥突然飞走，任谁也追不回。虽说极力克制，可我像是被人施放了催泪瓦斯，眼泪止不住地往下落。

我的面前摆着埃弗多年来寄给我的卡片。这些卡片记录下了每一个值得纪念的时刻，都是埃弗亲自用马克笔写的。“瞧瞧这些感叹号！”我在心中感叹着。所有的重要时刻，生日、圣诞节、毕业时刻，都被着重标注出来。年复一年。这些重要的日子总会迎来新一轮循环。我们蜷缩在一起，用胳膊拥抱着彼此，头盔碰撞在一起，重新部署策略，开始新一轮游戏。小时候，我对埃弗说（也许只是对我自己说）我会把她的心脏保存好，把它永远地包在丝绸袋里，就像玛丽·雪莱保存她挚爱的诗人丈夫的心脏一样。当然，我可能也会把埃弗的心脏藏在我的运动包里，把它放在梳妆台最顶端的抽屉里，或者把它藏在巴克曼公园的古树底下，我在那里藏了许多宝贝。而现在，我在屋子里翻箱倒柜地搜寻马克笔。我要能找到粉色和绿色的马克笔就好了。我找了一会儿，最终选择了放弃。

和母亲生活在一起就像和小熊维尼生活在一起。她总有那么多的冒险，总能给自己惹一堆麻烦，又总能全身而退。伴随着这一系列冒险的总有几行温柔的感悟。你若是总被蜜罐卡住脑袋，想必每次也能得出几句感悟吧？

她昨夜一整夜都没有回家。她忘了带钥匙，今天早上出现在前门时，她的头发蓬乱得可怕，睡袍也被扎进了裤子里。“噢，上帝啊，你终于醒了!”母亲感叹道，“我忘了带钥匙!”

她昨夜去了失眠诊疗所，在那里接受了头部电击治疗，度过了一个多梦的夜晚。睡眠指导师对母亲很不满，因为她总想要读书。她让母亲睡觉之前别读书，母亲却说她不读书就睡不着。母亲带了雷蒙德·钱德勒的作品。睡眠指导师让母亲把书交给她，母亲大笑着说:“别开玩笑了，把书还给我。你还是死了这条心吧。”此后，睡眠治疗师对母亲的态度多少有些粗暴。第二天早晨，她猛地把连在母亲脑部的电极抽走，母亲离开时，她甚至没有同母亲告别。母亲无法忍受那些拒绝问好和告别的人。母亲常说:“当人们不再问好和告别时，人类文明也就到了尽头。”

“显然，”母亲说，“在我睡着时，我的心跳每小时停滞了九十次。”

“您患了睡眠呼吸静止症。”我说。

“简直再明显不过了。”母亲对着自己在镜子里的影像大笑。

母亲给我看了她的睡眠装置，这是一个巨大的、带软管的塑料面罩。母亲需要戴上这面罩，通过连接在面罩上的某些精密装置呼吸。使用时，我们还得在这面罩旁的小壶中注满水以保持仪器的潮湿。母亲把面罩戴在脸上，像黑武士一样拖着沉重的步伐走了几步。“如果有人闯进我们家，看见我戴着这玩意儿，他们肯定会落荒而逃。”水蒸气很快凝结在塑料面具上，母亲在这面具底下艰难地呼吸。她一把扯下面具。“我这会儿要是还戴着眼罩就好了。”她说，“对付眼罩可比对付这玩意儿轻松多了。”

她打开电脑，快速地玩了会儿网上拼字游戏。与母亲对战的是法国人，他要给母亲看他阳具的图片。母亲回复道："谢谢。不用了。你有没有巴黎的图片？"

我突然意识到某件事情。事实上，真正振作起来，向前迈步的那人并不是我。我以为自己拯救了母亲，让她可以陪伴在我身边，然而事实上，是我的母亲允许我陪在她身旁。

"这么说，"我说，"您在睡眠诊疗室做梦了？"

"天哪！"母亲说，"可不是嘛。我顿悟了。"

"是吗？"

"你知道我多么讨厌烹饪，对吗？"

"我知道。"

"可我一直想着我要怎样解决这个问题。我昨晚做了一个梦，瞬间想到了解决方案——速冻食品！一个声音告诉我'吃速冻食品就好了'。于是我在梦里得出结论：我应该多买一些冷冻食物，披萨、肉丸、速冻早餐、鸡爪什么的，把它们存在冰箱里。问题解决了。我有东西吃，而且再也用不着做饭。这点子就像是写在公告牌上的告示，瞬间冲进了我的脑子：速冻食品！"

"听起来挺棒的。"我表示。母亲做了一个有关生存的梦。梦里的声音向她指示了生存的方法。在这样的情况下，我才不会告诉母亲速冻食物里全是硫酸盐。谁在乎这些？

我自己也做了个梦，这个梦和瑞士无关。在梦中，我和埃弗坐在她的黄色厨房里，我们身旁是一扇巨大的落地窗。我们漫无目的地聊着，肆无忌惮地笑着。我们欢快地迷失在言语的迷宫中，尽管这些言语本身并没有多大意义。我们说着故事，把对方逗得拊掌大笑。然而梦中的我有一些要对埃弗说的要紧事。我想要对她说一说我的工作，结束正在进行的这本书给我带来的恐惧以及这本书可能引起的反响。就在这时，我们的闲聊暂停了一小会儿，埃弗开始打哈欠。我想要对她说我的要紧事，她却抬头制止了我。我只能闭嘴。埃弗握起我的手，认真凝望着我，把自己的脸贴近我的脸，让我明白她接下来要说的话是多么认真。我看见她纤长的睫毛，看出她有多么严肃。“哦，感谢上苍，”我心中暗喜，“埃弗要给我鼓励，让我好过一些了。”然而埃弗说的却是：“尤尤，你现在是一个人了。”那个瞬间，梦中的我再一次感受了观看艾米视频时的那种感觉。突然间，我永远地失去了某样东西。我的姐姐变成了一团黑影，朝一道矩形的光线移动。而现在，听母亲讲到这个有关生存的梦后，我突然意识到这也许并非噩梦，而是我自己的“生存之梦”，这是我自我疗愈的起点。因为努力生存之前，我们必须知道我们为何要生存。

每逢周五，我们都会举行家庭例会。诺拉有时候会缺席，她有更有意思的事要做——陪伴安德尔斯，参加派对。她还那么年轻。我们允许她偶尔缺席。我不再随意与人上床。滥交让我难堪。没了埃弗，再也没人在一旁提醒我，说我并非荡妇。再也没人会说：“根本不存在这种事，尤兰，你难道还不明白吗？在这自私自利的父权社会中，请不要把女性对性爱的追求与道德挂钩。”

芬巴致电给我，想知道是不是我杀死了埃弗，问我是否需要法律顾问。我告诉他，我没有杀死自己的姐姐，她替我省去了麻烦。芬巴向我道歉，并表示他没想到情况如此严重。他说他很抱歉。我谢过了他。“但是，你我之间的确有些感觉，对吗？”芬巴说。我喜欢这种说法。这可能是种幻觉，但我和他之间的确有几分情愫。“是的。”我回答。我再次谢过了他。像合格的成年人一样，我和芬巴就要永远地分开了。我和我的母亲及女儿住在同一个屋檐下。我们分别盘踞在三层楼，在阳台上大声呼喊对方。我没有四处寻欢的时间，有的是浣熊、水枪、梦、有毒的护城河、内疚感以及从车道上捡来的使用过的安全套。

母亲说我不能像使用安全套一样，把我的悲伤打一个结扔进垃圾桶。我问她对安全套了解多少，母亲说她做过很长一段时间的社工，她其实了解许多我们以为她并不知道的东西。昨天，我在三一公园散步，母亲却躺在公园的一张长椅上睡着了。我坐在她身旁读了会儿报纸。约十到十五分钟后，我温柔地把母亲推醒，告诉她现在是时候回家了。母亲说她喜欢睡在户外。“这倒是事实。”我表示，“还是说，您总会在外出散步时心血来潮，想要在户外睡一会儿？”

埃弗曾经给过我一架应急避难梯，这种梯子往往被固定在楼上的窗沿上，人们可以在火灾时顺着梯子爬出房子。多年来，我一直把这架应急梯藏在地下室，可我如今渐渐看到将这梯子固定在二楼是多么有先见之明和智慧。

我给温尼伯的医院打去电话，想要和一位名叫埃弗瑞达·梵·瑞森的病人通话。他们告诉我医院没有这位病人。“好吧，那可真邪门。”我说，“她肯定是你们医院的病人。我上次还听你们说，你们短期之内都不会放她出院。”院方仍然表示他们没有那样的记录。我说我已经厌倦了这些无用的小把戏。他们向我道歉，而我挂断了电话。

圣诞将至。尼克很快就要回家和我们团聚了。尼克在温尼伯给我打电话，说他想到了要在埃弗的墓碑上刻些什么。“我安睡在如童年一般甜蜜的梦里，不扰人，也不为人所扰。我的身下是草地，头顶是苍穹。”

“那是什么?”我问。

“你不知道吗?”

“我又没读过每一首诗。”

“是约翰·克莱尔的诗。”

“埃弗喜欢他吗?”

“非常喜欢。这首诗叫作《我存在》! 是约翰·克莱尔在精神病院写的。”

“真的假的?”

“什么?”

“咱们用得着把每件事都和疯人院结合在一起吗?”我说。

“你指的是铭文吗?”

“我指的是所有事。”

“好吧，那你有什么建议?”

埃弗去世后，我想要把埃弗的部分骨灰带回多伦多。然而尼克不愿意把埃弗的骨灰分开，我们只得把埃弗埋在温尼伯榆木公墓的一棵巨树下。母亲提出可将埃弗埋在东村，和父亲埋在一起。而东村守墓人说:“好吧，下葬的若不是棺材而是骨灰盒，我们的确有三个位置。”(这话似乎是在说妈妈最终也会被埋在那里)然而尼克表示:“不行，埃弗明确表示过她不愿意被埋在东村。这无异于把路易斯·瑞尔[①]的遗体交还给加拿大政府。”“埋在你的后院怎么样?”我向尼克问道，“她是个恋家的人。”尼克表示我的建议很有意思，不过把尸体埋在自家后院可能涉及法律问题，埃弗可不是一只猫。“这倒是真的。”我说。尼克表示我已经做了我能做的一切，在这个问题上，没有人是有过错的。然而我对此并不确定。“那苏黎世呢?”我暗想，“我若带埃弗去了苏黎世，她就能体面地离世，也用不着孤零零地死去。这才是埃弗想要的。我失败了。”我没对尼克说这些，而是说他已经尽了全力。

“选择离开的是埃弗本人。”我说，“你知道她多么厉害。单凭着一

① 加拿大政治家，他领导了两次针对加拿大政府和加拿大后联盟的抵抗运动，是加拿大的民间英雄，后因“叛国罪”被绞死。

张嘴，她就能逃出医院。”

“可我应该更努力一些，想尽办法把她留住。”尼克说。

“你已经很努力了。”

“这么说，我们不用约翰·克莱尔了?”

“也许吧。我不喜欢‘疯人院’这一层暗示。再说，我认为女性诗人的诗句会更好一些。”

“然而大部分女性诗人均以自杀的方式结束了自己的生命，到时候又会有其他暗示。”

“我明白，这也是我想要尽量避免的。就算埃弗已经离开了人世，却仍然免不了被贴上标签。”

“谁说不是呢。那我们要怎么做？留一块空白的墓碑吗?”

“也许吧，刻上她的姓名和生卒年就好。”

“也许吧。”

“我可没有放弃以诗句做铭文的想法。你得让我想想……好好考虑。”

我的身下是草地，头顶是苍穹。

“你有没有梦见过她?”尼克在电话那头问。

“我有。你呢?”

“我也是，间接地梦到。我梦见了夏天，可那是有史以来最寒冷的夏天，甚至比冬天还要寒冷。你梦见了什么?”

“一天晚上，我梦见自己在某个渔村内，大概是纽芬兰的某个外港吧。我需要去杂货铺买些肉。当我到达杂货铺时，却发现地上一片污秽，羊羔躺在地上，到处都是。这些羊羔可不是圣经中提到的小而洁白的羔羊，它们又黑又大，像一只只黑狗，不过它们的确是羊羔。其中几只羊已经死了，剩下的也不过勉强尚存一息。屋子里有个手握一把刀的男人，他正在屠宰羔羊，却不清楚具体该怎么做。他劈下了一只羊角，砍掉了一条尾巴、一只鼻子，却不知道要怎样屠宰。我站在屋子里，望着满地的羔羊，而那男人突然说：'我有主意了。'他又切了几刀，感叹道：'噢，不。'问题在于他手上的刀。那把刀似乎变成了一件活物，失去了锋利，也没办法屠宰羊羔。我也不确定。"

"这是什么意思？"尼克问。

"我也不知道，卡尔·荣格①。"

可我知道自己为什么会做这样的梦。因为苏黎世。

"你知道吗？"尼克说，"我有个主意。我们为什么非得刻字？何不干脆就在她的墓碑上刻一行乐谱？"

关于在墓碑上刻乐谱这件事，我和尼克在电话上聊了很久。期间，我一直想要提到瑞士计划，却不知如何开口。这等于是在对尼克说，埃弗不信任他，是在指控他不了解埃弗，我不愿意给他造成这样的感觉。他已是孤身一人。再说这时候再提瑞士还有什么意义？我必须得靠自己的力量弄明白我究竟是羔羊、屠夫还是那把刀。

---

① 瑞士心理学家，荣格人格心理学理论的创始人。——译者注

埃弗十二岁的时候，终于被本地教堂选作耶稣诞生游行中圣母玛丽的扮演者。埃弗既兴奋又紧张，这是她多年来梦寐以求的机会。“拜托，这个角色就是为我准备的!”她常常这样说。我不确定主日学校的老师究竟是怎样被说服的，不过他也可能只是不堪埃弗的骚扰吧。埃弗让大家做好心理准备，到时候千万别大跌眼镜。埃弗很清楚她的职责，她需要表现得端庄、温柔、优雅，虽说她扮演的玛丽亚意外受孕，得靠一个木匠微薄的薪水养大肚子里的救世主。我那时只有六岁，本应该扮演牧童，头顶干毛巾，背上粘着天使翅膀，和其他的小朋友一起站在后排。我对妈妈说我不要做牧童，我要做玛丽亚的妹妹，做那个宝宝的阿姨。妈妈告诉我，在这一幕中，耶稣宝宝是没有阿姨的，我的要求根本不合理。“可我是她的妹妹。”我抗议道。“我知道。”母亲说。“不过仅仅是在现实生活中。”我停顿了一会儿，又继续辩称，“耶稣出生的时候有‘智者’、有骆驼，就是没有亲戚？这难道合理吗?”“我明白。”母亲说，“不过《圣经》上说……”“就这一次。”我恳求道，“埃弗需要我，她刚刚生下了一个宝宝。我是她的妹妹。我就要去!”

母亲没有费心和我继续争辩。我披上一张床单，这是我的姐妹（阿姨）戏服。我拖着床单挤进排练队伍中，挤到略显尴尬的埃弗身边。不过她早就习惯了我的出其不意，也只是无奈地叹了口气。游行导演几次打电话向我母亲抱怨，说她没办法把我从埃弗身边分开，我硬要挤在埃弗和那个扮演约瑟夫的男孩中间，惹得那孩子颇为不爽。“耶稣才没有这样爱出风头的阿姨。”那男孩抱怨道，“《圣经》里从没有这样写过。”母亲对游行导演说她对此无能为力。我一定要扮演埃弗的姐妹，虽说每个人都想要对我视而不见，可是只要我知道自己在埃弗身边就好。埃弗扮演的圣母玛丽亚恬静端庄，温柔而圣洁地端坐着，而我上蹿下跳，不停地查看孩子是否在呼吸，摇篮是否安全，稻草又是否足够蓬松。虽说心有不满，约瑟夫也没有大声抱怨。我做了一个好阿姨在新生儿降临时会做的一切。

我们需要弄一棵圣诞树。我和诺拉来到布落尔西街的一家商店，买下了店里最大、最漂亮的圣诞树。这棵树上缠绕着塑料带，使得整棵树显得稍小且便于运送。不过把树卖给我们的那个家伙说我们一旦取下塑料带，整棵树就会变得鼓胀丰满。他把这棵树绑在我们的车顶，还管它叫“珠峰树”。我们把这棵树运回家，从一楼的后门把它塞进屋子。它瞬间占据了整间客厅——缠在树身的胶带被撕掉后，这树迅速鼓胀了起来，针叶落得到处都是。这棵树实在太大，但我们爱极了它。母亲坐在安乐椅上为我织一件黑色毛衣，我和诺拉则在一旁想办法固定圣诞树。诺拉打开电脑播放坎耶·韦斯特的音乐。“这是什么歌?”母亲问。“《我美丽的扭曲黑暗传奇》。”诺拉一边回答，一边跟着坎耶唱了几句。“亲爱的，”母亲说，“你可不是一只怪兽。”“我明白，祖母。”诺拉说，“多谢啦。”母亲一边在安乐椅内打毛衣，一边伴着坎耶的音乐点头。

我们想要把这棵树固定好，极力想要阻止树枝和树叶落下来。诺拉托着树冠，用一只戴了手套的手扶着沙发以保持平衡。她将圣诞彩灯绕在自己的脖子上，把一切都准备好了。我躺在地板上，想要把螺丝扭进树桩里。母亲坐在椅子上指挥方向：“往左一点，往右一点，再往左一点，我说的是左边。”坎耶·韦斯特仍在唱着饶舌。我们没办法让树保持直立，却自以为做到了。

“诺拉，放手吧。”我说着也放开了手。圣诞树开始向左倾斜，幸亏诺拉出手及时，它才没有砸到钢琴。母亲哈哈大笑。她今天早些时候烤了些糕点，前额和下巴上都沾了点面粉。我咒骂了一句，又躺回地板上，诺拉继续用戴手套的手举着树冠。“嘿，”母亲突然说，“这棵树想要斜着长，我们就让它斜着好了。”

“什么?”我说，“就让它倒在钢琴上吗?”

“不行，”诺拉抗议道，“这世上会有人把它们的圣诞树抵在其他物件上吗？我才不要这样。”

我们仍在尝试。试了好一会儿，才想起我们也许可以找一根绳子，把树绑在窗帘杆上。我们还可以在绳子上挂满圣诞饰品，让整间屋子更有节日气息。

“啊哈，圣诞绳索。”诺拉说，“梵·瑞森家的美丽新传统。”

“这棵树真大，不是吗?”母亲感叹道。

“再重申一次，”我抗议道，“我们花了这么长时间，想要在不借助绳索的情况下让这棵树立起来。好了，现在往后退。”我对诺拉说。我们慢慢后退，这棵树没有朝任何一边偏移，完美地立了起来。噢，多么快乐的一天。我们成功地让一件东西恢复了正常。我们的天花板非常高，但这棵树的树冠已经顶在了天花板上。“好的，这很棒。”我说。“让我们喝点小酒吧。”母亲建议道。

我打开一瓶酒，众人围在餐桌旁，庆祝我们的成功。我们高举着各自的杯子，送上圣诞祝福，连诺拉也喝了些酒。我们放下了胳膊，感到无比自豪。松针落在我们身上，味道好闻极了。母亲凝望着圣诞树，我和诺拉则背对着它饮用杯中的酒。母亲突然大喊了一声，我和诺拉在慢动作里转过身，伴着坎耶的饶舌，圣诞树轰然倒塌。这棵树起初倒塌得较慢，像一位在公共场合突发心脏病的病人，不愿意倒下，却身不由己。可它很快加快了速度，扫落了一幅画、电视机、钢琴顶上的书、一个穿裙子的女童雕像、半空的咖啡杯和一大株植物，最后一动不动地落在地板上。

“噢，好家伙。”母亲叹道。“赶紧数一数人头。”诺拉说。我们再次为自己举杯，笑得更加开怀，母亲简直停不下来。一通大笑后，我和诺拉把我们摔倒的“同志”扶起来，忙活了好一会儿，才让它在没有绳索帮助的情况下重新站立起来。

克罗蒂奥来我家拜访。他站在我们的前门外，雪花落在他的肩膀、帽檐和包装精美的礼物上。有那么一瞬间，我还以为埃弗就站在他的身后，正忙着抖落靴子上的雪花，那对美丽的碧眼在雪的映衬下熠熠生辉。克罗蒂奥从大衣里抽出一瓶意大利葡萄酒。我们坐在母亲客厅的钢琴旁，钢琴上摆放着埃弗早年学琴时的几本旧琴谱。母亲为我们弹了几支曲子。

克罗蒂奥把礼物放在圣诞树下，又把一个袋子交给母亲。“里面装着埃弗的几位同事写的哀悼信。”克罗蒂奥说，“其中几封是乐迷写的。哇哦，这棵树真壮观。”

“你还是离它远一点吧。”在一旁收拾桌子的诺拉提醒道。我们品尝了克罗蒂奥带来的意大利葡萄酒，共祝圣诞愉快，庆祝小小救世主

（也就是我们等待的那人）的诞生，祝福我们的家人，也为埃弗瑞达举杯。

“好吧，大伙儿坐下吧。”妈妈说。克罗蒂奥问我们近况如何。我们都表示自己还不错，又问他近来状况如何。克罗蒂奥说他仍未从震惊中走出来，他真心认为音乐能够拯救埃弗的性命。“没错。”母亲表示，“也许吧，只要埃弗还活着，音乐就能拯救她。”

克罗蒂奥说一个名为亚普·泽尔丹斯的男人接手了埃弗的巡演。

“他不是埃弗瑞达·梵·瑞森，不过考虑到时间仓促，他也算得上一个不错的选择。”克罗蒂奥说，“批评家们从他的演奏中挑出了一些毛病，认为他的表现并不稳定。不过没关系，亚普演奏时还在倒时差。我很喜欢《卫报》为埃弗刊载的讣告，那篇讣告盛赞了埃弗的音乐，肯定了她音乐中的色彩与温度，而不像其他媒体一味渲染埃弗的克制律己。德国《图片报》也不错，还有《法国世界报》。让我担忧的是一些报纸刻意放大了埃弗的健康问题。讣告就是讣告，怎么能像耸人听闻的头条新闻一样？你见过这些报纸是怎么写的吗？”

母亲发出轻蔑的一哼：“我没见过。我从前会读这种东西，不过现在不会了。”

“我读到过。”我对克罗蒂奥说，“你说的没错。”

整间房间笼罩在一片沉寂中。我们盯着圣诞树看了一小会儿，直到克罗蒂奥打破沉默：“我必须告诉你，我带来的礼物中有一盘录影带，录制了埃弗最后一次排练的情形。”克罗蒂奥说那是埃弗有生以来最棒的表演，完全超越了自我。她和钢琴之间的障碍似乎消失了，埃弗可以随心所欲地表现自己的情感。当她演奏完毕，管弦乐队起立为她鼓掌，时间长达五分钟。克罗蒂奥说埃弗当时掩面哭泣，做这段描述时，他本人也忍不住流眼泪。我们谢过了克罗蒂奥，保证一定会看录影带。大家一一向他献上拥抱。克罗蒂奥握着前门的栏杆，久久不肯离去。

“我很抱歉。”他说，“为了这些年的一切。”

我们赶紧递上纸巾。他忍住了泪水，却只忍住了一时。过了许久，他才松开栏杆，与众人道别。我感觉我们再也不会见到他了。我还记得他当初是怎样发现埃弗的——当时只有十七岁的埃弗穿着黑裙子和军装夹克，在演奏厅的后巷内吸烟，把烟头摁灭在柏油马路上。

“今年圣诞，大家还是别强颜欢笑了吧。”诺拉说。

“我们还是得高兴点。”我说。我还记得多年前的一个圣诞节，埃弗曾经用脑袋猛撞浴室的墙壁。“我就是做不到。”她如是说。

尼克于周三晚上赶到。他看起来真瘦。我们打算提前过圣诞，这样威尔就能和他新交的女友佐伊一同在墨西哥度圣诞，尼克也能回蒙特利尔和他的家人待在一起。

佐伊带着她的手风琴四处旅行。她为我们演奏了一些忧伤却诙谐的曲子。手风琴是最适合在悲伤场合弹奏的乐器，它的乐声可以在同一时间兼具凄婉、美妙、笨拙和诙谐感。佐伊新添的文身让我想到了我想要洗掉的文身。我已经忘了洗文身的事，这蓝色的文身在我肩膀上，就像一块无伤大雅的瘀青。晚餐期间，我们谈到了秘密。我向大家谈到埃弗当年是怎样替我保守秘密的，她就像一个永远不会泄露秘密的地窖。所有人的目光都落在我身上，像是在说：“哦？什么秘密？”

吃甜点时，母亲和我们说了个故事。她说自己也有些秘密，不妨趁这个时候说出来。大家很快来了兴致，尤其是我。

“您要告诉我，谁才是我的生父吗?”我问。

“没错。”母亲玩笑道，“不，我的秘密是一本书。我姐姐蒂娜十九岁的时候，读了《丧钟为谁而鸣》。一天，我拿起这本书想要看一眼，她却说：‘哦，不，你可不能读这本书。这不是为你而写的，快把它放下。’”

“您当时多大?”诺拉问。

“十五岁，和你一般大。”母亲回答，“所以有一天，出于某些荒谬的理由，我和蒂娜闹了些小别扭。总之是头脑发热，我也不清楚为什么。那天蒂娜不在家，我看见那本书躺在她的床上，于是一口气把那该死的玩意儿读完了。”

“哇偶。”威尔感叹道，“您可真是不肯让步。”

“我从未对蒂娜提到这件事。”母亲说，“但是天哪，这种感觉真是太棒，太邪恶了!”

“那您是怎么看待那本书的呢?”尼克问。

“噢，”母亲回答，“我爱极了那本书。不过那时的我觉得书中描写的性爱其实挺蠢的。”

“当然了，”我趁机表示，“您当时只有十五岁。”（我瞥了正在对我做鬼脸的诺拉一眼）

我们微笑着吃完了各自的甜点。

“您想要把这段往事告诉蒂娜阿姨吗?”我问。

“哈，我也不知道。”

第20章

第二天一早，威尔和佐伊动身去了墨西哥城，尼克去了蒙哥马利。送走众人后，诺拉开始与她那个回斯德哥尔摩度寒假的小男友视频聊天，我则在母亲的客厅内读书。这本书是威尔送给我的圣诞礼物，叫作《狱中笔记》。我把书放在地板上，起身给身在温尼伯的朱莉打电话。母亲发出了一些奇怪的声响。她躺在树下的沙发椅上，呼吸变得异常，浅得像是剧烈运动完毕的运动员。她就快要死了。我叫了辆救护车，随车去了医院。医生用力按压母亲的胸口，为她注射硝酸甘油和其他能够炸开不听话的血管的强力化学药剂，为她那不堪重负的心脏减压，最终把她从死神手中夺了回来。

“哇哦，”医生感叹道，“她可真是坚强。”

这一切对我来说是那么熟悉，我常听见急诊室的轮床声。不过母亲入住的是心脏病科，出问题的不是她的脑子，不会有所谓正直的精神科护士对母亲吆五喝六，命令她表现得规矩一些。诺拉也来了医院，和我分别坐在母亲的两侧。母亲躺在一块棕色的帘子后面，身上连接着各种机器和针管。待她醒来后，母亲感叹道："噢，多好呀！已经是平安夜了！"母亲说她梦见了阿梅莉亚·埃尔哈特①。

"那个飞行员吗？您怎么会梦到她？"诺拉问，"您有没有在梦中解决她的神秘失踪难题？如果您解决了这个难题，我们可就出名了。"

母亲说在梦中，一个男人对她表示，阿梅莉亚·埃尔哈特是他最爱的失踪人士。母亲仅仅啜泣了几秒钟，她轻声向我们道歉——居然在圣诞节期间生病。埃弗当年也因为自己进了精神病房而向弗兰克姨夫道歉。我们握着母亲的手，对她说："谁在乎这些呀，没人会在乎的。诺拉说我们可以在一月份和乌克兰人一同庆祝新年。"

住在我们隔壁的邻居艾米来医院拜访，带来了一篮子食物、酒、布餐巾、美丽的瓷器盘子和银餐具。我们在急症室享用了我们的圣诞大餐，把食物和其他杂物摆在母亲的肚子上。她就是我们的桌子，一直以来都是。诺拉小心翼翼地将母亲的氧气面罩挪开，让她偷偷地喝一口酒。护士表示，看在今天是圣诞节的份上，母亲可以喝一口酒。不过母亲喝了两口，两大口。我们用一次性塑料杯装香槟，再次举杯，为了我们迷失的自我，为了宽宏仁慈的护士，为了埃弗、父亲、蒂娜阿姨和雷尼表姐。我们唱了母亲最爱的圣诞歌曲《我漂泊，我思考》。

我和诺拉在母亲那儿待了很久，直到母亲陷入梦乡才动身回家。回到家后，我站在二楼的阳台上眺望落进护城河内的雪花。

---

① 美国著名女性飞行员和女权运动者，是第一位独自飞越大西洋的女飞行员，1937 年首次尝试环球飞行时于太平洋上空神秘失踪。

第二天，我回到医院看望母亲。她已经交了几位朋友，并从她的朋友那儿听来了几件有趣的逸事。圣诞老人显然已经完成了圣诞任务。母亲数次病危，每年总得来上一回。她进出过大大小小的急症室，像是在全世界巡演的单口喜剧演员，从墨西哥的巴亚尔塔到开罗、温尼伯、图森、多伦多。

“把那椅子上的东西搬走。”母亲对我说，“坐到我身边来。”她把打开的侦探小说倒放在胸口，防止页码错乱，“我有些话想要对你说。”母亲握住我的手。像蒂娜一样，她的手很温暖，手劲也很大。

“我知道您要说什么。”我说，“您要说您爱我，我为您带去了太多欢乐。”

“不。”母亲说，“我要说的不是这些。”

圣诞节。我给朱莉打电话：“圣诞快乐。”

“你也是。”

这是我们两人有生以来第一次独自过圣诞，我们对此也颇为意外。朱莉的孩子和他们的父亲待在一起，威尔与她女友的家人在墨西哥度圣诞，母亲留在医院里，诺拉则去了她父亲那里。丹总算从婆罗洲回来了。“我们要不要喝点酒？”朱莉建议道。

“再一起承受它的毒害？”我引用了主日学校老师斯库小姐的话。她常常祷告，尤其是为我和朱莉祈祷。斯库老师希望我们不要再堕落下去，别再和法国男孩们在灌木丛中厮混。我们就是停不下来。这种感觉太棒了。我们没办法停止！斯库老师说她很爱我们，但上帝对我们的爱更深。我们保证自己会更努力。斯库老师说罪恶的女人才会过分装饰身体，而不修饰灵魂。“那我们应该光着身子到处走吗?”朱莉问。当斯库老师到其他房间找餐巾纸时，我和朱莉从火灾逃生口逃了出去。梯子的最后几段离地面很高，我们只能跳下去。虽说我们因此可能会受伤，但我们很喜欢这种感觉。

如今，我和朱莉坐在各自的客厅内，一边喝威士忌一边电话聊天。“让我们为这盛大的节日举杯吧。”我建议道。我们用酒杯碰了碰电话听筒。“你是我认识的人中最强大的一个。”我说。我没有告诉朱莉，我认为她个是敢于自杀的人。好吧，看来我需要重塑思维，改变我对成功的定义。

“你是不是感觉承受不住了?”朱莉问。

“没有。”我回答，“我们现在是在做什么呀?”

“你的确不会这么快就承受不住。”

“是谁过生日来着?”我问道。

“希波尔家的孩子。”

“看来他今年不会邀请我们参加他的派对了。”我说，“我们反正也不愿意参加。我们还是皈依犹太教算了。”

“还记得那个总是站在科里登市711便利店旁的男人吗?”朱莉问。

“奥兰，我记得。”奥兰曾是个绝顶聪明的大提琴演奏家，曾上过茱莉亚音乐学院，可他后来遭遇了车祸。他在冰面上开车，不幸撞到了一辆水泥车，因此撞坏了脑子。奥兰如今总是一个人站在科里登市的711便利店旁，非常有礼貌地向路人讨一点零钱。他如今仍旧不乏英俊。撞击让他的脸显得有些凹陷，可他有一对明亮的眼眸，像希腊

的群岛一样蓝白分明。他总是喃喃低语，偶尔看起来像是被扔进了一个惊喜派对，无论什么都能让他笑出声。我们也不知道如今是谁在照顾他。

“我梦见我和他睡了一觉。”朱莉说，“我提出要做他的女朋友，带他回家，好好照顾他，可他却不愿意和我回家。他真是个甜蜜温柔的男人，生怕伤害到我的情感。他给我看了大提琴弦在他手上留下的水泡印迹，这印迹永远也不会消退。不过奥兰想从我这儿借一副羊毛手套。”

“你感觉自己被拒绝了吗?”我问。

“是啊，有一点。我还想替他梳一梳头发，他的头发太乱了。我想要替他洗澡。”

我和朱莉聊了许久，一直聊到第二天。圣诞节总算是结束了，真叫人开心。这才是真正值得举杯的事。

2011 年 5 月 3 日

亲爱的埃弗：

蒂娜阿姨曾说过，有一天，当我走在街上，会突然感觉一道光照在自己身上。这道光带着某种神奇的力量，让我感觉自己能够永远地走下去，也意味着我得到了宽恕与谅解。我真希望自己当初带你去了苏黎世。对不起。蒂娜阿姨说，在意想不到的某一天，我将会振翅飞翔。

我有没有对你说过妈妈的病?大概已经说过了吧。就目前来看，她再次恢复了健康。在医院里，我经历了一件我从未对任何人提起的尴尬事件。在急诊室里，妈妈突然捏住了我的手——你知道她握手的力气有多大，简直像是一个假装亲善的黑手党头目，她有些话要告诉我。我以为她说的还是从前进急诊室时常对我说的那些话，她爱我，我为她带去了无尽的快乐，如此云云。然而母亲却在我耳边轻声说："别再那样酗酒，也别给温尼伯的医院打电话了。"母亲说她一直在追踪我的行踪，她多年来阅读的侦探小说总算派上了用场。母亲知道我到晚上总会去"酒鬼镇"之类的商店，带着一堆酒回家，在你钟爱的尼尔·杨的歌声中买醉，沉浸在哀愁与愤怒中。我还会给温尼伯的医院打恶作剧的电话，想要和你通话，当他们表示你不在医院时，我会故意做出怀疑和难以置信的样子。

母亲紧紧地攥着我的手，迟迟不肯松开。她直勾勾地望着我的眼睛，我无处躲避，只觉得自己无比羞愧、虚弱、愚蠢且疯狂。我开始落泪，点头说："我知道，我不能再这样下去了。对不起。"我的眼泪如决堤之水、滔滔之流。母亲不知道我和医院说了什么，只知道我总会给温尼伯医院打电话。她找到了我的电话账单，查看了马尼托巴省的全部号码。这就是和母亲同住带来的麻烦，埃弗，又是一件你永远不会遇见的麻烦事。母亲将这些支离破碎的信息拼凑了起来。她问我是否像幽灵一样缠着温尼伯医院的医护人员。好吧，这种说法还挺有意思。我对母亲说我也不知道自己在做什么，这不重要，我很抱歉，也会停止这种行为。虽说母亲才是那个垂死之人，身上连着各样的管子、电源线，可她把我揽入怀中，给了我一个大大的熊抱，像抱着小宝宝一样摇晃着我的身子。母亲躺在雪白的小床上拥抱我，我弓着背悬在她的上方，肩上的挎包反复地往下落。母亲用胳膊环绕着我。我假装她是你，是爸爸、雷尼甚至丹，是我一直以来失去的所有人。她在我耳边说了几句话，关于爱、善良、乐观与力量、你还有我们的家庭。

我们可以奋力搏斗，也能承认我们的失败，停止斗争，直面事实。我问母亲，那所谓的“不直面事实”是什么？母亲说人生有时就是这样，所见的并非实际存在的，即便这样也没关系。“可我是个作家，”我对母亲说，“我不由自主地想要撕掉事物的伪装，直击真相。”母亲说她能理解，她本人也喜欢解难题，认为文字和人们的感情必然存在着联系。母亲敲了敲躺在她胸口的侦探小说，这小说保护着她的心脏，我们拥抱时完全没触碰到这本书。母亲说只要我们活着，我们的大脑就会不断遗忘，记忆终会分解消退。小时候，我们的皮肤紧致而有弹性，很好地保护了我们的器官。然而再怎么紧致的皮肤到最后也会变得松弛，器官也不再有活力。抛弃忧愁带来的痛苦甚至比忧愁本身还要痛。这意味告别，意味着在毫无准备的情况下前往鹿特丹，谁也不知道你短期内会不会回来。

好吧，我不会再给医院打恶作剧电话了，你可以放心了。你还记得吗？我曾经想要把母亲的连裤袜套在脑袋上去上学。走出家门时，你在我耳边轻声说：“旋转脑袋，你得冷静一点。”你绝对想不到这句话多少次闯入我的脑子。事实上，这也是母亲想要告诉我的话。

和前几次一样，母亲终究还是康复了。为了庆祝她的康复，我、诺拉和母亲去纽约旅行，顺便探望威尔和佐伊。他们带我们前往现代艺术博物馆看一场行为艺术表演，所有表演者都赤身裸体，一脸惆怅。这是行为艺术大师玛丽娜·阿布拉莫维奇的艺术展。所有参观者都挤在一间屋子里，要到达另一间屋子，我们必须穿过一条狭窄的走廊。然而走廊两边分立着两个赤身裸体、沉浸在痛苦中的人。要想通过走廊，我们必须从这两人之间挤过去。出于这一原因，所有人都不敢朝走廊迈步。妈妈在博物馆内四处参观，脱离了我和孩子们的视线。我们小声议论着我们在屋子内见到的名人们。诺拉认识所有人，他们有的是时尚设计师，有的是演员。不过除了诺拉，我们对这些人一无所知。大家挤在一间小房间内，渐渐开始躁动不安，忍不住抱怨嘟囔。大家都想到另一间房里，却不知要怎么穿过那扇门。威尔突然说："嘿，那是外婆。"我们齐刷刷地望向那对赤裸的男女把守的大门。没人通过那扇门。可我们看见穿着紫色灯芯绒装和防风服的母亲叉着腰站在走廊上。"哦，我的上帝。"诺拉惊呼道，"她过去了。"母亲走过了那扇门，肚子擦过那个男人的阴茎，从那对男女中间挤了过去。母亲在那对男女之间停顿了一会儿，根本不急着到另一边去。她抬头望着那个一丝不挂的男人，凝望着他的眼睛。那个男人面无表情，母亲对他微笑着点点头，礼貌地与他打招呼。她又设法在那狭小的空间里转了个身，面向那个女人，同样望着她的眼睛，对她点头微笑。那女人也对我母亲，以及挤在第一间房的众人微笑，像是在说："好吧，大伙儿，跟她走吧。"她后退了一步，大伙儿一个接一个地跟着母亲继续前行。

在纽约城的最后一天，母亲带我们去了布鲁克林的一家餐馆吃大牛排。那家餐馆离威尔和佐伊的住所很近。

离开牛排屋时，天色已晚。我们唱着歌走在街上，绞尽脑汁地回忆《嘲笑鸟》中的歌词，总算回忆起了每一句词。母亲、诺拉和我手挽着手，诺拉唱了一首名为《被爱之人》的忧伤小调。威尔把佐伊背在背上，在人行道上俯冲。佐伊大笑着，被威尔颠上颠下，还丢了一只人字拖，我们不得不在黑暗中回头去寻那只鞋，我想这就是生命的意义吧。

白日的寂静时不时会被火车汽笛声打断。小时候，我没能找准替你翻琴谱的时机时，你便会生气地敲打键盘，说："等我弹完最后一个音啊，小傻子！"如今这不成音律的汽笛声总能让我想起那段时光。铁轨离我们的屋子很近，我偶尔能听见火车轮从铁轨上驶过的隆隆声，能感觉到地面在颤抖。这让我感到惬意——这是在打招呼，也是一种让人喜欢的告别。

我记得我们的邻居斯坦加特太太曾经叉着腰站在我们家客厅的中央，指责母亲不是个好主妇，父亲不够有男子气，我和你也不像正常人家的孩子。我们有的躺着，有的坐着，手里拿着书，显然无意理会斯坦加特太太的训诫。她被我们气得直跺脚，从我们家离开时，她说我们都是被文字束缚的人，是被文字束缚的家庭，总有一天我们得睁开眼睛。为什么？因为我们的房子太乱吗？我清楚地记得斯坦加特太太踏出大门前说的最后一句话：“你不能用文字来喂猫！”这话的确让我分了会儿心，我也许把眼神从书本中抽出了片刻，可那只是因为她这所谓的威胁根本算不上什么威胁。

你还记得吗？母亲总爱自在地漂浮在海面上，顺着海水流向破涛汹涌的深海，直到人们去救她。埃弗，你能否告诉我，文字究竟意味着什么？它究竟是意味着一切，还是根本毫无意义？一定没那么简单。顺便提一句，我总算读完了你钟爱的D·H·劳伦斯。你还记得，当我表示自己没看过《查泰莱夫人的情人》时，你那副难以置信的样子吗？上帝啊，你有时候真叫人讨厌。好啦，我现在已经读过了。没错，里面的性爱场面的确很火辣。我总算在做针线活儿和插花中挤出一点时间，对D·H·劳伦斯有了些了解。我真想知道那些片段是不是劳伦斯的妻子福瑞达写的，她不肯将实情公之于世，她的丈夫却因此名声大噪，和其他姑娘们在法国的豪华旅馆中鬼混。无论如何，你对第一段的描述的确是正确的。我想要把这段话投影到我家门前，若能用闪烁的彩光就再好不过了。不过这些文字最终会消失在阳光中，因为一切均是如此。那可就完美了。

“我们这个时代根本是场悲剧，所以我们就不拿它当悲剧了。大灾大难已经发生，我们身陷废墟，开始在瓦砾中搭建自己的小窝儿，给自己一点小小的期盼。这可是一项艰苦的工作：没有坦途通向未来，但我们还是摸索着蹒跚前行，不管天塌下几重，我们还得活下去才是。”

感谢你为我保守我的诸多秘密。有一天晚上，我带领着一队姑娘们穿过荒野，前往男孩们的露营地，你还记得这事儿吗？你现在成了我的专职秘密保守人。

你早知道我没胆子带你去苏黎世，对吗？你也很清楚你不会来多伦多。

我爱你，埃弗，可我必须离开了。我需要修剪快要吞没我们后院的灌木，这灌木茂盛得可怕。为了到达后巷，我们必须顶着来复枪擦过这片“丛林”。妈妈每天都要去皇后西大道，这项任务对她来说可真不简单。

再会了，我的朋友，埃弗！

附：我最近认识了一个男人。我们漫步在这城市里，会在深夜一起打乒乓球。这个男人第一次对我聊起自己时，说他曾在美国新泽西州受了枪伤。他在错误的时间出现在错误的地点，上救护车时他已经没了心跳，在医院被救了回来，没过多久却再次失去了心跳。虽说他最终成功脱险，可他必须裸身躺在冰袋上，一直躺两个星期，让他的心脏恢复正常。每周三的晚上，他都会陪我散步回家。因为他曾经在巴黎生活过一段时间，道别前，他还要在我的脸颊上亲吻两次。我们打网球时，他偶尔会跳到网这边，跑来亲吻我。他有耳鸣的毛病，脑袋也总是晕乎乎的。除此之外，他还有动脉扩张的毛病。每天早上起床后，他做的第一件事就是在笔记本上记录他昨夜的梦。现在大概已经入春了。母亲正在炉子旁做排骨酱，一边烹饪一边看雷蒙德·钱德勒的《漫长的告别》。朱莉给我打了个电话，我打开免提，和母亲一同听电话。“你近来如何？”我问。朱莉说温尼伯，甚至整个马尼托巴省如今都笼罩在一片葱郁的绿色中。“你还记得吗？还记得温尼伯的日光和温度吗？”朱莉问。“当然了，我几乎能在脑子里绘制出这幅场景。”我说。“几乎吗？”朱莉说。“不，”我改口道，“我能够想象这幅场景，它们几乎就在我眼前。”“我明白了，”朱莉说，“那你说说究竟有多绿？”“那我得好好想想。”我轻合双目，“我知道了。这地方绿得不可思议。我已经想起来了。”

我和埃弗在飞机上。由于我们忘了为埃弗预定素食，现在只有鸡肉和牛肉可供选择。我们喝了点小酒，为对方念《人民》杂志上刊登的星座运程。埃弗穿着带条纹的雨衣和黑色高帮靴，我穿着一双高帮匡威鞋和一件短雨衣。我披上雨衣给埃弗看时，她笑称我穿上这件衣服可就没胳膊了。登机前，我们脱掉了雨衣和夹克衫，把它们放进头顶的行李架。埃弗穿着一条深红色牛仔裤，我穿着一条有点褪色的普通蓝色牛仔裤。埃弗太疲倦了，她的脑袋倚靠着我的肩膀，航行期间几乎都在睡觉。我在一旁读书，我读不进去，却强迫自己试一试。埃弗的脑袋枕在我的肩膀上，这种感觉真好。她的脑袋很重，她的头发有葡萄柚的清香。我正在读，或者说努力想要读进去的书是一本自主出版的奥德赛市俄裔族谱。飞机最终降落在苏黎世。

睡意蒙眬的埃弗微笑着感叹："我们总算到了。"她问我这本书怎么样。"还不错，"我回答，"十分详尽，里面写的都是只有你才知道该如何发音的名字。"我们乘出租车来到旅馆，把行李放进房间，又步行来到酒店前台推荐的一家餐馆。进餐馆前，我们站在一座桥上给对方拍照。我们拦住一位男士，问他能否为我们拍一张合影。为了确保我们能选出满意的一张，他按下了三四次快门。这位男士问我们是不是来度假的。我们却对他说我们是一对姐妹。

晚餐时，埃弗对我讲了她在欧洲期间的故事，她那时候可是个少年奇才。我也对她说了几个我的故事。刚开始，我们都有些紧张，时不时便会大笑，可我们很快放松了下来，只会因为真正有趣的事而笑。我吃了很多东西，不停地加菜。埃弗倒是没吃多少，可她喜欢不停送到我们桌上的热面包。我为自己脏兮兮的手指甲道歉，而埃弗说："没关系，你最近实在太辛苦了。"这话让我忍不住流泪，埃弗起身到餐桌的另一边，给了我一个拥抱。餐厅内的一些人望着拥抱的我们，不由得微笑。

我又点了一份甜点和咖啡，和埃弗一直待到餐厅打烊。我们像旧时的女人们一样手挽着手，缓步走回旅馆，一同躺在雪白的大床上。

"还记得我们一起看日食的情景吗？"我问，"你来到我的学校，把我从英文课上拖出来陪你一同看日食。"

"我记得。"埃弗回答，"那天真冷。"

"的确是在冬天，我和你躺在一大片雪地里。"

"为了更好地观察日食，我们还戴了焊工面罩，"埃弗说，"对吗？"

“是啊。说说你是从哪儿弄来那面罩的?”

“我不记得了。大概是别人给的吧。”

“多么不可思议!”我感叹道。

“日食吗？的确。”埃弗说，“那次日全食的轨道的确很难得。”

“什么?”我问，“是日全食吗?”

“是的。还记得爸爸是怎么说的吗?”埃弗压低了嗓门，“午后没多久，日全食就要覆盖到马尼托巴了。”

“没错，你想说的是父亲当时那副严肃的样子吗?”

“这也太有意思了。”埃弗笑道。

“下一次日全食可能要等一千五百年以后了。”我说。

“我想我等不到了。”埃弗说。

“是啊，我也等不到了。”

“那也难说。谁知道呢?”

我们的床顶上有一扇天窗，可以透过天窗看星星。埃弗握住了我的手，把它放在她的心脏上方。我能感受到她强壮而有规律的心跳。明天一大早，我们还要赶去我们预约的那个地方。埃弗说她此刻就像是在经历一场考试，或是在等待结婚的那一刻。

“要等上一整天可真是折磨。”埃弗说，“我们还是现在就起床，洗澡，出发吧。”

（完）